KB097562

딸에게 보내는 굿나잇 키스

딸에게 보내는
굿나잇 키스

이
어
령
지음

열림원

나와 똑같은
슬픔과 고통을 받고 있는 사람들에게
말을 걸고 싶은 생각이 들었다.
당신도 그랬냐고.

민아야 이제 울어도 된다

네가 세상을 떠난 뒤 나는 한 권의 책을 너에게 바쳤다. 동시에 나처럼 딸을 잃은 이 세상 모든 아버지들과, 그리고 그게 누구라도 좋았다. 슬픔 속에 갇혀 사는 모든 이에게 바치는 위안의 책이었다. 그래서 책의 서문에서 "울지 마"라고 서툰 시 한 줄을 쓴 거다.

지붕 위로 내리던 비
타다 만 휴지조각

생각하지 마
아무것도 아니야

처음부터 없었던 것

그냥 가게 두는 거야

그때 나는 눈물과 울음을 참고 멈추게 할 방법을 몰랐다. 아무도 가르쳐준 적이 없었으니까. 그래서 그냥 "울지 마"라는 말밖에는 아무 말도 할 수 없었다. 나를 달래고 떠나간 너를 달래고 만나면 반드시 헤어져야 하는 모든 이의 운명을 달래기 위해서 "헛되고 헛되니 또한 헛되도다"의 허무함을 주문처럼 외웠다.

그런데 네가 떠난 지 어언 십년이 되어가는구나. 지금 너의 눈물 자국마다 꽃들이 피어나고 너의 울음소리마다 꽃을 노래하는 새소리가 들려온다. 미사여구가 아니다. 네가 눈물로 품어주었던 땅끝의 아이들은 지금 어른이 되어 다른 아이들을 품어주고, 네가 학생들에게 남긴 마지막 말들은 젊은이들의 입을 통해서 지금 다른 마당에서 이어져 가고 있다.

죽음이 허무요 끝이 아니라는 것을 너는 보여주었다. 그래서 십여 년 만에 너에게 보냈던 책을 다시 새롭게 꾸며 바치려고 한다. 똑같은 내용의 책이지만 새롭게 꾸민 이 책에는 동화처럼 밝고 색칠을 한 그림들이 책갈피마다 춤을 추고 있다. 눈물로 얼룩졌던 활자에서는 초원의 향그러운 풀냄새가

난다. 그때의 검은색은 사라지고 축제마당의 깃발처럼 현란한 색채들로 채워진 잔치다.

그래, 너를 떠나보낸 그 책이 새롭게 거듭났으니 이제 마음 놓고 울어도 된다. 그 눈물과 울음소리는 슬픔이 아니라 황량한 불모의 땅을 적시는 비요 겨울이 가고 꽃피는 봄을 노래하는 새소리가 되었으니까. 쓴 사람과 읽는 사람의 영혼이 달라진 게다. 선혈이 흐르던 상처가 아물고 그 딱지가 떨어진 아픈 살에서 새살이 돋는다. "딸에게 보내는 굿나잇 키스." 찬란한 아침을 약속하는 굿나잇 키스다.

네가 돌아왔구나. 널 잃고 황량했던 내 가슴에 꽃으로 새로 돌아왔구나. 민아야. 이제 눈치 볼 것 없이 엉엉 울어도 된다. 만나서 기쁜 울음인 거다. 민아야 오래 못 본 내 딸아. 이제 마음껏 울어도 좋다.

2021년 3월
이어령

인칭이 없는 글

사랑하는 사람이 세상을 떠나면 슬픔만 남는 것이 아니다. 흔히 자식은 땅이 아니라 가슴에 묻는다고 한다. 틀린 말은 아니지만 그냥 묻어두는 것만은 아니다. 죽음은 씨앗과도 같은 것이다. 슬픔의 자리에서 싹이 나고 꽃이 피고 떨어진 자리에서 열매를 맺는다. 오히려 살아 있는 사람들보다 우리의 삶을 더 푸르게 하고 풍요롭게 하는 추임새로 돌아온다.

딸을 잃었다. 처음에는 나에게만 닥쳐온 비극이라고 생각했지만 사실 모든 사람이 그것을 겪는다. 한 해가 가고 두 해가 가고 딸의 삼주기를 맞으면서 여유가 생긴 것일까. 나와 똑같은 슬픔과 고통을 받고 있는 사람들에게 말을 걸고 싶은 생각이 든다.

당신도 그랬냐고. 그때 그 골목을 지나다가 그런 기억들이 떠올랐느냐고. 그게 죽음인데도 오히려 그애가 태어나던 때 생각이 나더냐고.

사람들은 남에게 자기의 우는 모습이나 눈물 자국 같은 것을 보여주기를 꺼린다. 아마도 사랑하는 사람을 잃은 사람들은 자기 울음소리가 바깥에 새나가지 않도록 수돗물을 틀어놓고 울었던 기억이 있을 것이다.

그런데 결국은 마음속에 개켜두었던 글들이 급기야 이런 책이 되고 말았다. 마음과 행동이 항상 어긋나는 것이 인간들이 하는 짓이지만 이번에도 또 내 마음과는 다른 결과로 이 책이 나오게 되었다.

딸을 잃은 슬픔을 처음에는 독백처럼 썼다. 내가 나를 향해 쓴 글이다. 그런데 시간이 지나면서 독백은 대화가 되어 딸에게 이야기하는 글로 바뀌었다. 일인칭에서 이인칭으로 변한 것이다. 그러다가 다시 시간이 흐르면서 어느새 내 마음과 생각들이 삼인칭으로 변하게 된다. 하나의 산문이 되고 시가 된 것이다.

이름도 얼굴도 모르는 사람들, 그들이라고 말하는 사람들,

아무 관계도 없는 사람들, 한 번도 너라고 당신이라고 불러보지 못한 사람들, 그 삼인칭을 향해서 언어들이 쏠리게 된다.

내가 나에게 하는 소리인지, 이미 떠난 내 딸에게 하는 소리인지, 그리고 누군지도 모르는 그러나 나와 똑같이 슬퍼하고 괴로워하는 사람들에게 주는 글이었는지.
잘 모르는 상태에서 그것들이 한 권의 책이 되었다.

울지 마 아무것도 아니야.
구름이 흘러가고 바람이 부는 게지.
길가의 돌은 거기 있고
풀들은 가을이 오기 전까지 푸르지

울지 마 아무것도 아니야.
그냥 가는 거야. 뒤돌아볼 틈도 없이
바삐 사라지는 것들은 뒤통수만 보여

그러니 울지 마.
조금 있으면 구름도 안 보이고
바람도 불지 않아
처음부터 그랬던 것처럼

벌판에는 아무것도 없지

그때 지붕 위로 내리던 비
타다 만 휴지 조각

생각하지 마
아무것도 아니야 처음부터 없었던 것.
울지 마 그냥 가게 두는 거야.

　유행가 가사 같아서가 아니다. 누구보고 울지 말라고 하는
글인지, 나인지 민아인지 아니면 다른 누구인지. 한 번도 써
본 적이 없는 글이다. 다듬고 수정하고 교정을 본 글들이 아
니라 그냥 흘러나온 글이다. 내가 아는 사람으로부터 메일을
받아 "요즘은 왜인지 자꾸 울음이 난다"라는 구절을 읽었을
때 아마도 그 사람에게 위로의 말로 들려주려고 쓴 글인지도
모른다.

　하지만 아직도 나는 내 딸에 대해서 쓴 이 글들이 출판되어
나오는 것에 거부감을 갖고 있다. 가시처럼 마음에 걸린다.
　다만 이 글들이 나와 내 딸만이 아니라 이 세상의 모든 딸
에게, 딸을 잃은 이 세상 모든 아버지에게 그리고 사랑하는

이를 잃은 세상 모든 이에게 바치는 글이 되었으면 한다.

2015년 4월

평창동 딸과 함께하던 그 봄날에

이기형

네 생각이 난다.
햇빛처럼 밀
려온다.
그 좋은 파도가
찬찬해질 때
끼쳐 나는 향긋.

차례

**살아서
못다 한
말**

빨간 우편함의 기적

살아서
못다 한
말

0. PREFACE

네가 없는 굿나잇 키스

네가 서재 문을 두드리는 소리를 듣지 못했다. 나에게 다가오는 발소리를 듣지 못했다. 나는 글을 쓰는 시간이었고 너는 잠자리에 들 시간이었다. 내게 들려온 것은 "아빠, 굿나잇!" 하는 너의 목소리뿐이었지. 이 세상 어떤 새가 그렇게 예쁘게 지저귈 수 있을까. 그런데도 나는 목소리만 들었지, 너의 모습은 보지 않았다. 뒤돌아보지 않은 채 그냥 손만 흔들었어. "굿나잇, 민아." 하고 네 인사에 건성으로 대답하면서.

너는 그때 아빠가 뒤돌아보기를 기대했을 것이다. 안아주기를, 그리고 볼에 굿나잇 키스를 해주기를 바랐을 것이다. 아니면 새 잠옷을 자랑하고 싶어 얼마 동안 머뭇거렸을지도 모른다.

어느 쪽이라도 상관없다. 그때 네가 본 것은 어차피 아빠의 뒷모습뿐이었을 테니까.

어린 시절, 아빠의 사랑을 받고 싶었다는 너의 인터뷰 기사를 읽고서 까마득히 잊고 있었던 기억들이 되살아났다. 글의 호흡이 끊길까봐 널 돌아다볼 틈이 없었노라고 변명할 수도 있다. 그때 아빠는 가난했고 너무 바빴다고 용서를 구할 수도 있다.

무엇보다도 바비인형이나 테디베어를 사주는 것이 너에 대한 사랑인 줄 알았고 네가 바라는 것이 피아노이거나, 좋은 승용차를 타고 사립학교에 다니는 것인 줄로만 여겼다. 하찮은 굿나잇 키스보다는 그런 것들을 너에게 주는 것이 아빠의 능력이요 행복이라고 믿었다.

너는 어느 인터뷰에서 그건 사랑을 표현하는 방식의 차이였을 뿐이라고 날 두둔해주었지만, 아니다. 진실은 그게 아니야. 그건 사랑하는 방식의 차이가 아니라, 사랑 그 자체의 부족함이었다는 사실을 숨기지 않겠다.

아무리 바빠도 삼십 초면 족하다. 사형수에게도 마지막으로 하늘을 보고 땅을 볼 시간은 주어지는 법이다. 어떤 상황에서도 사랑을 표현하는 데는 눈 한 번 깜박이는 순간이면 된다. 그런데 그 삼십 초의 순간이 너에게는 삼십 년, 아니 어쩌면 일생의 모든 날이었을 수도 있겠구나.

만일 지금 나에게 그 삼십 초의 시간이 주어진다면, 하나님이 그런 기적을 베풀어주신다면, 그래 민아야, 딱 한 번이라도 좋다. 낡은 비디오테이프를 되감듯이 그때의 옛날로 돌아가자.

나는 그때처럼 글을 쓸 것이고 너는 엄마가 사준 레이스 달린 하얀 잠옷을 입거라. 그리고 아주 힘차게 서재 문을 열고 "아빠 굿나잇!" 하고 외치는 거다. 약속한다. 이번에는 머뭇거리며 서 있지 않아도 된다. 나는 글 쓰던 펜을 내려놓고, 읽다 만 책장을 덮고, 두 팔을 활짝 편다. 너는 달려와 내 가슴에 안긴다. 내 키만큼 천장에 다다를 만큼 널 높이 치켜올리고 졸음이 온 너의 눈, 상기된 너의 뺨 위에 굿나잇 키스를 하는 거다.

굿나잇 민아야, 잘 자라 민아야.

그런데 어찌하면 좋으냐. 너는 지금 영원히 깨어날 수 없는 잠을 자고 있으니. 내가 눈을 떠도 너는 없으니. 너와 함께 맞이할 아침이 없으니.

그러나 따지고 보면 모든 게 글 쓰는 아빠로부터 시작된 일이 아니냐. 그러니 그것을 푸는 것도 글로 하는 수밖에 없구나. 그래, 매일 저녁 굿나잇 키스를 하듯이 너의 영혼을 향해 이제부터 편지를 쓰려는 것이다. 생전에 너에게 해주지 못했던 일. 해야지, 해야지 하고 미루었던 말들을 향불처럼 피우련다.

있잖니, 그리스신화에 나오는 오르페우스가 수금을 연주하면 풀과 나무 그리고 돌멩이까지도 귀를 기울이고 웅성거렸다지 않더냐. 심지어 명부(冥府)의 왕 하데스의 마음까지 움직일 수 있다고 했다. 시인의 언어, 그 상상력과 창조의 힘을 빌려오면 이 편지글들이 오르페우스의 수금 소리처럼 너에게 당도할 수 있을 것이다.

기도한다. 우편번호 없이 부치는 이 편지가 너에게 전해지기를. 그래서 묵은 편지함 속에 쌓여 있던 낱말들이 천사의 날갯짓을 하고 일제히 하늘로 날아오르는 꿈을 꿀 것이다. 갑자기 끊겼던 마지막 대화가 이어지면서 찬송가처럼 울려오는구나.

굿나잇 민아, 잘 자라 민아. 보고 싶다 민아야……

목마를 타고 떠나다

네가 처음으로 혼자 회전목마를 타던 날이 생각난다. 아직 어린 나이였는데도 혼자서 목마를 타겠다고 부득부득 졸라댔다. 아빠는 잠시 망설였지. 하지만 어느새 훌쩍 자라 혼자 목마를 타겠다는 네가 자랑스러웠다(그러고 보니 'ㅅ'을 'ㅈ'으로 바꾸면 '사랑'이 '자랑'이 되는구나). 그래, 네가 너무나 사랑스럽고 자랑스러워서 혼자 목마에 태우기로 했다. 걱정은 되었지만 너를 목마에 태워주고 아무렇지 않은 듯 손을 흔들었다. 너도 억지로 웃음을 짓는 것 같았다. 그 순간 네가 잡은 것은 엄마 아빠의 손이 아니었다. 처음으로 잡아본 목마의 손잡이였으니 당연히 불안했을 것이다.

벨이 울리며 목마가 움직이기 시작하자 네 표정이 갑자기

굳어졌다. 겁에 질린 얼굴로 뒤돌아보는 너의 눈에선 금세 눈물이 쏟아질 것 같았다. "세워요, 세워주세요!" 네 엄마가 소리치며 너를 뒤쫓으려 했지만 벌써 너의 목마는 저만큼 가고 없었다. 제자리로 돌아올 때까지 애태우며 기다릴 수밖에 없었다.

네가 목마를 타고 한 바퀴 돌아 우리 앞을 다시 지나갔다. 엄마 아빠가 자리를 지키고 있는 것을 본 너는 표정이 한결 누그러져 있었다. 몇 번이나 뒤돌아보던, 처음 떠날 때의 그 겁먹은 얼굴이 아니었다.

한 바퀴 두 바퀴 목마를 타고 우리에게 다가올 때마다 너의 표정은 점점 밝아져갔다. 목마의 움직임에 차츰 익숙해지고 신이 났는지 더 이상 너는 뒤돌아보려 하지도 않았다. 눈물을 글썽거리던 아이가 어느새 자기보다 덩치 큰 아이들을 뒤쫓으며 경주를 벌이는 기수(騎手)가 되어 있었다. 너는 분명 그 경쾌한 리듬에 빠져 있었고 목마를 탄 다른 아이들의 무리에 섞여서 멀리멀리 사라지고 있었다.

엄마 아빠의 손뼉 치는 소리가 공허하게 울렸다. 겁을 먹은 쪽은 네가 아니라 엄마 아빠였다. 차양이 넓은 그 하얀 네 모자는 떠나가는 배의 돛이었고, 목마를 탄 아이들은 출렁거리는 파도였어.

너는 조금씩 우리 곁을 떠나 다른 세상으로, 아주 먼 바다 너머로 사라지는 것 같았다. 그러다가 그 배는 다시 떠났던 자리로 돌아왔다. 돛은 해풍에 찢기고 색깔이 바랬지만 더 크게 부풀어 있었다. 다시 돌아온 그 순간은 아주 짧았다. '잘 있었니?' '괜찮니?' 하고 물어볼 수도 없는 아주 짧은 만남이었다. 회전목마는 멈추지 않고 돌아 네 얼굴은 다시 사라진다. 하얀 돛, 소음과 음악, 하늘로 솟구치다가 땅으로 추락하는 목마들…….

네가 혼자서 목마를 타던 그날이 우리에게는 앞으로 계속될 짧은 만남과 긴 이별의 시작이었던 거야. 떠나고, 돌아오고, 다시 떠나는 그 반복의 시간 속에서 변해가는 너의 얼굴들이 있다. 플래시의 섬광 혹은 블랙 라이트를 터뜨린 무대처럼 한순간 속에 멈춰 있던 너의 얼굴을 본다. 과장된 비유가 아니다. 회전목마 위의 너, 그 모습이 너의 일생을 들려주는 찬란하고 슬픈 스토리텔링의 시작이었던 것을 그때 우리는 어렴풋이 예감했던 것 같다. 너도, 우리도.

아이가 태어나 자란다는 것은 크나큰 축복이요 행복이다. 하지만 동시에 그것은 우리 곁을 떠나 홀로 앞으로 나아가는 헤어짐의 긴 과정이기도 하다. 그래, 큰다는 것은 말이다, 너

혼자서 무엇인가를 해낼 수 있다는 것은 말이다, 부모의 도움 없이도 혼자 살아갈 수 있음을 의미하는 것 아니겠니. 엄마 아빠를 보려고 기를 쓰며 뒤돌아보던 너의 애처로운 얼굴이 오히려 위안이 되고, 앞만 보고 달리는 네가 때로는 섭섭하게 생각되는 이 이율배반의 심리를 말로 설명하기 힘들구나.

개성이 강한 너는 우리 생각과 다른 길을 고집할 때가 많았고 그럴 때마다 우리는 너를 처음으로 목마에 태우던 그날처럼 가슴 졸이고 걱정을 했다. 너는 늘 혼자서 잘 해내어 너의 선택이 옳았음을 입증하곤 했다.

음악이 끝나면 회전목마도 멈춘다. 아이들은 목마에서 내려와 엄마 품으로 돌아올 것이다. 네가 그날 어떤 표정으로 목마에서 내려와 우리 곁으로 돌아왔는지는 잘 기억나지 않는다. 그러나 틀림없이 목마에서 내릴 때의 너는 타기 전보다 훨씬 커져 있었을 것이다. 그게 우리에게는 기쁨이자 자랑이었고, 동시에 이별의 슬픔이 싹트는 시작이기도 했으리라.

집으로 돌아오는 길에 우리는 아마 아이스크림을 사 먹었겠지. 어쩌면 너는 엄마가 골라준 것과 다른 색깔의 아이스크림을 먹으려 했을 것이다. 아니다, 기억 속의 너는 목마에서 내리지 않았다. 시간의 회전목마는 계속해서 부지런히 돌고 또 돌아 짧은 만남과 긴 이별로 이어졌다. 그러다가 너는

혼자 목마에 탄 채 훌쩍 하늘로 사라졌다. 진부한 표현이지만 이렇게밖에는 너와 함께한 일생을 설명할 수 없구나.

나는 네가 탄 회전목마를 멈추게 했어야 했다. 그 목마에서 너를 내리게 하고 손을 잡고 빨리 집으로 돌아왔어야 했다. 그랬더라면 지금까지도 너는 내 곁에 있었을 것이고 이 편지를 너에게 보내지 않아도 되었을 것이다. 페가수스처럼 목마에 날개가 돋치고 너는 차양 달린 하얀 모자를 쓰고 눈부신 구름 위로 사라졌구나.

1.

탄생,
그리고
시작

너 멀리서 어떻게 왔니

네가 태어나던 날 나도 함께 이 세상에 태어났다. 농담으로 하는 소리가 아니다. 네가 태어나는 순간 나도 아버지가 된 것이니까. 그전까지만 해도 나는 누구의 아들, 누구의 남편이었다. 누구의 아버지는 아니었던 거다.

여자는 아이를 잉태하는 순간, 어머니가 될 준비를 시작한다. 하지만 남자는 달라. 아이가 태어나자마자 아무런 준비 없이 그냥 아버지가 된다. 자신도 모르게 아버지가 되는 거지. 참 우습지 않니? 너무나 당연한 사실을 다들 잊고 있는 것 같구나.

자동차를 움직이려고 해도 몇 달이 걸린다. 운전 교습을 받고 면허를 따는 데만 꼬박 한 달은 걸릴 거다. 심지어 여러 번

시험에 떨어지고 나서야 겨우 합격하기도 하잖니. 그런데 그보다 몇십 배, 몇백 배나 더 소중한 아이의 생명을 다루어야 할 아버지가 무면허라면 어떻게 되겠니. 아빠 역시 그런 무자격 아버지 가운데 하나였단다. 엄마가 널 낳자마자 얼떨결에 아버지가 된 초보 운전사, 벼락치기 초보 아빠였던 거지.

지금 네가 이 지상에 없는 것처럼 그때 역시 너는 이 지상에 없었다. 그래서 지금 너와의 첫 만남이 더욱 특별한 기억으로 떠오르는구나.

상상할 수 있겠니? 어느 날 네 엄마가 갑자기 밥을 먹다가 숟가락을 놓더니 화장실로 달려갔어. 웩 하고 변기에다 대고 구역질을 한 거야. 나는 네 엄마가 음식을 잘못 먹고 체한 줄 알았다. 그래서 활명수를 사오려고 했지. 하지만 잠시 뒤, 네 엄마와 내 눈이 마주쳤다. 눈빛이 변했고 곧 우리는 서로 얼싸안았다.

"아기다! 우리 아가야!" 자축의 박수를 쳤다. 아무리 둔해도 그렇지, 설마 입덧을 몰랐겠니. 영화나 TV 드라마에서도 많이 보아온 장면이 아니냐. 나에게도 그런 일이 일어나다니 꿈만 같았다. 활명수가 아니라 샴페인을 터뜨려야 했던 거야.

사실 예감이 전혀 없었던 것은 아니다. 삼선교 좁은 단칸

방에서 조금 넓은 셋집을 찾아 청파동으로 옮겨온 것도 장차 태어나게 될 아기를 맞이하기 위해서였지.

하지만 말이다, 박수를 치고 기뻐한 것도 잠시였다. 계속 헛구역질을 하며 화장실로 달려가는 너의 엄마를 지켜보면 서 조금씩 걱정과 실망감이 들기 시작한 거야.

내 상상력에 의하면 너와의 첫 만남은 좀 더 로맨틱한 것 이어야 했다. 천사의 날갯짓 같은 맑고 부드러운 바람이거나 천지창조 첫째 날 구름장 사이로 뻗친 햇살 같은 것 말이다.

그게 아니라면 최소한 말이다, 결혼식장에 뿌려지는 꽃종 이와 오색 테이프, 그리고 장엄한 웨딩마치와 우렁찬 박수 소리, 그런 것으로 시작되어야 하는 것 아니겠니. 남들은 더 러 신비한 태몽이란 것을 꾸기도 한다던데 너는 그런 것도 없이 갑자기 헛구역질 소리와 함께 우리에게로 찾아왔으니 아빠는 실망할 수밖에.

왜 반가워야 할 소식이 구역질 소리로 나타나는 걸까. 세 상에서 가장 미운 소리가 바로 구역질 소리가 아니냐. 기분 나쁜 일이 있을 때 사람들은 역겹다고 말하고 더러운 것을 보면 구역질이 난다고 한다. 또 장소만 해도 그렇다. 아무리 화장실이라고 점잖게 불러봤자 변소는 변소고 변기는 변기 아니냐. 옛날에는 뒷간이라고 해서 더러운 것의 상징으로 코를 틀어막던 곳이다. 그런데 왜 하필 그런 곳에서 네 신성한 생명의 노크 소리를 들어야 하느냐.

스페인 화가 무리요가 그린 그 화려한 수태고지 장면을 너도 본 적이 있을 것이다. 하늘에는 수많은 아기 천사가 군무를 추고 성령의 흰 비둘기가 내려오는 찬란하고 신비한 광채, 그리고 가브리엘 천사가 꽃을 들고 동정녀 마리아에게 수태를 알리는 장면, 물론 그런 것까지야 기대했겠니.

다만 내가 말하려는 것은 아무리 셋방이라고 해도 예쁜 향수병이 놓인 엄마의 화장대도 있는데, 귀중한 금박 책들을 꽂아놓은 아빠의 서가도 있는데 왜 하필 그 장소가 변소간이어야 하는 걸까?

그래, 여기까지는 참을 수 있다. 그럴 수 있어. 그런데 문제는, 네 엄마가 너를 갖자마자 입덧은 물론이고, 그 입덧으로 인해서 음식 냄새도 제대로 맡지 못하는 완전히 중병 환자가 되어버렸다는 것이다. 가뜩이나 네 엄마는 갑상선 이상으로 말라 있었는데 이제는 차마 간디처럼 말랐다고 놀릴 수도 없을 만큼 몸이 야위어갔던 거야. 네가 바이러스란 말이냐? 우주에서 침입한 외계인이란 말이냐? 화까지 치밀더구나.

엄마만 겪는 수난이 아니었다. 네 엄마는 신경이 예민해져 나와 종종 다투기도 했다. 또 이것 먹고 싶다, 저것 먹고 싶다 해서 음식을 구해 오면 쳐다보지도 않는 거야. 입덧을 할 때마다 나를 원망하는 것 같아 죄지은 사람처럼 숨죽이고 살아야 했다.

이렇게 너로 인해 엄마는 입덧으로 심한 고통을 겪었고, 그걸 지켜보면서 나는 나대로 기쁨이 스트레스로 바뀌게 되었다. 네 엄마는 모태 신앙 크리스천이었지만 난 달랐어. 그때 나는 '신이 없다면 인간은 어떤 일도 할 수 있다'던 『카라마조프의 형제들』의 이반을 추종하던 자유주의자요 니힐리스트였단다. 그래서 하나님에게 따졌지.

"하나님, 아무래도 이건 아닌 것 같습니다. 인간에게 하늘의 별과 땅의 모래만큼 자손을 낳으라고 축복을 내리신 하나님이 아니십니까. 그런데 왜 생명을 잉태하는 그 거룩한 순간을 구역질의 괴로움으로 시작하도록 하셨는지요. 선악과를 따 먹은 이브의 죗값으로 누구나 여자라면 산고의 고통을 치러야 한다는 것은 나도 잘 압니다.

하지만 왜 잉태하는 그 시작부터 아기가 어머니를 괴롭혀야 하는지 도무지 이해가 되질 않습니다. 모든 사람은 배 속에서부터 불효자가 되어야 합니까. 입덧을 하는 것을 볼 때마다 나도 모르게 배 속의 아이와 하나님을 미워하게 된단 말입니다. 아기를 가졌으면 입맛이 더 살아나 영양분도 많이 취하고, 배 속의 아이와 기쁨으로 교감해야 하는데 왜 심술과 괴롭힘으로 첫 대면을 시키는가 말입니다. 수태고지를 통해 성령으로 잉태한 성모 마리아님도 입덧을 하셨는지요?"

솔직히 말하마. 네 엄마가 입덧을 할 때마다 나는 머릿속으로 이런 생각을 하며 창조주이신 하나님을 원망했다. 하나님은 일곱 번만이 아니라 일흔 번씩 일곱 번이라도 용서하라고 하신 분이니 내 무례함을 용서해주셨겠지만 태내에 있던 네가 이러한 내 생각을 엿들었다면 결코 아빠를 용서하지 않았을 거다.

나만 그런 게 아닐 것이다. 이 세상 모든 아빠가 입덧을 하는 아내를 보면서 나와 같은 생각을 했을지 모른다. 하나님은 말씀이 없으시니 아빠는 알 만한 사람들에게 입덧을 왜 하는지 물어보았다. 백 가지 답변이 있었지만 궁금증을 풀수는 없었어. 더 기가 막힌 것은 공통적으로 하는 말들이 아이와 어머니가 서로 살기 위해 싸우는 것이라 했다. 아이가 성장하려면 어머니의 양분을 빼앗아 먹어야 한다는 것이었지. 이를테면 태내에서부터 시작되는 일종의 모자간 생존 게임이라는 거야.

식물을 보라고 했어. 나무에 꽃이 피거나 열매가 맺힐 때를 보면 온 양분이 그 꽃이나 열매로 향하고 잎과 줄기는 병든 것처럼 시들어가는 거야. 생식을 하기 위해서는 반드시 어머니의 희생이 따르고 그 열매의 대가를 치러야 한다는 거야. 그렇다면 이 세상에 태어난 모든 생명, 결실하는 모든 열매가 자기를 낳아준 모체를 밟고 넘어가는 살모사의 존재라고 할 수밖에 없잖니.

의사나 전문가의 경우도 신통한 대답이 없더라. 입덧 현상은 의학적으로 확실하게 입증된 것이 없다는 거야. 태반에서 만들어지는 에스트로겐, 프로게스테론, 뭐 프로락틴 같은 다양한 호르몬이 복합적으로 작용하고, 여기에 스트레스와 환경적 요인으로 입덧이 생긴다고 추측할 뿐이란다.

그중에서도 날 주눅 들게 한 이론은 면역 체계 이상설이었어. 당연히 너는 어머니의 DNA를 갖고 태어났지만 아버지 것도 반은 갖고 있었을 게 아니니. 그게 문제라는 거야. 어머니의 몸 안에 있는 면역 체계에서는 무엄하게도 아버지 쪽 DNA를 가진 너를 낯선 이물질로 간주한다는 것이다. 외부로부터 일종의 병균이 침입해 온 것으로 간주해 몸이 거부 반응을 일으키는데 그것이 바로 입덧 증상이라는 거야. 그게 사실이라면 입덧은 순간적으로 나와 그리고 너의 일부를 바이러스로 대했다는 이야기가 아니겠니?

그런데 그런 생각들이 모두 잘못된 것이라는 걸 깨닫게 된 것은 너를 잃고 난 뒤의 일이란다. 나의 생 팔십 년이 지나고

서야 겨우 입덧의 비밀을 풀게 되었다는 이야기다. 그 모든 것이 아빠의 편견에서 나온 오해였다는 것, 그러니까 초보 아빠의 무지에서 비롯된 의심이었다는 거야.

뜸들이지 않고 말하자면 입덧은 인간의 지혜나 이성으로 풀 수 없는 신비한 생명의 암호라는 거다. 그러니까 숨어 있는 생명 장치라는 것이다. 입덧은 어머니를 괴롭히는 게 아니라 오히려 편안하게 지켜주고 유도하는 태아의 배려였다는 것이다.

그 효심을 피상적으로만 보았던 거야. 배가 불러오기 전에 입덧을 하지 않으면 어떻게 될까. 엄마는 물론이고 아이를 가졌다는 걸 주위에서 어떻게 알아채겠니. 임산부 자신이 알았어도 입 밖에 내기 힘들 것이고, 만약 말한다고 해도 누가 그걸 믿어주겠어.

물론 지금 같으면 배가 불러오기 전이라도 병원에서 진단도 해주고 초음파 사진으로 태아를 볼 수도 있지만, 옛날에는 모두 불가능했던 일이다. 더구나 농촌 시골에서는 입덧 말고 다른 방도가 어디 있었겠니.

임산부가 구역질하면서 입덧을 하면 주위 사람들이 그때서야 눈치를 채고 그 순간부터 모든 대우가 달라지는 거야. 시어머니 앞에서도 당당히 누울 수 있는 귀하신 몸이 되고 남들이 모두 일할 때에도 홀로 쉴 수 있는 특권을 갖게 되는 거지.

그래, 엄마가 입덧을 할 때 너는 엄마의 배 안에서 "우리 엄마 배 속에 아기가 있어요. 조심하세요" 하고 외쳤던 거야. 왜 있잖아, 입덧은 자동차 뒤에 써 붙인 '차 안에 아기가 있어요(baby in the car)'처럼 조심하라는 경고문과 같았던 거야.

그렇게 생각하면 임신을 알리는 구역질 소리야말로 이 세상 어떤 아름다운 음악 소리보다도 성스럽고 장엄한 것이지. 아니면 구급차의 경적 소리같이 "물렀거라" 하는 호령이라고 할까.

이 단순한 진리를 알기까지 오십 년 이상 걸린 셈이다. 그것도 네가 세상을 떠난 뒤 『생명이 자본이다』라는 책을 쓰다가 우연히 알게 된 정보다. 입덧이 모자간의 생존 경쟁을 알리는 파열음이 아니라, 모자 공생의 화음이라는 사실도 확인할 수 있었다. 구역질 같은 입덧 징후는 보통 아이를 갖고 사오 주차에 생기는 현상이라고 하더라. 그러니까 임산부들이 가장 조심해야 할 때란 말이지. 아직 자신도 잘 모를 때여서 행동할 때 조심하지 않을 수도 있어. 조금만 무리를 해도 유산의 위험이 크다는 거지.

입덧은 남에게 임신을 알리는 방법만이 아니라, 임산부 자신에게 보내는 경고음이기도 해. 고양이와 원숭이가 입덧을 하는 걸 봐도 알 수 있다는 거야. 새끼를 밴 고양이가 입덧을 하고 괴로워하지 않는다면 평상시처럼 쥐를 쫓아다닐 게 아니냐. 멋모르고 하는 그 과격한 운동 때문에 새끼를 유산할 수도 있다.

활명수로 너와의 첫 만남을 맞이할 뻔한 아빠가, 네가 떠나고 난 다음에야 아빠 자격증을 딴 내가 뒤늦은 인사를 한다.

"반갑다 내 아기야."

이것이 너에게 보내는 나의 첫 굿나잇 키스이다.

아이가 태어나는 순간 엄마도 아빠도 함께 태어난다는 말은 단순한 문학적 표현이 아니란다. 그건 과학이야. 육아를 다루는 학문에 '신생아의 미소'라는 게 있어. 태어난 지 얼마 안 된 아기가 웃는 표정을 짓는 거야. 아직 아무런 의식도 없고 주변에서 일어나는 일을 느낄 줄도 모르는 아기가 어떻게 웃을 줄 아는 건지. 그리고 왜 갓난애가 그런 미소를 짓는 건지 그 이유를 아는 사람은 아무도 없어. 우리는 그냥 배냇짓이라고만 했어. 과학적으로도 해명된 게 없다는구나.

하지만 한 가지 분명한 것은 그런 귀여운 미소가 아기를 품은 엄마에게 한 번도 경험해보지 못한 행복감, 지금껏 느껴보지 못한 희열을 건네준다는 거야.

아빠도 그렇고 주위에서 아기를 돌보는 모든 사람이 그래. 천사 같은 천진한 아기의 미소 앞에서는 누구나 다 무장해제를 당하고 말잖아. 그러고는 원초적인 힘, 보호 본능과 사랑에 빠지고 말지. 엄마는 물론이고 주위의 모든 사람에게 그런 감동과 행복감을 줄 수 있는 놀라운 지혜. 그 조그마한 핏덩어리가 어떻게 그런 힘을 갖고 태어나는가.

자, 생각해보자. 아기는 평균 이십 초에 한 번꼴로 어른의 관심을 끄는 행동을 한다는 거야. 우는 것, 배설하는 것, 심지어 젖을 먹다가 잠시 멈추는 것까지 모두가 그렇다는 거다. 그러면 당연히 엄마는 잠시도 아이에게서 눈을 뗄 수 없게 되는 거지. 아기를 낳은 산모는 처음 일 년 동안 평균 칠백 시간이나 수면 시간을 빼앗기게 된다는 거야. 만약 그렇게 보채기만 하는 아기라면 아무리 엄마라도 내동댕이치고 싶겠지. 그러지 않아도 아기를 낳자마자 자신이 아줌마 대열에 끼게 된 것을 언짢게 생각하는 법이지. 몸은 형편없이 망가지고 군살이 찌고 그렇게 남자들 앞에서 여왕이던 봄날은 가는 거라고.

그런데도 산모가 절망과 우울증에 걸리지 않는 것은 자신이 아니라 자신이 낳은 아기가 그렇게 만드는 거래. 아이를 품에 안을 때 엄마는 그 모든 것을 잊고 아기의 눈과 미소를 마주 보면서 천사로 변하는 거지. 몽골몽골한 벌거숭이 몸뚱어리, 앙증맞은 손가락으로 엄마 젖이나 손을 꼭 잡는 촉감은 세상 어디에서도 구할 수 없는 황홀함이지. 지고한 생명의 교감, 그건 분명히 천상에서 온 거야. 지상에서 배운 기술이나 지식이 아니야. 그 순간 한 여성은 어머니가 되어 모든 고통과 우울했던 마음을 한방에 날려 보내게 돼.

포유류 가운데 젖을 쉬엄쉬엄 빠는 것은 사람의 젖먹이뿐이래. 그런데 아기가 젖을 먹다 그렇게 간헐적으로 멈추는 까닭은 자신을 흔들어달라는 사인이라는 거야. 사랑해달라는 요구인 게지. 아기를 안고 젖을 먹이던 엄마는 그럴 때마다 자신도 모르게 아이를 흔들어주고 추스르게 돼. 동서고금 할 것 없이 아기 엄마는 똑같은 행동을 해.

그래서 두 생명 사이에 리듬이 생겨나게 되고 그 흔들림의 율동 속에서 아기와 엄마는 열반의 세계에 빠져들어. 그걸 육아 전문가들은 뭐라고 하는지 아니? 아주 멋지게 엄마와 아기가 연출하는 뮤지컬 무대라는 거야.

시몬 드 보부아르는 똑똑한 여성이지만 아기를 낳고 가슴에 품어보지 못한 탓인지 아주 이상한 말을 한 적이 있어. 모성애의 그 아름다운 신화를 만들어낸 것은 남성들의 음흉한 계략이라고 말이야. 여성들을 가정에 묶어두고 아기를 기르는 중노동을 미화하여 규방에 가두어두려는 남성 이기주의, 우월주의, 편의주의…… 온갖 악담을 퍼부었지. 하지만 말이야, 그 여류 철학자가 아기를 품에 안아봤다면 그녀가 철학 교실에서 배우지 못한 것을 그 아기가 가르쳐주었을 거야. 아니야. 요즘 화제가 된 유튜브의 동영상만 보았더라도 그런 말을 하지 않았을 거라고 믿어. 어미 원숭이를 잡아먹은 표범이 새끼가 다가오자 어찌할 줄 모르는 그 기막힌 동영상 말이야. 어미 잃은 그 원숭이 새끼는 아무것도 모르고 표범에게 다가가 애처로운 소리를 내며 젖을 달라고 안기려고 해. 표범은 당황해하면서도 그 새끼를 물어다 안전한 데 놓고 거북한 자세로 품어주고 돌보는 거야. 표범의 날카로운 이빨과 발톱이 귀여운 원숭이 새끼 앞에서는 아무 힘도 쓸 수 없게 돼.

흉악범이 칼을 내밀 때 아기는 웃어. 그 품에 안기려고 손을 벌리고 미소를 지으며 다가와. 이 엄청난 힘 앞에서 그 흉악범은 칼을 던질 수밖에 없어. 표범이 그랬던 것처럼.

그건 남성들의 계략이 아니라 신의 섭리란다. 신이 아기를 지켜줘. 그리고 아기가 어른들을 착하게 만들어. 아기의 미소가, 그 맑은 눈동자가, 가끔 기지개를 켜며 오물거리는 붕어입이 엄마 아빠가 되게 만들어.

모성애는 어머니에게 있는 것이 아니라 아기가 만들어내는 것이라는 이 역발상은 최근에 데이비드 브룩스의 『소셜 애니멀』이라는 책에서 읽은 거였어. 이런 책을, 이러한 연구들을 네가 태어난 그때에만 읽었어도 나는 또 다른 마음으로 너의 미소, 최초로 아빠에게 준 그 기막힌 선물을 더 진한 감동으로 가슴에 품었을 것을. 그런데 어쩌면 좋으냐. 지금 신생아에 관한 연구는 엄청나게 발전했는데 도리어 시몬 드 보부아

르와 같은 똑똑한 여성은 늘어만 가는구나. 결혼 기피와 저출산, 그것도 한국이 세계에서 으뜸이라니 무슨 낯으로 너에게 굿나잇 키스를 보내겠니.

사랑은 고통으로부터

사람의 일생을 말할 때 흔히 '요람에서 무덤까지'라고 하지 않니. 셰익스피어 같은 대문호도 더 멋있게 표현한다고 '기저귀에서 수의(壽衣)까지'라고 했지만 그건 모두 잘못된 말이다. 인간의 생은 요람이나 기저귀가 아니야. 어머니의 자궁에서부터 시작하는 거야.

그렇지, '자궁에서 무덤까지'라고 해야 맞겠구나. 이 경우에는 영어로 표현해보는 게 더 실감이 난다. 왜냐하면 자궁은 'womb'이고 무덤은 'tomb'이잖니. 탄생과 죽음이 'w'와 't'의 한 자 차이밖에 없구나. 우연치고는 너무나 놀랍지 않니?

네 엄마는 임신에서 출산까지 구 개월 동안 많은 고통을 겪어야 했다. 그 아픔은 입덧에서 시작해 분만의 진통으로 이어진다. 아이가 산도를 통해 태어날 때 살을 찢는 아픔을 겪어야 한다고 했다. 그 고통이 얼마나 심하면, 의사가 환자에게 어느 정도 아프냐고 물을 때 출산의 진통을 기준으로 삼겠니. 분만의 진통이 인간이 겪을 수 있는 아픔 가운데 최고 수치라는 이야기이다.

하지만 이러한 질문은 여자에겐 유효해도 남자한테는 통하지 않아. 아이를 낳아본 적이 없으니 말이다.

나는 최근까지도 우리 영화나 드라마에서 애 낳는 장면을 왜 그렇게 엽기적으로 보여주는지 이해할 수 없었다. 입에 수건 같은 것을 물리고 손에는 끈을 틀어쥐고 말이다. 심지어 이마에 물을 뿌리는 연출까지 하면서 땀을 흘리는 얼굴, 헝클어진 머리칼을 보여준다. 여성은 항상 예쁘게 보이려고 화장도 하고 머리를 다듬고 심지어 기절하는 순간에도 우아하게 쓰러진다고 하던데 아이를 낳는 순간만은 무방비 상태다. 그런데 왜 그 최악의 장면을 고문을 하듯 보여주는 것일까?

입덧을 알게 된 것처럼 요즘에서야 그 이유를 알 것 같다. 아이를 직접 낳아보지 못한 남자들에게도 영상을 통해 산고의 고통이 어떤 것인지를 느끼게 하려는 거지.

더러는 아내가 입덧을 할 때 같이 입덧을 하는 남편이 있다는 소리를 들은 적도 있다. 그게 대개는 할리우드 액션처럼 가짜로 흉내를 내는 것이라고 하더구나. 출산의 아픔을 공유하여 아내에게 자식을 빼앗기지 않으려는 남편들의 음모일 수도 있다는 거야.

그러고 보니 대학 시절 문화 인류학 책에서 그런 이야기를 읽은 적이 있었다. 오스트리아 같은 산간 벽지에 그런 풍속이 있었다고 하는데 아내가 진통을 하기 시작하면 남편도 따라서 진통을 하고, 심지어 아이를 낳은 것처럼 침대에 누워 해산구완을 하러 온 손님들에게 인사를 받기도 했다는 거야. 그런 괴상한 풍습이 한국의 선천 지방에도 있었다고 하니 남의 나라 이야기만은 아닌 듯싶다.

이런 풍속을 통해 우리는 어머니만큼 고통을 겪지 않으면 아버지가 될 수 없다는 중대한 의미를 발견하게 되는 거다. 그래서 누군가가 그랬어. 남자는 여자처럼 아이를 낳을 수 없기 때문에 기를 쓰며 정치를 하고, 권력 게임을 하는 거라고 말이다. 히틀러처럼 천년 제국을 만들려고 수백만 명을 죽인다거나 아니면 큰돈을 벌어서 재벌이 되거나 유명한 학자나 예술가가 되어 이름을 남기려고도 하지. 아이를 낳을 수 없는 콤플렉스에서 남자들이 발견한 것이 바로 전쟁이요 영웅의 꿈이라는 거야.

이야기가 샛길로 샜구나. 내가 너에게 들려주고 싶은 것은 사랑도 기쁨도 반드시 고통을 통해서만 얻어진다는 사실을 산모의 고통을 통해 깨달았다는 거다. 엄마가 널 낳을 때 겪었던 고통으로 사랑을 얻었던 것처럼, 나는 너를 잃은 고통을 통해 비로소 너에 대한 사랑을 얻었다. 네가 살아 있을 때에는 경험하지 못했던 절대에 가까운 그 사랑 말이다.

그래서 자연히 V. E. 프랑클의 말도 이해하게 된 것이지. 나치 수용소에 있었던 그 유명한 정신의학자 말이다. 그는 인간을 호모사피엔스도, 호모파베르도 아닌 호모 파티엔스 (Homo patiens)로 정의했어. 인간이 인간일 수 있는 것은 아픔을 아는 동물이기 때문이라는 것이지.

예수님이 자신의 죽음이 임박한 것을 알고 제자들에게 이별을 고할 때 그것을 산고에 비기셨던 걸 네가 나보다도 더잘 알고 있겠지. 고통을 겪고 나서야 새로운 생명을 얻는 기쁨을 맞이하듯이 제자들도 예수님과 헤어지는 그 고통 끝에 영생을 맞이하는 기쁨을 얻게 된다는 말씀이었어.

종교가 아닌 생물학적 관점에서 보아도 마찬가지다. 보부아르의 『제2의 성』에 그런 이야기가 나와. 무통분만으로 새끼를 낳은 소나 말은 자기가 낳은 새끼인데도 돌보지 않는다는 거야. 남의 새끼를 대하듯 젖도 주지 않고 옆에 오지도 못하게 한다는구나.

유감스럽게도 너를 잃고 난 뒤에야 너를 얻을 수 있었어. 진짜 아버지가 된 거라고. 아버지가 되려면 어떤 고통(사랑)을 겪어야 하는지를 몸으로 체험한 거란 말이다. 네가 살아 있을 때 이것을 알았더라면 나는 완벽한 아버지가 되었을 것이고, 너는 완벽한 딸로 행복을 느꼈을 텐데. 하지만 신이 아닌 인간의 세계에 완벽이란 게 어디 있겠니. 희망의 나팔 소리, 구원의 기병대들은 항상 늦게 오는 법이다. 서부영화에서처럼.

여든이 넘어서야 입덧과 산고의 고통을 겨우 알게 되고, 네가 세상을 떠난 뒤에야 허둥지둥 초 자를 뗀 아버지로서 내가 여기에 있다.

세상 아버지들은 죽을 때까지 '초' 자를 떼지 못하는 초보 운전사일 수밖에 없는가보다. 아버지들은 딸을 구한다고 믿고 있지만 사실은 딸이 아버지를 구하는 일이 더 많다. 심청이 아버지의 눈을 뜨게 한 것처럼 말이다. 얼마나 많은 딸이 인당수에 빠져 목숨을 잃어야 눈먼 아버지들이 눈을 뜨게 될까. 그걸 알면 아버지들은 절대로 전쟁 같은 것, 남의 생명을 빼앗는 폭력 같은 것, 숲을 사막으로 만들며 환경을 파괴하는 짓은 하지 않을 것이라고 생각한다.

나는 아기집에서 막 태어난 너의 손을 지금도 기억한다. 엄지손을 안으로 꼭 움켜쥐고 있던 너의 두 주먹 말이다. 그것은 작지만 돌덩어리처럼 단단해 보였다. 과장이 아니다. 네가 아홉 달 동안 살았던 아기집이 다칠까봐 엄지손을 틀어 쥐고 그렇게 태어난 것이라고 하더구나. 그러지 않으면 다음에 태어날 네 아우들의 집, 어머니의 자궁을 손톱으로 찢어놓을 테니 말이다.

그런데 이 세상 아버지들은 어떠니. 너희들과 앞으로 태어날 아우들이 살아야 할 집, 지구의 자연을 강철의 손톱으로 갈기갈기 찢어놓고 있잖니. 너희들이 자랐던 아기집 같은 편안한 집은 이곳 어디에도 없구나.

그래 맞아. 네가 처음 태어나던 날 나도 아버지로 태어난 것이다. 그리고 네가 세상을 떠나자 나는 진짜 아버지로 거듭났다고 말했다. 지금은 장담하건대 여드름 자국이 남아 있는 이십대의 초보운전 아버지가 아니다. 이제부터라면 입덧이 무엇인지도 알고 산고의 아픔이 어떤 것인지도 아는 멋진 아버지가 될 수 있었을 텐데…… 그래서 너희들을 따뜻하게 할 사랑의 볕을 만들어줄 수 있는데, 이제 너는 없고 너의 아우들도 손주를 볼 나이가 되어가는구나.

그래서 생각해낸 것이 바로 '세살마을'이었다. 세살마을이 뭐냐고? 우리나라 속담에 세 살 버릇 여든까지 간다는 말이 있지 않니. 확실히 우리 선조들은 앞을 보는 지혜가 있었지.

현대 의학이 밝힌 것을 봐도 아이가 태어나 세 살이 될 때까지가 가장 중요한 시기라고 하지 않니. 세 살 때 배운 교육이 여든까지 가는 건데 우리나라의 영유아 교육은 불모지대라고 하더라.

평생 글밖에 모르던 아빠가, 제 아이도 제대로 키워보지 못한 아빠가 갓난아이를 키우는 일을 하겠다고? 웃지 말거라. 아주 진지한 이야기니까 잘 들어보라구. 너는 산아제한 캠페인을 하던 무렵의 한국 땅에 태어났지만 지금 아이들은 첫째로 손꼽히는 저출산 국가에서 태어나게 됐어. 그나마 아이를 낳아도 초보 엄마 초보 아빠 밑에서 자라는 아이들이 너무나도 많다는 이야기다. 배가 고파서 우는 아이를 한밤중에 구급차를 불러 응급실로 달려가는 게 요즘 부모라고 하지 않니. 아빠가 하루에 한 번만 아이에게 스킨십을 해주어도 그것이 아이의 지능과 성격에 평생 작용한다고 하는데, 맞벌이 부부의 아이들은 아빠는 고사하고 엄마 품도 모르며 자라.

그러니 보이지 않는 배 속에서 자라나는 아이들은 어떻겠니. 나보다 네가 더 잘 알겠지만 오늘날에는 초음파 같은 의학 기기가 발달해서 태아에 관한 연구 결과가 많이 나와 있는데, 태아의 능력은 우리의 상상을 초월한다. 배 속에서 엄마 아빠의 말소리는 물론이고 냄새까지도 기억한다는 거야.

그래서 세살마을 프로그램에는 임신부들을 위해 클래식을 들려주는 순서가 있어. 일종의 음악 태교로 엄마와 태아를 즐겁게 해주려는 것이지. 그런데 아무 음악이나 들려주면 안 돼. 신기하게도 모차르트의 음악을 들려주면 아이가 기뻐하고 두뇌 발달에도 좋은 영향을 준다는구나. 하지만 베토벤의 음악을 들려주면 아이가 불안해하고 공포감으로 몸을 움츠린다는 연구 결과도 있어.

아이를 낳으면 대학생으로 구성된 축하단들이 직접 산모를 방문해 선물을 주고 육아에 필요한 정보와 최신 연구 자료들을 토대로 한 여러 가지 지식을 나누어주는 일도 하지. 그때를 위해 아빠가 아이의 탄생을 축하하는 시를 써준 것이 있어. 육아와 관계하지 않던 내가 왜 이런 일에 뛰어들게 되었는지 사람들은 궁금하게 여기겠지만 너는 잘 알 것이다. 네가 태어났을 때 아빠는 너를 맞이하는 축하시를 써주지 못했잖니. 너의 동생들에게도 그랬지. 그러니까 그 당시 너에게 바쳐야 했을 축하시를, 때를 놓쳐버린 탄생시를 지금 쓴 거야. 세살마을 영아 교육 프로젝트로.

네가 아들을 잃고 땅끝의 아이들을 품어주었던 것처럼 이제 나는 널 잃은 슬픔으로 세상의 모든 아이들을 품에 안으려고 한다. 너희들을 맞이하는 기쁨이 어떠한 것인지, 그리

고 아이를 가슴에 품고 무슨 생각을 했는지 함께 읽어보고
싶다.

아기야.
이제 온 우리 아기야.
너 어느 먼 별에서 찾아왔느냐.
넓은 지구 하고많은 나라 모두 다 뿌리치고
엄마 아빠 찾아 아장아장 걸어왔느냐.

한국이 그리 좋아 보이더냐.
대궐 같은 집 저리 많은데
초가삼간 이 집이
네 마음에 들었느냐.

너의 작은 손가락 걸고
맹세한다. 우리 아가야.
네가 자랄 따뜻한 집을
꼭 만들어줄게.
마음 놓고 뛰어다닐 놀이터
열심히 공부할 수 있는
학교를 만들어줄게.

"우리나라 좋은 나라"
백번이고 천번이고 외쳐도 될
부끄럽지 않은 당당한
나라를 만들어줄게.

네가 마실 물 네가 숨 쉴 공기가
이래서야 되겠느냐.
엄마 아빠가 네 이웃이
함께 팔을 걷어붙였다.
안전하게 길을 건널 수 있게
호루라기를 불 연습도 한다.

아가야, 우리 동이야
어둠 속 헤치고 왔느냐.
빛을 타고 왔느냐.
네가 울며 태어날 때
반갑다. 사랑한다.
우리는 웃으며 손뼉을 쳤다.
엄마의 살 아빠의 뼈
그리고 대한민국 반만년의 역사로
오늘

너를 맞는다.
사랑의 이름으로
생명의 이름으로
너를 부른다.

너는 내 곁을 떠난 것이 아니다. 어디에선가 태어나는 아이의 울음소리에서 나는 너의 탄생을 기억한다. 오늘이 다르고 내일이 다를 것이다.

너는 내 기억 속에서 끝없이 탄생하고 또 탄생한다. 인간의 생명이 어떻게 태어나는가. 나는 이 탄생시를 쓰면서 아직도 나에게 할 일이 많이 남아 있다는 생각을 한다. 그 생각 속에서 너를 잃은 슬픔을 재생의 기쁨으로 포용한다.

이것이 너에게 보내는 오늘의 굿나잇 키스다.

2.

살고
싶은
집

아기집에서 세상의 집으로

　네가 세상을 떠나고 난 뒤 처음 쓴 책이 『생명이 자본이다』인데 그 책 첫머리에 나오는 것이 바로 엄마 아빠가 신혼 때 살던 삼선교 단칸 셋방살이 이야기였다. 추운 겨울밤 연탄불이 꺼져 방 안의 금붕어가 얼어 죽을 뻔했었지. 그때 나는 책에 쓴 대로 '절대로 다시는 연탄불을 꺼뜨리지 않겠다'라고 너의 엄마와 아직 태어나지 않은 너희들을 두고 맹세했다.

　그래서 이사 간 곳이 네가 태어난 청파동 집이다. 같은 셋방이기는 해도 삼선교 집보다 훨씬 크고 방이 두 개 딸린 집이었어. 그래 맞다. 같은 셋집이기는 해도 너를 맞기에 손색이 없다고 생각했어. 우선 엄마의 직장인 학교 바로 뒤에 있었고, 무엇보다 낡은 일본 적산 가옥인 듯싶었지만 아빠가 어렸을 때 꿈꾸었던 빨간 지붕의 이층 양옥집이었거든. 요즘 아이들은 절대로 이해하지 못할 테지만 누구나 그 시절 마음 속에 그리던 집이 바로 그러했다는 거야.

누군가를 사랑한다는 것은 누군가와 함께 사는 집을 꿈꾼다는 것이지. 그림책에 나오는 빨간 지붕이든, 노래 가사에 나오는 언덕 위의 하얀 집이든, 만약 그게 우리들의 집이었다면 그때의 이야기는 아름다운 동화책이 되었을 텐데 현실은 그렇지 않았단다.

이사 간 뒤 알고 보니 하필이면 우리가 세 든 집주인이 네 엄마의 여고 동창생이었던 거야. 군인과 일찍 결혼해서 좋은 집에서 잘 살고 있었던 거지. 당시만 해도 전후 상황이어서 가장 힘 있고 경제적으로도 윤택한 사람은 군인이었어. 고급 장교들 말이야.

그 셋방살이가 어떠했을지 그리고 그런 상황에서 태어난 너의 삶이 어떻게 시작되었는지 말해주지 않아도 짐작이 갈 거다. 하지만 그때의 이야기를 너와 진지하게 나눠본 적이 없었으니 너는 평생 동안 아무것도 모르고 살아온 거야. 출생의 비밀이 아니라 출생의 첫 기억 말이다.

한마디로 그때의 너는 마음 놓고 울 수도 없는 집에서 생명의 첫 호흡을 한 거란다. 네가 밤중에 너무 심하게 울어대면 엄마는 너를 급히 둘러업고 집 밖으로 뛰쳐나갔어. 아빠가 글을 쓰는 데 방해될까봐 그랬다지만 진짜 이유는 좀 더 심각했지. 집주인인 동창생의 눈치가 보였던 거야. 주인 남편이 근무지에서 돌아와 집에 머무는 동안엔 그런 일이 더욱 잦았으니까.

글을 읽고 있는 내 책장 갈피마다, 글을 쓰고 있던 내 원고지 칸마다 한밤중에 우는 아이를 등에 업고 어두운 골목길을 서성대고 있을 네 엄마 모습이 어른거렸다. 그래도 그것은 참을 수 있었지. 너의 울음소리가 점점 멀어진 창 너머의 어둠을 아느냐.

문득 내가 있는 이곳이 집이 아니라 광야라는 것, 그것도 바람 부는 추위와 어둠 가득한 광야라는 것. 거기에는 가족을 지킬 울타리도, 벽도 없어. 전갈의 집게가 너희들을 찌르는 헛것이 보여. 펜촉으로 그것들을 찌르다 보면 펜대가 부러지는 일도 있었지.

차라리 밖에 나가 너를 감싸고 있는 어둠을 향해 엉엉 울었더라면, 부러뜨린 펜촉을 바라보는 나 자신이 그렇게까지 초라해 보이지는 않았을 것을. 아내와 딸에게 밤이슬을 맞게 하고 빈방에서 글을 읽고 쓰는 나의 한심한 모습을 들키지 않으려고 찢어진 원고지를 치울 무렵이면 바깥의 찬 기운과 함께 너는 엄마의 등에 업혀 잠든 모습으로 돌아왔던 거야.

그런데도 네 엄마는 그 셋집을 마음에 들어 했다. 왜 그런 줄 아니? 학교 옥상에서 내려다보면 네가 있는 이층 방이 보인다는 거야. 수업이 끝날 때마다 매번 옥상에 올라가 네가 있는 방을 내려다보았던 게지. 잘 놀고 있는지, 널 봐주는 언니가 널 잘 돌보고 있는지. 망부석도 아닌데 옥상에 올라가 네가 나타나기를 지켜보고 있었다는 거야.

그게 4·19 전후의 일이었으니까 한창 세상이 시끄러울 때였어. 그무렵 나는 사회 비판적인 글을 많이 쓰고 있었지. 글만이 아니라 당시 야당 종합지인 『새벽』의 편집위원으로도 활동하고 있었을 때야. 아빠의 첫 저서 『저항의 문학』과 『지성의 오솔길』에 실린 글들을 읽어보면 알 거다.

문득 그런 저항의 글들이 내 가난과 불행에 대한 사적인 분노에서 나온 것이 아니었을까 하는 생각이 들 때가 있어. 혹시라도 그것이 셋방살이의 서러움, 가족을 지키지 못한 내 좌절감의 한풀이였으면 어쩌나 하는 생각이 들 정도야.

당시 아빠와 같은 젊은이들이 즐겨 읽던 책은 사르트르 같은 프랑스 좌파 실존주의자나 나치 시절에 지하운동을 하던 레지스탕스의 글들이었어. 루이 아라공, 자크 프레베르, 시몬 베유…… 문학이 아니더라도 영화가 그랬고, 팝송 가사가 그랬지. 폭력과 억압에 대한 저항의 피 냄새가 났던 거야. 앙

가주망(engagement), 그래 그 참여문학이란 것을 뒤집어보면 의외로 셋방 구석에서 풍기는 곰팡이 냄새, 수챗구멍에서 나오는 참을 수 없는 악취를 맡게 되는 것은 아닐까.

쉽게 말해서 나의 통장에 작은 집 한 채를 살 돈이 들어 있었다면 과연 그런 글들을 썼겠는가 하는 것이다. 만에 하나라도 내 불만과 저항이 물질적 결핍에서 나온 것이라면 내가 쓴 그 글들이 저금통장의 무게만도 못한 것은 아니었을까.

실제로 나는 그때 글을 쓰다가 펜촉을 부러뜨리면서 맹세했다. 네가 마음 놓고 울 수 있는 공간을 내 손으로 마련할 수 있다면, 악마에게 영혼을 팔 수 있다고. 파우스트 앞에 나타난 그 유식한 메피스토펠레스가 아니더라도, 이따금 시골 머슴방에 등장하는 온몸에 털이 듬성듬성 난 촌스러운 도깨비라 할지라도, 나는 서슴지 않고 내 영혼을 집 한 채와 바꿨을지 모른다.

그렇구나. 악마에게 영혼 파는 이야기를 하다 보니 너에게 처음 세계 동화 전집을 사다 주었던 기억이 난다. 너는 대학생이 되고 난 뒤에도 그때 읽은 동화들에 관해 나에게 얘기하곤 했지. 그중에서도 네가 즐겨 이야기하던 독일 동화가 생각난다. 가난한 아버지가 굶주린 식구들을 보다 못해 악마에게 영혼을 팔게 돼. 악마는 그의 영혼과 자신의 돌로 된 심장을 맞바꾸는 조건으로 최고의 부를 누릴 수 있게 해주겠다고 약속했지. 영혼을 팔고 돌 심장을 가져온 그는 갑자기 벼락부자가 되어 금은보화와 산해진미로 호사스러운 생활을 하게 되었어. 그런데 문제가 생긴 거야. 그의 돌 심장으로는 아무 감정도 느낄 수가 없었어. 인간의 심장을 지니고 있을 때에는 굶더라도 아내와 자녀들에 대한 사랑을 느낄 수 있었고, 기쁨이나 슬픔을 함께 나눌 수 있었는데 말이다.

다행히 아빠는 악마에게 심장을 내주지 않고서도 너를 위해, 그리고 미래에 태어날 네 동생들을 위해 밤이슬을 막을 수 있는 작은 내 지붕을 갖게 된 거란다. 밤낮으로 글을 쓰고 또 쓰고 그 문자로 밤이슬을 피할 수 있는 지붕과 기둥을 그리고 발 뻗고 쉴 수 있는 따뜻한 구들을 마련할 수 있게 된 거지. 이것이 아빠가 너에게 준 최초의 선물 용산 삼각지의 집이었단다. 사랑, 생명, 가족, 그 모든 것의 대명사. "내 쉴 곳은 작은 집 내 집뿐이리" 하는 노래 가사 그대로 말이다.

변명이 아니다. 내가 처음 집을 마련한 것은 세속적 틀 안에 박힌 물질적 욕망과는 다른 것이었다. 집은 물질이 아니야. 물질을 넘어선 거지. 그건 나 자신이고 가족 그 자체이고 생명이다.

우리는 태어날 때 돈이 있든 없든 한 공간을 차지해. 그게 몸뚱이야. 그래서 '몸집'이라고도 불러. 절대의 공간, 나를 죽이지 않고는 누구도 이 몸집만큼의 공간을 빼앗아 갈 수 없어.

그런데 몸집만 가지고 어떻게 사니. 몸뚱이가 움직일 수 있는 곳, 누울 수 있는 곳, 서서 걸을 수 있는 곳이 필요하잖아. 이 공간을 확보하기 위한 싸움, 그것이 인간의 삶이고 생존 공간이라는 거다. 사랑이 무엇인지 모르는 사람도 자기 몸은 아끼고 사랑해. 성경에도 "네 이웃을 내 몸과 같이 사랑하라"고 했어. 내 사랑하는 몸, 그래, 그 생명의 '몸집'의 집을 키우고 넓힌 것이 바로 우리 가족인 거야.

노래 제목 그대로 '홈 스위트 홈'이야. 거기에 울타리를 쳐서 가족이 살아갈 수 있는 공간을 확보한 곳, 타인이 침입하면 총으로 쏴 죽여도 정당방위가 인정되는 신성한 곳, 생명의 권리를 부여받은 곳이 지붕과 네 기둥으로 세운 집이잖니. 그 집이 없다는 것은 내 가족, 내 생명을 포기한 것과 마찬가지야.

지붕을 갖는다는 것, 벽을 갖는다는 것, 울타리를 친다는 것, 그것이 가족의 의미야. 시퍼런 칼날도 자기 집인 칼집에 들어가봐. 더 이상 위험한 것이 아니야. 아무것도 베지 않고 편안히 잠들어.

내가 아는 집은 여기까지였다. 그런데 네가 찾고 있었던 집, 네가 진실로 원하는 집은 달랐지. 그것이 삼각지의 '나가야'나 신당동이나 성북동 그리고 푸른 잔디밭이 있던 평창동 석조 건물이 아니라는 것을 알았을 때, 아버지의 일생이 물거품이 되는 듯한 충격을 받았어. 평생을 공들여 세운 집이 뜬구름 같은 사상누각이었다니.

네가 나에게 원했던 집이 어떤 집이었는지 몇 뼘 안 되는 땅속에 너를 묻고서야 비로소 알았다. 그래, 너는 맨 처음 엄마의 아기집에서 살았지. 아주 행복한 공간이었을 거다. 먹을 것, 이부자리 걱정 없는 부족함 없는 집. 너는 아기집에서 청파동 집, 아니 집이 아니라 방이구나. 서너 평 되는 셋방으로 옮겨 왔다. 그리고 아빠가 한을 푼 너의 집, 삼각지 집을 갖게 된 거야. 나는 너희들의 행복도 그 집의 넓이만큼, 그 높이만큼 커질 줄 알았다.

그런데 인터넷 검색을 하다가 교황 프란치스코의 유년 시절 이야기를 읽고 나와 네가 꿈꾸던 집이 서로 다르다는 것을 분명히 알게 되었다. 교황이 열두 살 소년일 때 같은 동네에 사는 동갑내기 소녀 아말리아 다몬테에게 사랑을 고백하는 다음과 같은 편지를 보냈다는 거야.

"나와 결혼해줄래? 빨간 지붕의 하얀 집에서 우리 둘이서 살자."

놀랍더구나. 문화가 완전히 다른 먼 나라 아르헨티나의 소년이 꿈꾸던 집이 아빠의 그 집과 똑같은 것이었다니. 경이로운 일 아니냐. 그런데 중요한 것은 아말리아가 그의 사랑을 받아주지 않았다는 거야. 만일 아말리아가 "그래, 나도 너와 함께 빨간 지붕의 하얀 집에서 살고 싶어"라고 했다면 오늘의 교황 프란치스코는 존재하지 않았을 거야. 빨간 지붕의 하얀 집에 대한 꿈이 무너졌다는 것은 열두 살 소년에게 가혹한 시련이었지. 그러나 그는 또 다른 새집을 꿈꾸게 된 거란다. 네가 헌팅턴의 호화로운 집을 버리고 찾아간 보이지 않는 작은 집, 하나님이 거하시는 그 집 말이다.

다행인지 불행인지 몰라도 한국어는 하우스(house)와 홈(home)을 구분하지 않는다. 다 같이 집이라고 해. 하우스를 굳이 번역하자면 주택이지. 한 가족이 살고 있는 집을 하우스라고 하고, 그 하우스에서 살고 있는 사람들, 즉 가족을 의미할 때는 홈이라고 해. 그래서 영어에는 이런 말이 있단다. "A house is not a home." 주택 건물이 곧 가정은 아니라는 뜻이다. 요즘의 IT 용어로 말하자면 하우스는 하드웨어고 홈은 소프트웨어라고 할 수 있어. 하우스는 벽돌로 구성되어 있고 가족은 핏줄, DNA로 이루어져 있으니까. 대개는 새 가족이 생겨서 식구가 늘면 자연히 하드웨어인 집도 바뀌게 돼. 그런데 막상 따지고 들면 그것을 하드니, 소프트니 명쾌하게 나눌 수가 없다는 거야.

하우스가 아니라 홈을 추구하다 보면 하우스의 지붕과 기둥들은 차츰 모양이 사라지면서 덧없는 환상으로 변해가. 육을 지닌 가족, 또 그렇게 사는 일상의 양식(樣式)에서 벗어나 눈에 보이지 않는 세계를 자신의 거처로 만들게 된단다.

아, 코스모스! 그렇지, 코스모폴리탄이라는 말을 만들어낸 그 원조가 바로 디오게네스이고 그 코스모스란 게 작은 술통이었잖니. 그 술통은 알렉산더 대왕이 정복한 땅보다 더 크고 넓은 우주의 집이었지만 사람들은 그냥 술통으로밖에 보지 않았어. 달팽이가 이고 다니는 술통만 보았지, 그 위에 쏟아지는 햇빛, 대왕도 가로막을 수 없는 우주의 빛은 보지 않았다는 말이다.

그 통을 하찮게 본 한 젊은이가 디오게네스의 술통을 부쉈을 때 아테네 시민들이 분노했다는 이야기가 있어. 생각해 봐. 아테네 사람들은 디오게네스의 생각이나 살아가는 방법에 대해서 결코 호의적이지 않았지만, 세상에는 그들이 살고 있는 집과 또 다른 집이 존재한다는 것을 인정하고 존중했던 거야. 결국 그 청년은 주위의 압력에 굴해 디오게네스에게 사과하고 그에게 새로운 술통을 선물했다는 후문이 있단다.

세상의 집에서 영혼의 집으로

인터넷을 검색하다가 우연히 놀라운 구절을 발견했어. 'A house is not a home.' 영국의 이 속담은 옛날부터 익히 보아 온 것이고, 심지어 현관에 깔린 매트 위에도 이런 문장이 쓰여 있는 것을 볼 수 있지. 영화와 노래의 제목에도 사용된 이 구절은 단순한 격언을 넘어서 하나의 문화로서 정착되어 널리 알려졌지.

그런데 그 블로그에는, 저 문장 끝에 몇 자가 덧붙어 있었어. 'without a dog' 즉, 개가 없으면 집(house)은 가정(home)이 아니라는 거야. house가 home이 되려면 사랑이 필요하단다. 자기를 기다려주는 사람이나, 의자에 앉아 자신을 바라봐주는 다정한 사람이 있어야 하지. 또 굿나잇 키스를 해주는 사람도 있어야 할 거야. 문장의 끝에는 여러 가지의 뒷말이 붙을 수 있어. 그런데 이 글을 쓴 사람은, 개가 없으면 집은 가정이 아니라고 말하고 있더구나.

그의 사정을 들어보니, 자기는 사랑하는 아내와 헤어지고 혼자 살면서 희망도 잃었다고 해. 집 안에 온갖 럭셔리한 가구와 잡다한 가사용품을 사다 놓아도, 집(house)은 가정(home)이 되지 않았대.

그런데 비관론자가 되어 하루하루 우울하게 살아가던 어느 날, 놀랍게도 천사가 나타났다는 거야. 그 천사의 이름은 '구티'였어. 네 발로 다니는 털복숭이 천사, 강아지 한 마리가 집에 오게 된 거지. 강아지는 그가 집에 돌아올 때까지 기다리고, 차고 문소리만 나도 막 뛰어나왔어. 그의 일거수일투족을 주시하며 뒤를 졸졸 따라다니기도 했어.

그때서야 그는 비로소 집(house)이 가정(home)으로 바뀌었다는 것을 깨달았다고 했어. 강아지를 통해 일찍이 인간에게서 느껴보지 못한 헌신적인 사랑을 느꼈다는 거야. 자기를 사랑해주지 않으면 삐치고 싸우는 그런 가족이 아니라, 자기에게만 의존하는, 주인이 없으면 쓸쓸하게 홀로 기다리는 그런 강아지를 통해서 말이지…… 그 강아지가 암컷이었던 모양이지, 그게 자라 어느 날 짝짓기를 해 새끼들을 낳았다고 했어. 텅 비었던 자기 집에도 따뜻한 가족이 불어난 거야.

'A house is not a home without a pet.' 강아지나 고양이처럼 애완동물과 살며 사랑을 나누는 사람들을 쉽게 찾아볼 수 있지. 요즘 텔레비전에는 동물들과 생활하는 사람들의 이야기가 많이 나오잖아. 우리의 이웃집에서도 이런 일이 벌어질 수 있어.

정말 비극이 아닐 수 없구나. 인간이 인간을 사랑하고 믿고, 그렇게 해서 하나의 가족이 되는 것이 정상인데. 인간과 싸우고 등지고 배신당하거나 헤어지고 나서, 인간이 아닌 동물과 마지막에 가족을 이루다니. 개가 없으면 집(house/home)이 아니라는 말은, 개를 사랑해서가 아니라, 인간을 사랑할 수 없기 때문이라는 고백과 다를 게 없어.

가축과 동물을 사랑하는 것을 탓하는 게 아니야. 인간을 사랑할 수 없기 때문에, 인간보다 더 낮은 동물을 가족 자리에 앉히게 된 것이 문제라는 거다.

인간의 사랑은 절대적인 것이 아니야. 이해관계나 육체적인 사랑 또 감각적인 사랑은 영원하지 않다는 현실을 인정할 수밖에 없어. 우리는 인간 세계에서 사랑을 구하려고 하다가 결국에는 사랑의 사막에 빠져 방황하게 되지. 그때 갈증을 축여주는 물, 뙤약볕을 막아주는 초록빛 녹지인 오아시스가 사막의 구원으로서 등장하는 거야. 인간에 대한 사랑의 종말을 깨닫는 순간, 종교적인 의미에서의 하나님이 나타나는 것과 마찬가지로 말이지. 이는 아가페적인 사랑으로, 인간의 것보다 한층 더 높은 사랑인 거야.

개(dog)를 뒤집으면 신(god)이 되지. 그 사람은 이것을 몰랐던 거야. 하향해서 내려가면 'dog', 위로 올라가면 'dog'을 거꾸로 뒤집은 'god'이 된다는 사실을 알지 못했어. 이제 그의 말을 고쳐보자. 'A house is not a home without god.' '신이 없는 집은 가정이 아니다'라고.

나는 너에게 집이라는 것을 주고 싶었어. 어머니가 너에게 아기집을 주었듯, 나는 네가 편히 쉴 수 있고 마음대로 뛰어놀 수 있는 집을 마련해주려고 애를 썼던 거야. 사실 나는 젊은 시절 거의 떠돌다시피 자유롭게 다녔기 때문에 집은 오히려 구속처럼 느껴졌지만, 너희들을 위해서는 집이 꼭 필요하다고 생각했어. 그러나 그것은 환상이었지. 복덕방을 통해서 집을 살 수는 있어도, 그 집이 반드시 가정이 되는 법은 아니었어. 아무리 크고 어마어마한 저택이라 하더라도 신의 은총, 하나님이 거하지 않으면 가정(home)은 만들어지지 못한다는 것을, 나는 뒤늦게 깨달았던 거야.

작가 이상(李箱)의 말대로 현대인은 집이 아니라 방에서 산다. 그게 아파트잖아. 아무리 작고 초라한 집이라도 단독주택에는 쪽문이라는 게 있다. 문을 열고 들어가면 작은 정원에 화초가 있고 흙이 있는 공간이 있다. 사람들은 문에서 집까지 거리가 몇 발자국인가에 따라서 행복의 지수도 달라진다고 생각해. 외국영화에 나오는 저택의 풍경이 그렇지 않니. 말을 타고 집까지 들어가는 넓은 저택, 초원 같은 잔디밭, 그런 것을 꿈꿔. 그런 게 집이라고 말이야.

아파트에 사는 사람들이 집이 아니라 방에서 산다고 하는 것은, 비록 자기 집이라 할지라도 근본적으로 셋집과 마찬가지라는 얘기야. 층간 소음이라는 것이 그렇지. 아이들이 마음 놓고 뛸 수가 없잖아. 심지어 층간 소음 때문에 이웃 간에 말다툼을 하고 살인까지 하는 경우도 있어.

그런데 단독주택에 산다고 해서 그 층간 소음에서 벗어날 수 있을까. 가끔 마피아 보스가 사는 집이 영화에 나와. 사방에 감시 카메라가 있고 무장한 사람들이 지키고 있어. 그리고 늑대 수준으로 험악하게 생긴 개들이 우글우글해. 그게 바로 층간 소음 때문이라고.

아무리 독립된 섬 전체를 자기의 거처로 삼아도 끊임없이 타인의 시선, 침입자를 두려워하고 들리지 않는 소리 때문에 24시간 신경을 쓰는 것. 그게 층간 소음이야. 한 나라의 왕도 이 층간 소음에서 벗어날 수 없었어.

베르사유 궁전이 어떻게 해서 생긴 줄 알지? 파리의 궁전들은 어디에다 어떻게 지어도 파리 특유의 냄새에서 벗어날 수가 없었단다. 변소도 없어 더러운 오물을 길거리에다 버리고 조금만 비가 내려도 진흙 바닥이 돼버려. 하이힐이 그래서 생겼다는 말이 있잖아. 진흙을 밟고 다닐 수 없으니 굽 높은 구두를 발명했다는 거지. 그리고 바람이 불면 금속성의 간판들이 아주 괴상한 소리를 내는 거야. 그 아름답고 예술적인 도시 파리가 그랬어.

왕궁에 아무리 높은 담을 쌓고 넓은 뜰을 가져도 그 소음과 냄새로부터 벗어날 수 없었다는 거야. 이 냄새와 소음과 티끌로부터 멀찌감치 도망친 곳이 바로 베르사유 궁이야. 그러나 혁명이 시작되자마자 분노한 군중들, 특히 여성들이 빵을 달라며 그곳으로 쳐들어갔잖니. 결국 왕은 끌려 나와 냄새나는 파리로 다시 돌아가지. 이게 프랑스혁명이야.

이 층간 소음으로부터, 타인들의 소리, 타인들의 냄새에서 우리는 결코 자유로울 수 없어. 그건 죄의 냄새이고 카인이 아벨을 죽였던 그 피 냄새, 땅속으로부터 새어 나온 아벨의 울음소리이지. 그래, 너의 말이 맞다. 그래, 악취로부터, 매연으로부터 피할 수 있는 곳은 이 지상에 없어. 작은 육신이 거할 곳이 없다고. 정말 우리가 살 곳, 사랑과 평화와 진실이 있는 곳은 바로 네가 추구한 사랑이 있는 집, 하늘의 집이었지. 하늘의 신부가 되는 천국의 가족들이었지.

네가 살던 헌팅턴의 성채 같은 저택이 생각난다. 수십 평이 넘는 응접실에 놓여 있던 황금빛 스타인웨이 그랜드피아노도. 그러나 너는 어릴 적 그때만큼 행복해하지도 않았고 나는 네가 피아노를 치는 것도 보지 못했어.

집 앞 비치에는 커다란 요트가 정박해 있었어. 나는 너의 집 베란다에 앉아 아침마다 새들이 종종걸음으로 모래톱을 오가는 것을 지켜보면서 너에게 말했다. "행복하구나. 우리가 꿈꿔온 집을 네 힘으로 장만했구나." 또 사람들은 종종 이렇게 묻곤 했어. "따님이 LA에 사신다는데 어느 지역인가요?" 그러면 난 자랑스럽게 대답하곤 했지. "응, 헌팅턴 비치!" 사람들의 눈이 동그래져. 요트를 가진 사람들이 많이 모여 사는 곳으로 소문난 곳이니까. 나도 너의 요트를 탔잖니. 요트, 그건 바다처럼 넓은 집이지. 만인이 꿈꾸는 집.

그러나 너는 그런 집을 버렸어. 하우스가 아니라 그보다 더 큰 저택, 땅끝 아이들까지 품을 수 있는 진정한 홈을 찾기 위해서였지. 그 사랑의 집을 위해 모든 것을 버린 너를 나는 쉽게 이해할 수 없었어. 아깝고 아쉽고 분하기도 했어. 네가 세운 집은 아빠가 꿈꾸던 '빨간 지붕의 이층 양옥집', 아름다운 피아노 소리가 들려오는 집과는 너무나도 다른 집이었기 때문이야.

너를 흙에 묻고서야 네가 거할 집이 어떤 것이었던가를 비로소 깨달았다. 나도 이제 열두 살 때부터 꿈꿔오던 집을 버리고 그보다 훨씬 편안하고 정갈한 집을 지어야겠다. 비록 너처럼 영혼의 집이 아니라도 내 남루한 언어로 지은 집 한 채를 말이다. 아기집에서 땅 위의 집으로 그리고 다시 하나님과 거하는 하늘의 집으로.

오늘의 굿나잇 키스는 내가 쓴 시 한 편이다. 우리가 거할 집이 어떤 것인지. 그건 하나님의 셋집, 아주 작은 집, 그것을 너와 함께 지어보고 싶구나.

내가 살 집을 짓게 하소서.
다만 숟가락 두 개만 놓을 수 있는
식탁만 한 집이면 족합니다.
밤중에는 별이 보이고
낮에는 구름이 보이는
구멍만 한 창문이 있으면 족합니다.
비가 오면 작은 우산만 한 지붕을
바람이 불면 외투 자락만 한 벽을
저녁에 돌아와 신발을 벗어놓을 때
작은 댓돌 하나만 있으면 족합니다.

내가 살 집을 짓게 하소서.

다만 당신을 맞이할 때 부끄럽지 않을

정갈한 집 한 채를 짓게 하소서.

그리고 또 오래오래

당신이 머무실 수 있도록

작지만 흔들리지 않는

집을 짓게 하소서.

기울지도

쓰러지지도 않는 집을

지진이 나도 흔들리지 않는 집을

내 영혼의 집을 짓게 하소서.

나는 아직 그런 곳에서 살고 있지 않지만, 조금씩 그곳이 보인다. 어렸을 때 꿈꾸던 그 빨간 지붕의 하얀 집이 아닌, 정말 평생을 꿈꾸던 것이 지금 내 눈에 보여. 그래서 쓴 시가 바로 이거야. 숟가락 하나만 놓을 수 있는 작은 식탁과 신발을 벗어놓을 수 있는 작은 댓돌이 있는 아주 작은 집. 그곳에서 하나님과 함께하는 거야. 너는 아기집에서 시작하여 영혼의 집으로 들어가 거할 곳을 마련한 것이야. 돌고 돌아서 결국은 시 한 편의 집을 남긴 것이 어쩌면 평생 내가 꿈꿔오던 집의 역사인지도 모른다. 그래, 이곳에서 쉬어라. 그 집에 편안히 머무는 너에게 편안한 굿나잇 키스를 보낸다.

어둠 속에 몰래 우는 아버지

아버지란 무엇인가, 특히 딸에게 아버지의 존재란 무엇인가. 가끔 그런 생각을 한다. 나만이 아닐 것이다. 세상의 모든 아버지가 그럴 것이다. 병실에 누워 있을 때, 무료한 오후의 햇살이 방 안을 비출 때, 무엇보다 가족을 위해 무엇인가 해야 한다는 의욕을 잃고 내 손등의 파란 정맥을 바라보고 있을 때 그렇게 묻는다. 아버지란 도대체 무엇인가.

한자로 아버지를 뜻하는 '부(父)'를 보면 알 수 있다고 대답하는 사람들도 있다. 그것은 두 손에 도끼를 들고 있는 형상을 본뜬 글자라고 하더라. 물론 다르게 해석하는 사람도 있지만 나는 그 풀이를 믿고 싶다. 조금 어렵지만 아버지 '부(父)' 자 밑에 '근(斤)' 자를 보태면 도끼를 뜻하는 '부(斧)' 자가 되지 않더냐.

도끼는 힘을 상징, 근육이 있는 팔의 연장이다. 그 도끼로 옛날 아버지들은 사냥을 했고 큰 나무를 쓰러뜨려 땔감을 마련하기도 했다. 그리고 무엇보다 가족들을 침입자로부터 지키기 위해 문 앞에 보초처럼 서 있는 모습인 거야. 그건 힘이다. 가족을 지키는 담이자 성문이다. 그게 바로 '부(父)'라는 글자야.

나는 언젠가 이런 시를 쓴 적이 있었지. 진작 이 시를 너에게 보였더라면 아빠의 무표정 속에서도 아빠의 사랑이 어떤 것인지 조금은 알 수도 있었을 텐데…… 내 목소리로 너를 위해 낭독해줄게.

보아라. 파란 정맥만 남은 아버지의 두 손에는
도끼가 없다.
지금 분노의 눈을 뜨고 대문을 지키고 섰지만
너희들을 지킬 도끼가 없다.

어둠 속에서 너희들을 끌어안는 팔뚝에 힘이 없다고
겁먹지 말라.
사냥감을 놓치고 몰래 돌아와 훌쩍거리는
아버지를 비웃지 말라.

다시 한 번 도끼를 잡는 날을 볼 것이다.

25만 년 전 아프리카에서
처음 호모사피엔스가 출현했을 때
그들의 손에 들려 있었던 최초의 돌도끼.
멧돼지를 잡던 그 도끼날로 이제 너희들을 묶는
이념의 칡넝쿨을 찍어 새 길을 열 것이다.

컸다고 아버지의 손을 놓지 말거라.
옛날 나들이 길에서처럼 마디 굵은 내 손을 잡아라.
그래야 집으로 돌아와
어머니가 차린 저녁상 앞에 앉을 수 있다.

등불을 켜놓고 보자.
너희 얼굴 너희 어머니 그 옆 빈자리에
아버지가 앉는다.
수염 기르고 돌아온 너희 아버지
도끼 한 자루.

딸은 아들과 달라. 딸 앞에 도끼는 너무 무서운 것 아니냐.
그건 아들 앞에서나 부리는 허세지. 너와 같은 딸아이에게는 아버지의 크고 높은 성채보다 함께 앉아 석양빛을 바라보는 흔들의자 같은 것이 필요하다고 생각한다. 그리고 아빠의 손에는 항상 도끼가 아니라 펜이 들려 있었잖니. 펜은 칼보다 강하다는 것은 실은 거짓말이란다. 펜은 늘 칼에게, 도끼에게 찍혀 부러지고 말아.

나는 세상을 떠난 많은 사람의 묘비명을 썼어. 그런데 너의 묘비명은 차마 내 손으로 쓸 수가 없었단다. 오늘 나는 이 시를 너에게 바치면서 다시 묻는다. 대체 아버지란 무엇인가.

데카르트에 관한 책을 읽다가도 그랬다. 비록 내놓고 딸이라고 부르지 못하는 사생아였지만, 그는 하녀인 엘렌 장과의 사이에서 얻은 딸 프랑신을 무척이나 사랑했던 모양이야. 유명한 일화의 한 대목이 오늘까지도 전해지고 있으니까 말이다. 바로 '나는 생각한다. 고로 존재한다'라는 말이 있잖니. 데카르트를 모르고, 철학은 몰라도 이 말을 모르는 사람은 없을 거다.

프랑신의 삶도 참 기구하다. 네덜란드의 작은 마을에서 태어난 사생아니 얼마나 많은 소문이 떠돌았겠니. 하루는 프랑신이 울면서 데카르트 앞에 나타난 거야. "아빠, 밖에만 나가면 사람들이 물어. 넌 아빠도 없는데 어떻게 생겨났냐고." 그때 데카르트가 이렇게 말했다는 거야. "걱정할 것 없다. 그렇게 말하는 사람들이 꼼짝 못 할 말 한마디를 가르쳐줄게." 그러고는 프랑신의 귓속에다 대고 말했다. "코기도 에르고 숨(나는 생각한다. 고로 나는 존재한다)."

꾸며낸 이야기겠지만 데카르트는 이 아이를 진심으로 사랑했던 것 같다. 평생을 결혼하지 않고 살았던 데카르트에게도 프랑신에 대한 사랑은 지극했다는 일화가 많아. 가정부였던 애어머니에게는 차갑게 대했지만 딸만큼은 좋은 곳에서 교육시키며 다른 아이들과 조금도 꿀릴 것 없이 당당하게 키우려 했다는 거야.

그런데 불행하게도 이 아이가 다섯 살 때 성홍열로 죽고 말아. 데카르트는 너무 슬픈 나머지 프랑신과 똑같이 생긴 인형을 만들어서 언제나 품고 다녔다고 해. 멀리 여행할 때에도 트렁크에 넣고 다녔어.

그가 죽기 전에 스웨덴 여왕의 초청을 받고 배에 올랐을 때였다. 그의 트렁크 속에는 죽은 프랑신 모양의 인형이 들어 있었단다. 항해 중에 갑자기 폭풍이 몰아쳐 배가 침몰할 위기에 이르자, 선원들은 수군대기 시작했어. 데카르트의 짐 속에서 인형을 본 사람들이, 그 이상한 요물 때문에 폭풍이 치는 거라고 말했지. 그러자 사람들이 몰려와 그에게서 인형을 빼앗아 바다에 던져버렸어. 데카르트가 애지중지한 딸, 그리고 그 대신 똑같이 만든 인형까지도 죽음을 맞이한 거야.

그렇게 프랑신은 또 한 번 죽은 거지. 그 슬픔 때문만은 아니겠지만 그도 얼마 후 감기의 후유증으로 세상을 떠나게 돼.

재미로 들려주는 이야기가 아니란다. 데카르트는 정말 인체를 하나의 기계와 같은 것으로 알았을까? 이성주의니 합리주의니 이 시대의 냉엄한 과학주의자를 말할 때 '카르테시안(Cartesian)'이란 말을 잘 쓰지 않니. 그런 데카르트가 딸에게만은 유독 합리주의를 넘어선 애정을 쏟아부었다는 거야. 그런데 정말 그 인형이 죽은 딸 프랑신을 대신할 수 있다고 생각했을까. 기계에 정신을 불어넣기만 하면 사람이 탄생할 수 있을까. 파리를 떠나 평생 네덜란드에서 은거하며 저작 활동에만 몰두했던 데카르트는 아내의 사랑도, 친척이나 친구의 사랑도 모르며 지냈을지 모른다. 그런데 그 예외가 바로 사생아인 프랑신이었던 거지.

다윈의 경우도 마찬가지야. 다윈은 생물 연구에 관한 글을 쓰면서도, 한편으로는 성직자들과 수많은 편지를 교환해왔지. 그는 원숭이가 진화하여 인간이 되었다는 진화론으로 사람들의 눈총과 비난을 받았지만, 한 번도 신을 부정하거나 과학자는 곧 무신론자라는 생각을 한 적이 없었다고 해.

그랬던 그가 여덟 살 난 딸 애니를 잃고 비로소 하나님에 관한 생각이 달라지기 시작했다는 거야. 그토록 순수했던 딸의 죽음 앞에서 그는 신의 존재를 의심하게 돼. 신은 인간이 죽고 사는 문제와 아무 관계가 없다고 말이야. 딸의 죽음을 통해서 생의 부조리함을 느끼게 된 거지.

매슬로의 경우 이와 반대의 양상이 나타나. 그는 인간의 생리적 욕구에서부터 새로운 생(new life)에 이르기까지, 인간이 추구하는 욕망을 다섯 단계로 구분한 것으로 유명한 심리학자지. 그런데 원래 그의 심리학은 지금 알려진 것과는 달랐어. 매슬로는 인간의 심리를 기계나 사물의 작용 원리를 다루듯 메커니즘으로 설명하려고 했던 기능주의자였다고 해. 그런데 매슬로의 심리학에 결정적인 전기를 가져온 게 바로 딸을 낳게 되면서부터야. 딸을 품에 안자 세계관이 달라진 것이지. 그러한 생명 의식이 발전하여 인디언 캠프에서 생활하기까지 해. 문명과 거리가 먼 자연인들과 지내면서 생명이 무엇인지를 배우게 된 거지. 그래서 학문의 태도도 크게 바뀌게 된 거라고 해.

이렇게 딸의 탄생이 철학의 탄생, 과학의 탄생으로 이어지는 예는 헤아릴 수 없이 많단다.

아빠뿐만 아니라 문학하는 사람들은 서양 사람이든 한국 사람이든 비슷한 점이 많아. 가족적인 이들이 아니라 자기 꿈을 좇아 집을 나가는 사람들이야. 집을 나가지 않는다 해도 글을 쓰는 동안만큼은 가족을 떠나고, 집을 떠나고, 마을, 도시, 심지어 그의 조국, 지구까지도 떠나는 일이 많단다. 그들은 '상상의 세계'로 떠나. 이 세상을 뒤집어놓은 것, 실제와 닮지도 않은 것, 모든 게 거꾸로 걸어 다니는 세상으로.

셰익스피어였던가. 사랑하는 사람과 미치광이와 시인은 닮은 구석이 많다고 했다. 그들은 실재하지도 않는 세계를 현실인 것처럼 걸어 다녀. 마치 몽유병자들처럼 말이야.

사실 네가 태어나기 전까지도 내가 그랬었지. 그렇게 살았어. 지금도 가끔 부부 싸움을 할 때, 나의 무책임했던 생활 태도가 도마에 올라. 왜인지 아니? 가정을 가진 사람이 툭하면 직장을 뛰쳐나가는 거야. 아침에 출근한 사람이 저녁이면 봇짐을 싸서 돌아오는 거지. 생각해봐. 도끼를 가진 사람, 가정을 지켜야 할 사람, 아내를 가진 사람, 불과 몇 시간 전까지도 직장에서 일하던 사람이 저녁이면 백수건달이 돼서 돌아오는 거야. 성에 차지 않는다고, 따분하다고, 내가 할 일이 아니라고 즉흥적으로 행동하는 남편을 아내가 어떻게 믿고 살겠니. 땅에 발을 디디고 살아가는 사람들과 다른 유별난 행동을 하는 거지. 책 속에서 살고, 글 속에서 꿈꾸고, 현실 속에서도 몽유병자들처럼 이상한 행동을 하지. 내 젊은 날은 전형적인 그런 문학청년의 모습이었단다.

어떻게 보면 결혼도 즉흥적으로 했던 것 같아. 가족을 꾸려나갈 준비도 없이 말이야. 어느 날 너희 외할머니가 나를 붙잡고 이렇게 말했어. "우리 인숙이 어쩔 거요?" 함경도 말이 좀 딱딱한 말투이다 보니 나는 그걸 책망하는 소리로 들었던 거야. 사실 네 외할머니는 우리 두 사람이 항상 붙어 다니는 것이 불안했던 것 같다. 딸을 가진 어머니의 마음이라면 당연한 거야. 그래서 책망하려는 뜻이 아니라 진지하게 결혼 상대로 사귀는 건지 궁금해서 내 의중을 떠봤던 거지. 그런데 나는 그 말을 꾸짖는 소리로 알아듣고 그 자리에서 "네, 결혼할 겁니다!"라고 말했단다.

너에게는 비밀로 해온 이야기다. 그전엔 진지하게 결혼을 내놓고 생각해본 적이 없었어. 물론 그렇다고 한시적인 관계일 뿐이라고 생각한 것은 아니었고, 그냥 좋아서 서로 만났던 것이지. 결혼이나 가족을 갖는 일, 아이를 낳는 일은 아직 관심 밖이었고, 그런 건 뭔가 딴 세상 이야기라고, 심지어 결혼은 무덤이라고 믿었던 철없는 청춘이 아니었겠니. 너희 외할머니가 그때 그렇게 묻지 않았더라면 네 엄마와 결혼했을까? 네 엄마도 나와 마찬가지였을 거야.

그러나 너를 낳고부터는 쉽게 말해서 난 완전한 '속물'이 되었다. 보통 남편, 보통 아버지, 보통 사람이 된 거지. 나는 너를 낳기 전부터 글 쓰는 사람으로 명성을 얻기 시작했어. 어딜 가면 사람들은 "저 사람이 이어령이야" "저 사람이 그 사람이야"라고 말했지. 셋방에 들었을 때도 주인들은 "우리 집에 세 든 사람이 그 유명한 글 쓰는 이 아무개"라며 홀대하지 않았어.

그런데 너를 낳고 아버지가 된 순간 나는 글 쓰는 사람도, 교수도, 언론인도 아닌 한 아버지로 너와 함께 태어난 거야. 그때부터 아버지의 길을 걷기 시작했지. 그래, 나는 앞으로 태어날 내 아이들을 추운 겨울날 방 안에서 떨게 하지 않겠노라고 다짐했단다. 나에게 가족이 없었더라면, 네가 없었더라면 내가 쓴 모든 글은 아마 전혀 달랐을지도 모른다.

너로 인하여 나의 꿈은 항상 땅을 향해 있었어. 마치 그 전설의 새처럼 말이다. 눈은 땅을 보고, 꽁지는 하늘을 향해서 날아다닌다는 메롭스란 새, 하늘을 보며 나는 게 아니라 항상 땅을 보면서 거꾸로 비상하는 그 이상한 새처럼 말이야. 젊은 시절 그토록 경멸했던 '속물'을 자처하며 땅만 보고 달리는 소시민, 그게 너희들에게 주는 내 사랑, 온 희생이라고 생각했던 것이다.

딸은 망망대해를 항해하는 배의 돛인가, 닻인가. 네가 대답해주렴. 너의 대답을 기다리면서 굿나잇.

3.

여행의
끝

바다에서 아버지를 잃다

네가 아우를 볼 때였으니까 네 살인가 다섯 살쯤이었을 것이다. 처음으로 아빠와 단둘이 떠나는 여행이었다. 만삭이 된 네 엄마의 수고도 덜고 더위도 식힐 겸 장항선을 타고 대천해수욕장으로 떠난 것이지. 이제 와 생각해보니 그것도 아닌 것 같다. 아빠가 꼭 너만 한 나이였을 때, 어머니 손을 잡고 처음으로 외갓집 나들이를 갔던 그때의 기억 때문이라고 말하는 게 솔직한 이유일 것 같다.

나는 아스팔트의 도시에서 태어난 너에게 흙냄새가 무엇인지, 가난하지만 항상 햇빛과 바람 속에서 살아가는 시골 사람들의 피부 빛이 어떤 것인지 보여주고 싶었다. 서울 아이들은 자기가 매일 먹는 쌀이 어디에서 생긴 것인지 몰라. 그래서 벼를 '쌀 나무'라고 한다는 우스갯소리도 있었지. 나는 벼가 누렇게 익어가는 농촌의 풍경을 몰라 쌀 나무라고 말하는 도시 아이로 널 키우고 싶지 않았다.

어린 너에게는 장항선의 삼등 열차가 견디기 힘들었을 것이다. 원래 장항선에는 일등칸이니 이등칸이니 하는 구분 없이 전부 삼등칸이었으니 굳이 이렇게 말할 필요는 없겠구나. 그 열차를 타는 사람들은 사치스럽게 바다로 산으로 피서를 떠나는 사람들이 아니었다. 자기가 기른 닭을 장에다 내다 팔기 위해 닭장을 들고 타는 사람들이 많았어. 녀석들이 푸드득거릴 때마다 깃털이 빠지고 역한 냄새가 난다. 사람들에게서 나는 땀내, 기침 소리, 자욱한 담배 연기까지⋯⋯.

그 견디기 힘든 혼잡 속에서도 사람들은 삶은 달걀을 꺼내 먹어. 삼등칸에 타는 사람들이 꼭 예비하고 다니는 것이 삶은 달걀이란다. 그리고 그렇게 애써 장만한 달걀을 혼자 먹는 법이 없었어. 옆자리에 앉은 낯모르는 사람에게 권하고 오징어니, 개떡이니 하는 빈자의 음식들을 서로 나눠 먹지.

나도 시골에서 그들의 땀 냄새와 함께 자랐던 사람이야. 그러나 도시에 살기 시작하면서, 지식 노동자가 되면서부터 시골 사람들이 하는 일에 눈살을 찌푸리고 내게 불쑥 내미는 달걀을 말도 하지 않고 손을 흔들어 사양하곤 했지.

도시 문화에 익숙해지고 산업사회의 온갖 물건들 사이에서 자라다 보면 밭이나 논에서 자라나는 곡식들, 그 먹을 것들로부터 점점 멀어지게 되는 법이야. 백화점에 가면 대부분 먹지 못하는 것투성이잖니. 먹을 수 있는 것보다 먹을 수 없는 상품들이 더 귀한 대접을 받는 곳이 바로 도시라는 곳이다.

　그렇다고 네가 밭을 매고 농사짓는 시골에서 살아야 한다고 생각했던 것은 아니야. 나 역시 더 큰 도시, 더 시끄러운 시장, 그 번잡 속에서 소리치며 살아가는 문명의 아이로 키우고 싶었지. 다만 아주 잠시라도 좋으니 네가 철들기 전에 아무런 선입견 없이 네 부모가 자랐던 곳을 보여주고 싶었다. 작가 이상이 말한 것처럼 시골 풍경은 어디를 봐도 초록빛 일색이다. 도시 사람들 눈에는 권태롭고 심심해 보여. 그 초록색마저 밤이 되면 검은색 어둠으로 변해. 이따금 별빛이 보여도 그것은 가로등과 화려한 네온사인으로 휘황한 서울의 야경과는 견줄 수가 없는 거야.

　하지만 시골의 밤길을 걸어보지 못한 사람은 평생 자연이 무엇인지, 생명이 무엇인지를 잘 이해할 수 없을 거야. 나 홀로 새까만 어둠 속을 걷는데 먼 데서 개 짖는 소리가 들려. 다듬이 소리도. 그것이 얼마나 안도와 위안을 주었는지 모른다. 그래, 도시에 사는 사람들은 밤이 무엇인지를 몰라. 불야

성(不夜成)이란 말처럼 밤을 없애야 우리는 그것을 도시라고 불러. 불타는 소돔의 성 도시를 잠시라도 빠져나와 어쩌다 작은 불빛이 새어 나오는 오두막집이라도 발견하면 사람이 얼마나 그립고 소중한지 알게 돼. 사람이 도리어 무서운 존재로 여겨지는 아스팔트의 밤길에서는 절대로 느낄 수 없는 것이지.

나는 너에게 가난하지만 수백 년, 수천 년간 변함없이 살았던 너의 조상과 이웃들의 모습을 주석 없이 그대로 보고 듣기를 원했던 거지. 그래서 너의 손을 잡고 조금 불편하거나 참기 어려운 경우가 있어도 눈 딱 감고 그 여행길에 오르게 된 거란다.

그리고 또 다른 이유가 더 있어. 바로 바다야.

아! 바다 냄새.

너에게 흙냄새 다음으로 주고 싶었던 것은 바다 냄새였어.

장항선 시골 농촌을 달리는 땀내와 흙냄새를 빠져나가면 도시니 농촌이니 하는 사람들 냄새와는 상관없이 수천 년 혹은 수억 년 전 천지창조의 그때 모습으로 나타나는 바다가 나와. 비릿한 미역 냄새 같은 것. 유식하게 바닷바람 냄새를 화학 용어로 이온이라고 하지만 내가 전해주고 싶었던 건 그런 게 아니었다. 그 냄새는 과학은 물론이고 어떠한 이론이나 말로도 가르쳐줄 수 없는 것이지.

있잖아, 마르셀 프루스트의 『잃어버린 시간을 찾아서』에 나오는 마들렌과 홍차 말이다. 그 냄새가 일깨우는 무의식 속에서 출현하는 기억들 말이야. 유년시절 여름철 휴가지에서 보낸 곰브리지의 생활을 기억해내잖아. 이런 행복한 기억이 만 페이지가 넘는 소설이 되었지. 흙냄새와 바다 냄새. 언젠가 아빠와 손잡고 떠났던 최초의 여름 여행의 기억이 너에게 어떤 "프루스트 효과"를 주었는지 잘 몰라. 하지만 그때 너에게 감춰온 이야기를 지금 꼭 들려주어야겠다는 생각만은 분명해졌어.

내가 소년 시절을 보냈던 곳이 바로 그곳이었잖니. 나는 열일곱 살 때 처음 바다를 본 거야. 그때의 나처럼 추억의 바다를 향해 너를 데리고 장항선 기차를 탄 거야. 시끄러운 기차간의 무더위 속에서도 너는 지나가는 논과 산과 초가집들을 보며 눈을 크게 떴지.

내가 지금 초가집이라고 했던가. 그래, 그때만 해도 시골에 가면 어디에나 짚으로 지붕을 이은 초가집을 볼 수 있었어. 그리고 너는 그 완행열차에서 내려 이번에는 또 하나의 거대한 초록색 지붕을 보았던 거야.

너를 가슴에 안고 내려다본 바다, 우리의 바다. 하얀 백사

장과 초록빛으로 출렁이는 바다는 내가 여드름이 잔뜩 난 얼굴로 처음 보았던 그 바다보다 더 큰 파도 소리를 내며 출렁거렸지. 왜인지 아니? 널 가슴에 품고 동시에 바다를 품고 파도를 보았기 때문이야. 너의 작은 심장이 뛰는 그 생명의 소리가 파도의 진동으로 울리면서 바다 전체로 퍼져갔던 거야.

그게 바로 생명이라는 거야. 끝이 없는 것, 작은 파도와 큰 파도, 그리고 바람까지도 쉬지 않고 출렁거리는 것. 그 바람을 따라 모세혈관같이 가늘고 섬세한 네 머리카락 한 오라기가 내 볼을 스쳐 갔어. 네 작은 손은 놀라움이 커질수록 내 손을 꼭 붙들었지. 마치 절대로 떨어지지 않겠다는 듯이. 처음 보는 바다의 경이로움에 조금은 겁을 먹었는지 넌 좀처럼 내 곁을 떠나려 하지 않았어.

너의 젖비린내 나는 그 작은 심장 속에 어떤 생각과 설렘이 담겨 있었는지는 모른다. 분명한 것은 우리는 하나였고, 같은 바다를 보고 있었으며, 그해 여름은 눈부시도록 찬란했다는 것이다. 늘 엄마 곁에 있었던 너는 항상 나에게 오십 퍼센트의 반쪽이었지. 아니다, 항상 내 등 뒤로 너의 굿나잇 인사를 받곤 했으니 정직하게 말하자면 십 퍼센트쯤이나 너를 품었을까. 그러나 이 바다 여행으로 나는 너를 백 퍼센트 가슴에 품을 수 있었다. 행복이란 게 바로 그런 거였다. 지금

너에게 털어놓는 그 이야기란 것이 여기에서 끝났다면 얼마나 좋았겠니.

진짜 이야기는 지금부터야. 널 데리고 해변가를 걷고 있을 때 나는 서울에서 내려온 몇몇 글 쓰는 친구들을 만났어. 너를 바라크 건물(판자로 세운 임시 건물을 그렇게 불렀단다)로 된 방에 눕히고 네가 잠드는 것을 확인한 후 바로 옆 텐트에서 그들과 술을 마시게 된 것이다. 잠시 동안만 함께 있으려 했는데, 그때나 지금이나 문학 이야기를 하면 아빠는 항상 시간 모르고 흥분하잖아. 늘 문학은 나를 술 마신 사람처럼 만들어. 분노도 하고 슬퍼하기도 하고, 친구들과 어울려 오징어를 씹으며 잘 하지도 못하는 술잔을 기울이고. 그렇게 문학 담론으로 한창 열을 올리는 동안 잠시 널 잊고 있었던 것이다. 네 생각이 난 건 한참 뒤야. 깜짝 놀라 자리를 박차고 너에게로 달려갔었지.

하지만 이미 늦었다. 너는 깨어 있었던 거야. 그 깜깜한 밤에 말이다. 해수욕장 모랫바닥에 세운 판자 건물에 무슨 전기가 있었겠니. 그 칠흑 같은 어둠 속에서 너는 홀로 잠에서 깼고 곁에 아무도 없다는 것을 알게 된 거다. 아빠를 찾았지만 너는 혼자였던 거야.

모래바람이 들어오는 깜깜한 방 안에서 너는 울며 밖으로 뛰어나온 거지. 아빠를 부르는 너의 목소리는 너무나 가냘파서 밤바다의 그 파도 소리를 이길 수가 없었던 거다. 아마 너는 목이 쉬도록 아빠를 부르며 울었을 것이다. 아무리 목 놓아 외쳐도 어둠 속을 헤매도 아빠가 보이지 않는다. 너는 그 무서운 공간에서 혼자 벌벌 떨면서 얼마 동안이나 울었을까. 얼마나 아빠를 애타게 불렀을까.

너는 울 기운도 없이 모래 위에 쪼그리고 앉아 어깨만 들먹이고 있었던 것이다. 나는 부들부들 떨고 있는 차가운 너의 몸을 끌어안고 눈물을 흘렸다. 너의 눈물과 나의 눈물이 두 볼 사이를 흐르고 있었지. 잠시 동안 너를 잊고 친구들과 어울려 이야기했던 그 문학이 얼마나 공소한 것이고 양분 없는 것이었는가 하고 후회했던 거야. 지금도 그때를 떠올리고 싶지 않아. 네가 느꼈을 공포와 절망, 아무리 찾아도 나타나지 않는 아빠에 대한 원망…….

엄마 곁을 떠나 오직 아빠 하나만 믿고 그 먼 여행길을 따라온 너의 믿음을 나는 완전히 배반하고 만 거야. 아, 시간을 몇 시간 전으로만 되돌릴 수 있다면 그해 여름은 너와 나에게 완벽한 행복의 기억으로 남아 있었을 텐데 말이다.

너는 아침 해가 뜨고 바닷가에서 조개껍질을 주울 때 이미 어젯밤 일을 잊고 있었던 것 같았다. 어린아이니까. 생각이 없는 어린 시절에 겪은 일이었으니까 그때의 공포를 기억할 리가 없겠지. 하지만 나는 그때 일을 다시 일깨울까 봐 한 번도 이 이야기를 입 밖으로 꺼낸 적이 없어. 네 엄마한테까지도 여태껏 비밀로 숨겨두었던 이야기란다.

나중에 그때의 내 잘못을 이야기하고 사과했다고 해도 너는 이렇게 말했을 것이다. "아빠, 나 그런 일 몰라. 해수욕장에 갔던 것도 겨우 생각나는걸." 지금 생각하는 바다와는 아주 다른 풍경들이 어렴풋이 생각날 뿐이라고 말할 것이다. 네가 기억하지 못하면 나는 영원히 사과할 수도 없게 돼. 내 머릿속에 이렇게도 생생하게 그때의 기억이 남아 있는 까닭은 사실 나도 너와 똑같은 경험을 한 적이 있었기 때문이란다.

나도 너와 마찬가지로 아버지와 단둘이 여행을 한 적이 있었어. 아버지를 따라 처음으로 서울에 간 거야. 어린 시절 내가 살았던 온양은 서울에서 한 백 리쯤 떨어진 곳이다. 가깝다면 가깝다고 할 수 있는 곳이지. 마을에 있는 산을 망경산(望京山)이라고 했으니까. 서울이 바라보인다는 뜻이야. 사실별로 높지도 않은 산이다. 올라간들 서울이 보였겠냐마는 마을 사람들은 그만큼 서울이 보고 싶었던 거지. 그래서 망경산이야. 그것도 사투리로 '맹경산'이라고 했어.

내게 서울이란 아버지나 형님들이 선물을 사 가지고 오는 곳이었어. 높은 집들이 엄청 많고 거리에는 움직이는 집, 전차라는 것도 있다고 했다. 백화점이라는 말, 역이라는 말, 그리고 때로는 레스토랑이니 호텔이니 하는 말도 어렴풋이 기억이 난다. 서울에서 온 사람들은 틀림없이 사투리와는 다른 말투로 이야기를 했었지.

그렇게도 가보고 싶었던 서울로 아버지와 함께 떠나게 된 거야. 다섯 살쯤 되었을까. 어머니는 나 혼자 떠나보내는 것이 걱정이 되셨는지 작은 손가방(사실은 장난감 같은 가방이었단다)에 내가 좋아하는 과자와 그다지 필요하지도 않은 손수건이니 양말이니 옷가지 같은 것들을 싸주셨어. 그렇게 나는 아버지 손을 잡고 어머니를 떠나 처음 여행길에 오른 거란다. 언덕 하나 넘으면 저금통 모양처럼 생긴 온양역이 나와. 지금은 은하철도의 우주정거장 같은 커다란 역이 생겼지만.

당시 내가 서울로 가려고 탄 기차는 바로 너를 데리고 탄 장항선, 그 시골을 달리는 기차였다. 어머니 생각이 날 때마다 나는 작은 손가방을 가슴에 꼭 껴안았어. 마치 어머니와 내게 익숙한 모든 공간이 그 안에 들어 있기나 한 것처럼 말이다. 그리고 너처럼 아버지의 손을 꼭 잡고 참새처럼 종종걸음으로 따라다녔지.

그런데 내 서울 여행은 너와 마찬가지로 아버지를 잃어버리는 끔찍한 악몽으로 바뀌게 된 거야. 아버지는 마중 나온 친척들과 정거장에서 이야기를 하고 계셨어. 그때 누군가 "지금 전차를 타셔야죠" 하고 말했다. 나는 그 말을 듣고는 확인도 하지 않은 채 혼자서 전차에 올라탄 거야. 당연히 아버지도 친척들과 함께 탈 줄 알았지. 전차 안에서 내가 혼자라는 것을 깨달은 것은 전차가 출발하고 난 뒤였단다. 상상할 것도 없어. 공포에 질려 아버지를 부르고 엄마를 부르다가 울음을 터뜨리고 말았지. 도시의 그 낯선 사람들 틈에서 시골 아이가 혼자 울고 있었던 거야. 몇몇 아줌마들이 나를 달래려고 다가왔지만 난 그들에게 빼앗기지 않으려고 어머니가 챙겨주신 손가방을 가슴에 꼭 껴안고 더 큰 소리로 울었어.

제복을 입은 차장이 날 안아주면서 말했지. "아가야, 걱정마. 너희 아빠를 곧 찾아줄게." 차장은 전차가 정거장에 멈출 때마다 내 겨드랑이를 붙잡고 창밖으로 내보이면서 "이 아이를 잃어버린 사람 없어요?" 하고 외쳤어. 정거장에는 많은 사람이 있었지만 아빠의 얼굴은 볼 수 없었지. 딱한 표정이었거나 그저 웃고 있는 사람들뿐이었겠지.

매번 정거장에서 똑같은 일이 벌어지고 몇몇 승객들은 내게 드롭프스(캔디)를 주고 말을 걸기도 했어. 몇 살이냐, 네 집은 어디냐, 아빠 이름은 뭐냐…… 그럴 때마다 나는 길을 잃으면 말하라고 어머니가 몇 번이고 일러준 집 주소, 아버지 성함, 그리고 내 나이를 되풀이했지.

사람들은 똑똑하다고 머리를 쓰다듬어주기도 하고 먹을 것을 주기도 했어. 심지어 노래를 부르라고 시키는 사람도 있었다. 사람들이 똑똑하다고 칭찬을 하니까 잠시 두려움을 잊고 나는 "기차는 떠나간다, 보슬비를 헤치며"로 시작하는 내 단골 노래를 불렀던 거야. 사람들은 박수를 쳤고 잠시 전차 안에서는 미아를 위한 축제가 벌어졌지. 그러다가 나는 다시 아버지 생각이 나면 엉엉 우는 거야.

전차는 종점에 도착했고, 다행히도 아버지의 일행이 날 기다리고 있었다. 그 전차의 노선을 알아내서 미리 종점에서 기다리고 계셨던 모양이야. 나는 아버지 얼굴을 보며 혼이 날까봐 반가워할 틈도 없었지. 이번에도 어머니가 주신 가방을 누가 빼앗기라도 하듯이 가슴에 꼭 안고 울음 뒤끝을 참고 있었어. 그런데 순간 아버지의 일그러진 얼굴, 한 번도 본 적이 없는 얼굴이었어. 근엄하고 항상 야단치듯이 무서운 표정을 하고 있던 그 얼굴이 아니었던 거야. 아버지의 낯선 얼굴을 보는 순간 나는 다시 울음을 터뜨리고 말았지. 그건 조금 전 전찻간에서 울던 울음과는 달리 감미로운 것이었다.

나를 발견한 아버지는 그날 밤 내가 너에게 그랬듯이 나를 꼭 껴안아주셨어. 엄격한 유교 집안에서 자랐던 나는 한 번도 아버지에게 안겼던 기억이 없었어. 아마 그게 처음이자 마지막인 아버지의 스킨십이었던 것 같아.

내 눈물 자국 위로 아버지의 깔깔한 수염이 닿는 것을 느꼈어. 내 눈물 자국 위로 볼을 비비고 계셨던 거야. 큰 한숨 소리도 들은 것 같아. 아버지는 아무 말씀도 하시지 않았지. 아이를 챙기지 못한 무심함을 혼자서 책망하고 계셨던 거야.

문학작품에는 '아버지 찾기'의 원형을 다룬 이야기가 많아. 그 대표적인 것이 텔레마코스가 아버지인 오디세우스를 찾아 나서는 고전극이잖니. 그렇게 아버지를 찾아 그리워할 때 나타났던 아버지의 얼굴이 이제 내 얼굴로 떠오르게 된 거야.

무슨 설명이 더 필요하겠니. 너는 깜깜한 밤중에 파도 소리에 묻혀 사라지는 목청으로 아빠를 불렀다. 그리고 나는 네 곁에 없었다. 어찌 그날뿐이었겠니. 네가 절망에 빠졌을 때, 절대 고독 속에 혼자 놓여 있을 때, 나는 네 곁에 있어야 했다. 하지만 그럴 때마다 나는 언제나 네 곁에 없었다. 너는 울다 지쳐 쓰러질 때까지 아빠를 불렀을 것이고 나는 너의 눈물이 마를 때까지 오지 않았을 것이다.

그 깜깜한 바다, 끝이 없는 어둠의 공간이 널 삼켰다. 네가 이혼을 하고 빈방에 앉아 있을 때, 아이를 잃고 흙바닥에 앉아 있을 때, 병에 걸려 어둠 속에서 혼자 떨고 있을 때, 그 자리에 아빠는 없었다.

난파선 위에서 표류하는 사람들처럼 아무리 손을 내밀고 찾아도 아빠는 없다. 그때 그 절망의 어둠 속에서 네가 내민 손을 잡아준 것은 너의 아빠가 아니었다. 아빠 대신 손을 내밀어주신 하나님 아버지였지. 그때 네가 안긴 것이 하나님의 가슴이었던 거야. 그래, 잘 안다. 떨어지지 않으려고 그 작은 손으로 꼭 잡았던 아버지의 손 대신에 너는 하나님 아버지의 손으로 인도된 거다.

네가 찾은 하나님이 얼마나 크고 위대하신가를 우리가 떠났던 그 여행의 기억 속에서 찾아본다. 네가 세상을 떠나던 그날 밤에도 네 곁에 나는 없었다. 미안하다, 정말 미안하구나. 장항선 기차. 아빠를 따라나선 너의 작은 손에, 눈물로 젖어 있던 모래 묻은 너의 작은 손가락에 입을 맞춘다. 굿나잇. 굿나잇 키스를 한다.

피아노, 환상의 악기

연을 너무 좋아하는 아이가 있었어. 그 아이의 꿈은 수천 개, 수만 개의 연을 갖는 것이었어. 그런데 집이 가난해서 당장 동네에서 가지고 놀 연 하나도 살 수가 없었던 거야. 그래서 어른이 되면 열심히 돈을 벌어서 연을 사겠다고 결심했지.

아이는 어른이 되어 진짜 부자가 되었고 연을 수천수만 개나 살 수 있게 되었어. 하지만 막상 그때가 되고 보니 이미 어릴 적 꿈이 사라지고 만 거야. 어른이 된 자신에게 더 이상 연은 필요 없는 물건이 된 거지. 작은 것이든 큰 것이든 간절히 원할 때 가질 수 있는 것이 인간의 행복인 모양이다.

어느 잡지였던가. 네 이야기가 나오는 글을 읽다가 우연히 너에게 사주었던 피아노에 대해 알게 되었다. 네가 나에게

말하지 않았던 그때의 네 마음을 말이다. 너는 그때의 일을
이렇게 말했다.

"어느 날 집에 돌아오자 아빠가 날 보면서 묘한 웃음을 보
이셨다. '방에 들어가봐, 뭐가 있나' 하시기에 방문을 연 순
간 나는 거의 비명처럼 소리를 질렀다. 그렇게 갖고 싶었던
피아노가 거기 있었다. 아빠가 조금이라도 더 일찍, 아니면
조금이라도 더 늦게 피아노를 사주셨더라면 그 순간처럼 기
쁘거나 행복하지 않았을 것이다. 행복에는 절대의 타이밍이
란 게 있다. 누군가를 사랑할 때도, 결혼을 할 때도, 아이를
가질 때도 그렇다. 조금만 더 빨랐거나 조금만 더 늦었어도
그토록 행복하지 못했을 순간들이 있다."

그런데 말이다. 그게 피아노를 갖고 싶었던 너의 타이밍에
맞추었던 것인지, 아니면 내가 피아노를 갖고 싶었던 그 타
이밍이었는지 잘 모르겠다. 그게 무슨 소리냐고 반문하겠지.
있는 그대로 대답해줄게. 너의 꿈을 위해서 피아노를 사준
것인지, 아니면 오랫동안 내 마음속에 품고 있던 피아노 콤
플렉스를 풀기 위해 피아노를 사온 것인지 확실치 않다는 것
이다.

아빠는 농촌에서 태어났지만 물건 아쉬움 없는 유복한 가
정에서 유년 시절을 보냈단다. 그래서 시골이었지만 라디오,

축음기, 기타 그리고 아코디언까지 다 갖고 있었어. 그런데 도시에 사는 아이의 집에 가보니 풍금이 있더라구. 우린 그걸 오르간이라고 했는데 오르간은 학교에나 가야 볼 수 있는 게 아니니. 그런데 그 친구 집에 가니 풍금이 있고 녀석은 약을 올리듯이 페달을 밟고 동요를 치는 거야. 나도 하모니카로 불던 〈천연교양곡〉이라는 일본 노래였지.

충격을 받았다. 우리 집이 제일 잘사는 줄 알았는데 그게 아니었던 거지. 시골에선 아무리 커봐야 기와집이었는데, 도시에 와보니 이층 양옥집에 벽은 등나무로 덮여 있고, 집 안에는 큰 응접실과 풍금이 있었다. 그런데 정말 충격을 받은 것은 도시에서 사는 아이들 중에는 오르간이 아니라 피아노를 갖고 있는 아이도 있다는 사실이었지. 보통 피아노도 아니고 큰 극장에 가도 보기 힘든 그랜드피아노 말이야.

그림책에서만 보던 그랜드피아노라는 것이 이 세상에 정말 실재한다니. 또 그걸 집에서 치는 애들이 있다니. 그래, 나는 그랜드피아노나 하프 같은 것은 날개 달린 아기 천사들처럼 상상의 세계 속에서만 존재하는 것으로 알았거든. 꿈이, 환상이 현실이 되는 것. 그 뒤부터 내 행복의 기준이 생겨나게 된 거란다.

얼마 뒤 우리 집이 경제적으로 어려워져 큰 집을 팔고 나 혼자 떠돌며 대학을 다니게 되었단다. 내 마음속에서는 등나무가 있는 양옥집과 샹들리에가 있는 응접실, 그리고 반짝이는 그랜드피아노가 놓인 풍경이야말로 인생에서 가질 수 있는 최고의 행복이라고 여기었지.

그 좁은 방에 피아노를 사다 놓은 것이 너를 기쁘게 해주기 위한 것이었지만 지금 보니 내가 어렸을 때 꿈꿨던 것, 내가 가지지 못했던 것을 네게 선물해주면서 대리 만족을 구했던 것 같다. 비록 이층 양옥집의 그랜드피아노는 아니었지만 너에게 피아노를 사주는 것으로 내 꿈을 대신 실현하려 했던 것 같다.

그런데 이미 나는 그런 세속의 욕망과 거리가 먼, 글 쓰는 문인이 되어 있었으니까, 연을 갖고 싶었던 아이가 부자가 되었을 때와 똑같은 일이 벌어진 것이라고 해야 옳겠지. 너를 통해서 이 지각한 꿈을 성취하려고 한 것. 왠지 널 속인 것 같다는 생각이 들기도 한다.

너의 헌팅턴 비치 집 응접실에 놓여 있던 그랜드피아노를 보고 나는 무척 놀랐었지. 말했잖아, 그런 피아노를 가진 아이는 왕자들처럼 오직 동화 속에서나 볼 수 있는 것이라고 생각했던 거야. 너에게 처음 사주었던 피아노를 생각해봐. 그 흔한 '영창 피아노'조차 없었을 때야. 그 피아노는 부속품을 들여와 조립한 거였어. 네가 너무 어려서 피아노 의자에 앉아 있으면 꼭 구름 위에 떠 있는 아기 천사 같았단다. 그 피아노 앞에서 너는 행복의 절정, 행복에는 타이밍이 있고, 아빠가 행복의 적시타를 날렸다고 했다.

그런데 너는 이미 아빠가 꿈꾸던 그랜드피아노가 너의 꿈이 아니라는 것을 알고 있었지.

너를 따라 하와이 원주민들이 많이 모인다는 개척 교회에 갔었지. 그 교회는 오르간도 없어서 엠피스리 플레이어로 찬송가를 틀고 있었지. 나는 상상할 수 있었어. 짝퉁 피아노 앞에서 나와 함께 〈젓가락 행진곡〉을 칠 때 두 볼이 빨갛게 달아오르던 너의 모습을. 그리고 그때와 똑같이 달아오른 얼굴로 컴퓨터 스피커에서 흘러나오는 반주에 맞춰 찬송가를 부르는 너의 모습은 그렇게 행복해 보일 수가 없었단다. 그건 내가 어렸을 적에 행복의 기준으로 삼았던 피아노가 아니라 '오르간'도 아니라, 작은 노트북 속에서 흘러나오는 찬송가였어. 그게 네가 찾은 행복이야.

경쟁 사회의 문

너는 법조계에 있으니까 전기의자라는 말은 잘 알아도 '음악 의자(musical chairs)'라는 말은 잘 모를 것이다. 하지만 잘 생각해봐. 네가 유치원에 들어가서 가장 먼저 배웠던 놀이가 바로 이 의자 놀이였던 거야. 전 세계에 퍼져 있는 놀이라고 해. 인터넷으로 검색해보면 영어에서부터 시작해서 아시아의 중국, 일본, 태국까지 20여 개국의 언어로 이 음악 의자 놀이와 관련된 단어가 나와. 웬일인지, 한국말로 된 것은 찾아볼 수가 없어서 그냥 '의자 빼앗기 놀이'라고 이름을 붙여야겠다.

의자가 여러 개 있지. 그것을 쭉 원 대열로 늘어놓고는 친구들이 음악에 맞춰 그 의자 주위를 빙글빙글 도는 거야. 그러다가 음악이 멈추면 얼른 자기 곁에 있는 의자를 차지하고 앉아. 의자들은 언제나 아이들 수보다 모자라게 되어 있어. 그래서 의자에 앉지 못한 아이들은 아웃되는 거야.

아마도 최초로 경쟁 사회를 경험하게 하는, 말하자면 삶의 게임에서 승자와 패자를 경험하게 하는 놀이라고 할 수 있어. 오늘날의 경쟁 사회에서는 다른 사람을 쓰러뜨려야 자기가 앉을 의자를 확보할 수 있지. 그 의자에 앉기 위해서 피투성이가 되도록 싸우는 현실을 그대로 반영한 놀이인 거야.

본능적인 경쟁심으로 승자와 패자가 순식간에 갈리는 놀이라서 더 인기가 있었던 걸까? 달콤한 음악이 멈추는 순간 잔인한 경쟁의 현실 속에 빠지는 리얼리즘. 그게 앞으로 닥칠 미래의 현실인 줄 모르고 아이들은 즐겁게 놀지만, 그사이 눈물을 흘리는 패배의 아픔도 몸에 익히게 돼.

그런데 어느 날 네 엄마한테서 그 의자 놀이 얘기를 듣게 된 거다. 네가 굼뜬 아이일 줄 알았는데 의자 놀이의 선수라지 뭐냐. 음악이 멈추는 것을 미리 눈치채고 눈여겨봤던 의자에 재빨리 앉는다는 거야. 남이 이미 차지해 앉은 의자에 같이 비집고 앉으려다 탈락되는 아이들도 많아. 얼른 빈 의자를 찾지 않고 말이야. 그렇게 욕심 많고 우직한 아이들은 대부분 놀이에서 탈락해.

같은 의자에 동시에 앉은 경우라면 누가 차지한 면적이 더 넓은지를 선생님이 심판하기도 하지. 이것은 그냥 이기고 지는 것보다 훨씬 더 잔인하지. 이런 모든 위험을 너는 용케 피해서 재빨리 의자를 찾아 앉는 센스가 있었다는 게 참 다행이라고 생각했어.

한번은 네가 이길 수 있었는데도 웬일인지 의자 빼앗기 놀이에서 졌다고 엄마가 내게 귀띔해주더구나. 네가 마지막 남은 아이와 의자 하나를 놓고 경쟁을 하게 되었다는 거지. 그런데 음악이 멈췄는데도 너는 머뭇거리면서 의자에 앉지 않았대. 그래서 상대방 아이가 쉽게 의자를 차지하고 승리자가 됐다는 거야. 어머니가 "왜 빨리 앉지 않았니?"라고 묻자 네가 이렇게 말하더라는 거야. "걔는 내 친구잖아"라고. 그래, 그 아이가 너와 가장 친한 짝꿍이라서 차마 친구를 밀치고 그 의자에 앉기를 주저했던 거야.

그 말을 듣고 나는 네게 무슨 말을 해야 할지 잠시 망설였다. 칭찬을 해야 하나, 아니면 게임에선 이겨야 하는 것이라는 충고를 해야 하나? 사실 그 말을 듣고 나는 속으로 이렇게 말했지. '독해져야 한다. 친구라도 사정없이 밀어내라. 그게 게임이란다. 살아남는 법칙이란다. 지면 안 돼. 조금 더 크면 입학시험을 치르게 될 거야. 정원이 한정되어 있으니 네가 합격하려면 반드시 누군가는 떨어져야 해. 게임에는 형제도 친구도 없다. 입시는 그래도 양반이다. 대학을 나와도 너는 사랑을 하고 결혼을 해야 한다. 정말 사랑하는 사람이 있다면 다른 친구한테 그 사람을 양보할 거니? 아니잖아. 라이벌이 있으면 끝까지 싸워서 이겨야 해.' 나는 그때 너에게 이렇게 말했어야 했다.

아니면 '잘했다. 그까짓 의자가 뭔데, 다시 기회 있을 때 앉으면 되지. 제일 친한 친구와 경쟁해서 서로 할퀴는 싸움을 하면 되겠니? 참 잘했다. 승부에서 진 사람이야말로 진정한 승자라는 것을 언젠가 알게 될 거야. 그래, 양보해야지. 사랑하는 사람을 위해 한 발짝 늦게 가는 것, 빈 의자를 내주는 것, 그것이 삶의 진정한 의미란다. 비록 의자를 차지하지 못할지라도 너의 마음은 늘 편안하고 빛으로 가득 차 있을 거야. 너는 오늘 자랑스러운 승리자가 되어서 돌아왔어. 너의 머리에는 월계수 대신에 천사처럼 오롯한 후광이 씌워져 있는 거야.'

이렇게 말해야 했을까. 하지만 정작 나는 어떤 말도 들려주지 못했어. "아, 그랬니?" 하며 말끝을 흐리고 말았지.

그 뒤로도 나는 아버지로서 너에게 분명한 삶의 방식을 가르쳐주는 것이 쉽지 않았단다. 네가 가끔 경쟁에서 지는 쪽을 선택하면 분하다가도 너의 따뜻하고 정의로운 마음 씀씀이에 부끄러움을 느끼곤 했어. 네가 의자 놀이를 끝내고 돌아왔을 때 추임새든 꾸짖음이든 어떤 말도 해주지 못하고 뒷말을 흐렸던 것처럼 나는 아직도 해답을 찾지 못한 채 서성대고 있다.

하지만 네가 모든 호화로운 삶을 버리고 아프리카로, 남미로 어렵게 살아가는 아이들을 찾아간 그 사랑의 길에 대해서, 땅끝까지 간 너의 승리에 대해서는 분명히 말할 수 있다. 네가 정말로 자랑스럽다고. 내가 가지 못한 길을 네가 갔구나.

남들이 다 바보라고 불러도 너는 옳았다. 음악이 멈추는 순간 네가 다른 천상의 음악을 들었던 것을 아빠는 몰랐구나. 이제야 침묵하지 않고 의자를 내주고 돌아온 너에게 자신 있게 말한다.

장하다. 너는 진 것이 아니라 이긴 것이다. 어쩌다 한 번이 아니라 영원히 이기는 게임을 한 것이다. 세상 사람이 널 바보라고 비웃어도 굿나잇, 너에게 따뜻한 굿나잇 키스를 한다. 바보에게, 정말 장한 내 딸에게 굿나잇 키스를 보낸다.

첫 번째 시험에 들다

장난감과 인형만 갖고 놀던 고사리손에 시험지를 들고 네가 아빠를 찾았을 때 나는 놀라움을 감출 수 없었다. 글씨도 제대로 익히기 전에 유치원에 들어가자마자 시험을 치르고 왔다니. 일평생 우리를 주눅 들게 하고, 웃고 울게 하는 경쟁의 상징적인 부표. 그것이 바로 유치원에서 돌아온 네 작은 손에 들려진 한 장의 종이쪽이었어.

너는 눈물을 글썽이며 나에게 시험지를 들이밀고는 말했지. "아빠 나 안 틀렸는데 선생님이 틀렸대." 시험지에는 '친구가 아닌 것에 동그라미를 치라'고 적혀 있었고, 그 문장 밑에 예쁘게 그려진 다섯 개의 그림이 있었지. 그림을 보고 하나의 답을 고르는 쉬운 문제였어. 거기에는 고추, 파, 배추,

칼, 소나무가 나란히 그려져 있었지. 네가 시험지에 친구가 아니라고 표시한 것은 칼이었고 나 역시 그게 당연히 맞는 답이라 여겼기에 흡족하게 시험지를 쳐다보고 있었어. 그런데 너는 "선생님이 이중에 친구가 아닌 것은 소나무래"라고 이야기하는 거야.

나는 순간적으로 말문이 막혔다. 점점 자라나는 너를 도대체 어떻게 교육해야 할지 자신감을 잃었던 거야. 사소한 사건이었지만 앞으로 내가 너에게 무엇을 가르쳐야 할지 혼란스러웠어. 가정에서, 학교에서, 사회에서, 계속해서 시험을 치를 운명인 네가 인생의 시험지 위에서 어떻게 올바른 정답을 써 내려갈까. 내가 어떻게 너를 도와줄 수 있을까.

인간을 정의하는 여러 가지 말이 있지. 호모사피엔스(생각하는 인간), 호모루덴스(놀이하는 인간), 호모파베르(도구를 사용하는 인간)······ 한국에서 살아가는 인간은 뭐라고 규정하면 좋을까. 시험 치는 인간이 아닐까? 너희 때만 해도 덜했지만 요즘은 가정과 사회 전체가 시험을 치르기 위한 시험 준비 학원이 되어버렸다. 학교도 그래. 학교가 학원과 구별되지 않고 오로지 시험 치는 기계를 만드는 공장이 되어버린 게다.

사실 너에게 어떤 교육을 시켜야 할지, 네가 선택한 것이 옳은지 그른지 좀 더 적극적으로 대화를 했어야 했다. 하지만 나는 모든 책임을 너의 선택에만 맡겼던 거야. 그러니 네가 얼마나 갈등이 많았겠니. 유치원의 시험지를 받았을 때에도 마찬가지였어. 난 너의 선택에 동의했지만 선생님은 반대한 셈이지. 이 사회가 아이들을 교육하는 시스템과 내가 한 개인으로서 교육시키고자 하는 시스템이 이미 어긋나 있던 거야.

내 영향이었을까? 너는 늘 이 아빠처럼 생각했어. 말하자면 논리적으로 생각한 것이지. 보렴, 소나무도 살아 있고 배추도, 고추도 모두 살아 있다. 그런데 칼은 광석, 무생물이야. 그러니 생물들끼리 친구지, 어떻게 생물과 무생물이 친구가 되겠니. 더군다나 칼은 쇠니까 생명이 없어. 녹이 슬고 칼날이 무디어져. 하지만 소나무는 자라고, 배추도 자라고, 파랗던 고추는 빨갛게 익어.

그런데 선생님은 소나무가 친구가 아니라고 했다. 시험에서는 생물과 무생물의 구분이 아니라 안과 밖이라는 공간 개념을 가르쳐주려고 했던 모양이야. 배추, 고추, 식칼, 이것들은 모두 집 안의 부엌에 있어. 그런데 소나무는 방 안으로 들여놓을 수 없잖아. 안에 있으면 친구고 밖에 있으면 친구가 아니라는 거야. 이 시험을 치르면서 세상 모든 것을 친구로 생각했던 너는 친구가 아닌 것을 애써 골라내야만 했겠지. 너와 나, 우리와 너희의 패를 가르는 거지. 생물과 무생물을 가르는 것이나 안과 밖을 가르는 것이나 사실은 똑같아.

처음 유치원에 들어가 춤추고, 노래하고, 그림 그리는 아이들은 모두 예술가야. 이야기를 듣고 말하는 문학적인 세계 안에 존재하는 시인이자, 음악가이자, 무용가지. 그런데 유치원에서부터 네 의지와 상관없이 가정과 다른, 사회라고 하는 세계 속으로 발을 들여놓았던 거야. 사실 어린 아이들에게 생물, 무생물이 어디 있니. 돌이 발부리에 차이면 "엄마, 얘가 나 때려"라고 말하잖아. 네 동생 광무도 그랬단다. 음식을 씹다가 혀를 잘못 깨물고서 "엄마, 이가 혀를 깨물어"라고 말이야. 우리가 한참을 웃는 동안 광무는 아파서 어쩔 줄을 몰랐지. 이빨도 나고 혀도 나인데 이빨이 혀를 깨물었다고 말한 건, 자기 몸을 객관화한 거야.

이렇게 모든 것이 내 안에 있으면서 또 밖에 있다는 혼돈의 세계 속에서 생명은 자란다. 그런데 어떻게 가르치느냐, 즉 논리적으로 가르치느냐, 장소로 가르치느냐에 따라서 전혀 다른 사람들이 태어나지.

나는 지금도 내가 맞는 선택을 했다고 생각한다. 밖이든 안이든, 생명체와 비생명체 안에서 인간의 의식은 출발해. 어렸을 때는 모든 것이 살아 있는 것처럼 보이지만, 우리가 세상을 살아가기 위해서는 산 것과 죽은 것을 갈라내는 일부터 배워야 해. 그렇지 않니? 네가 먹는 것을 봐. 돌멩이는 먹을 수 없잖아. 인간은 살아 있는 것, 생명이 있는 것을 먹어. 설탕처럼 몇 가지 예외는 있지만 우리가 먹는 대부분은 다른 생명들이란다. 바로 살아 있는 것들을 먹으며 우리의 생명을 지속해가는 거란다.

만일 그렇게 생각하지 않고, 가까운 것만 나와 친구이고 밖에 있는 것은 친구가 아니라고 가정한다면 어떻게 되겠니? 상상해보렴. 흑인과 백인이 갈라지고, 내 가족의 울타리 밖에 있는 사람들은 다 남이고 친구가 아닌 게 되는 거지. 같은 유치원에 있는 아이들은 내 친구고, 다른 유치원에 다니는 아이들은 내 친구가 될 수 없고…….

그날 너는 너 자신과 타자를 가르기 시작하는 아픔을 유치원에서 배우고 돌아왔던 거야. 춤을 추며 신나 하고, 그림을 그리면서 재미있어 하던 여느 날과는 기분이 달랐겠지. 네가 그날 마음이 아팠던 것은 단지 네 답과 네 생각을 선생님이 인정해주지 않은 것에 대한 억울함 때문만이 아니었을 거야. 세상에는 가까이 있는 친구와 저 멀리에 있는, 친구 아닌 타인이 존재한다는 것, 그런 사회에서 살아나가야 한다는 것, 오늘은 친구였을지라도 멀리 떨어지면 남이 된다는 것, 그것을 배운 날이었기에 더 마음이 아팠을 거란다.

그렇지, 왜 우리 집 뜰에 소나무가 있었잖니. 너는 그 소나무가 친구가 아니라, 손에 쥐기만 해도 조심하라고 늘 잔소리를 듣던 칼이야말로 친구라는 말에 당연히 당황했겠지. 늘 꽃밭의 소나무 밑에서 놀곤 했는데 말이다. 그 소나무가 안이 아닌 밖에 있기 때문에 친구가 아니라고 배운 그날부터 네 마음 한쪽에 그늘이 생기기 시작한 것을 아빠는 알고 있단다.

내가 왜 이 이야기를 하는지 아니? 그때 나는 너에게 이렇게 말해야 했어. 네 생각이 틀린 것은 아니지만 세상을 살아가려면 선생님 말이 정답이 되어버리는, 옳은 답이 틀린 답이 되고, 틀린 답이 옳은 답이 되는 가치의 테두리 속에 스스로를 들여놔야 한다는 사실을 너에게 알려줘야 했다. 언제나 그 사실을 기억하고 그런 말을 나누면서 살았어야 했어. 그 말을 하지 못한 채 오히려 너에게 모든 것을 배우고 나서야 그때의 일을 되새기고 있구나.

선왕(宣王)이 길을 내려다보는데 한 사내가 소를 끌고 가고 있었다. 제후가 사내에게 소를 끌고 어디에 가냐고 묻자 사내는 동제를 지내러 간다고 답했어. 소를 희생물로 바친다는 거였지. 제후는 소가 불쌍하다는 생각이 들어 "무슨 죄가 있다고 그 생명을 빼앗는가. 그냥 풀어주게"라고 말했단다. 그러자 사내가 "그러면 동제는 어떻게 지냅니까?"라고 물었

지. 제후는 "양이 있지 않나. 양을 가져다 지내게"라고 했어. 그에 대해 맹자가 물었단다. "소가 죽는 것은 안 되고 양이 죽는 것은 됩니까?" 제후는 "그렇군. 하지만 말이야……" 하고 말꼬리를 흐렸어. 그러자 맹자가 이렇게 말했단다. "아닙니다. 잘하신 것입니다. 소는 당장 내 눈앞에 있고 양들은 보이지 않지 않습니까. 똑같은 생명이지만 소는 지금 가까이 있으니 친한 것이고, 양은 멀리 있으니 소원한 것입니다. 그러니 가까이 있는 것을 택하고, 멀리 있는 것을 버리는 것은 인지상정입니다."

하지만 한편으론 말이다. 같은 생명인데 가깝다고 해서 취하고, 멀리 있다고 해서 버리면 되겠니. 모든 것을 바라볼 때 공평하고 평등해야지, 친소가 있다 해서 행동이 다르고 가치가 달라진다면 어디 의롭다 하겠느냐. 더구나 엄정해야 할 지도자라면 말이다. 그렇게 되면 정실로 세상을 바라보게 될 테니 더욱 혼란스러워질 것이다. 그게 묵자가 이야기하는 겸애설이야. 겸애설은 보편적 사랑이고 편애는 가까운 친척, 친구, 이렇게 편을 만드는 사랑이라는 거다.

이웃을 내 몸처럼 사랑하라는 예수님의 말씀도, 가족이라고 사랑하고 원수라고 사랑하지 않으면 안 된다는 것을 가르친 말이야. 기독교가 오늘날 세계의 종교가 된 것은 유대인

만의 신이 아니라, 사마리아인처럼 유대인이 미워하는 원수들까지도 다 사랑하라고 했기 때문이야. 그래서 기독교는 유대교와 달리 전 세계의 종교가 될 수 있었지. 그것은 불교도 마찬가지야. 한 민족을 위한 것이 아니라 살아 있는 모든 것, 보편적인 모든 것에 대한 자비란다. 예수님께서 말씀하시는 사랑처럼 말이다.

너도 나도 칼이 친구가 아니라고 한 것은 논리적으로 만물을 가르려 한 것일 따름이었지. 선생님은 친구들끼리 싸우지 말라는 뜻에서 답을 소나무로 정한 것이 아닐까? 역시 유교 전통일까? 가족주의 전통일까? 우리는 생명과 생명이 없는 것, 세계 어디에 가도 통하는 진리를 선택한 것이었고, 선생님은 가까이 있는 사람끼리 나누는 정과 사랑이 옳다고 생각한 거겠지.

사소한 일이었지만 이것이 분기점이 아니었을까. 너는 칼이 아닌 생명을 지닌 소나무를 친구로 선택했고, 그때부터 크리스천으로서 멀리 아프리카까지 가서 한 번도 보지 못한 아이를 자기 자식처럼 끌어안는 길을 걸어갔다. 나 역시 네 곁에서 한 명의 동반자로, 아직도 자신은 없지만 크리스천으로서 네가 갔던 길을 가고자 하는 거란다.

하지만 여전히 문제는 남는다. 시험 그 자체 말이다. 시험은 아주 옛날부터 한국인의 지옥이었던 게다. 지금 우리가 누리는 물건과 사회제도의 대부분이 바다를 건너 서양에서 온 것들이지만 예외는 있다. 오늘날 우리가 치르고 있는 시험제도는 중국에서 시작하여 한국에서 번성한 제도란다. 믿기 어렵겠지만 사실이야.

프랑스 사상가 볼테르가 한 말을 들어보면 알겠지. 서양처럼 칼로 승부를 내는 것이 아니라 시험으로 지도자를 뽑는 중국의 과거제도, 말하자면 시험제도를 부러워한 거야. 서양 도시에 늘어선 동상들을 봐라. 대부분이 전쟁 영웅들이지. 말을 타고 칼을 찬 전사들이 거리를 점령하고 있지 않니. 언뜻 보면 서양은 문화의 나라, 문명의 나라인 것 같아도 그것은 근대 이후의 이야기란다.

붓이 칼을 지배하는 문민 통제(civilian control)는 민주주의가 서양의 정치제도로 정착하고부터의 일이지. 하지만 중국은 아주 옛날부터 문승지효(文勝之効)라 해서 문민들이 정치를 하는 전통이 있었어. 따지고 보면 이미 공자 때부터 전국시대임에도 불구하고 제후들을 움직이고 교화한 것은 선비들이었어. 그래서 과거 시험이 만들어지고, 전쟁터에서 공을 세우지 않은 사람이라 할지라도 관리가 되고, 나라의 지도자가 될 수 있는 길을 열게 된 것이란다.

시를 잘 짓는 사람, 논문을 잘 쓰는 사람, 이런 사람들이 전쟁터에서 사람을 죽여 공을 쌓는 사람들을 지배한 문민 통제는 중국에서 생겨났고, 그것이 한국으로 들어와서 오늘날까지 이어지게 된 거야.

너희만 해도 그런 말이 없었는데 요즘에는 "밭에 가면 인삼, 산에 가면 산삼, 바다에 가면 해삼, 집에 가면 고삼"이라는 유행어가 있단다. '고3' 수험생을 둔 가정은 정말 난리야. 제일 귀하신 몸이거든. 고3 엄마들도 전쟁이야. 모든 신경을 대학에 들어갈 자녀들에게 집중시키는 거지. 옛날에는 남자아이들에게만 해당되는 얘기였지만 지금은 여자아이들에게도 똑같아. 사실 어느 대학 할 것 없이 특정 과에 따라서는 남학생보다 여학생이 더 많다는구나. 홍일점이 아니라 청일점이라는 말이 통용되는 거지.

너는 학교에서도 학원에서도 늘 수석 자리를 다투었어. 전국 모의고사에서도 늘 톱에 올라 주목을 받곤 했었지. 시험 잘 치는 딸을 둔 덕분에 내 어깨가 으쓱할 때가 많았단다. 그래서 난 네가 공부를 좋아하고 시험도 재미있어 하는 줄로만 알았다. 언젠가 미국에서 자동차 면허 시험을 치르고 나서 네가 말했어. "아빠, 자동차 필기시험 만점이래. 시험관이 날 보자고 하더니 나보고 여기서 교관으로 일할 생각이 없느냐는 거야. 아빠 나 있지, 시험 쳐서 대통령을 뽑는다면 미국

대통령도 될 수 있어."

그런데 이게 무슨 청천벽력인가. 생각하니, 너는 참으로 놀라운 이야기를 어느 교회의 간증하는 자리에서 쏟아놓았다.

"나는 시험을 치는 전날이면 공포와 불안에 늘 머리가 아팠어요. 시험 치는 것이 죽기보다 싫었는데도 열심히 시험을 치고 높은 점수를 받았지요. 우수한 시험 기계가 된 겁니다. 왠지 아세요? 높은 점수를 받지 못하면 아빠가 날 사랑하지 않을까봐 그랬어요. 시험 점수가 나쁘면 아빠는 날 미워하겠지요. 더 이상 내 딸이라고 생각하지 않으시겠지요. 아시잖아요, 아빠는 유명인이니까. 딸이 바보라고 하면 아빠의 명예에 먹칠을 하는 거니까요."

아빠에게 사랑받고 싶어서 시험공부를 열심히 했다니. 저런, 나는 네가 빵점을 받아와도, 대학 시험에 떨어지고, 남들이 바보라고 손가락질을 해도 세상 천하에 대고 말할 거다. "민아는 내 딸이다, 나의 자랑스러운 딸이다" 하고 말이다. 그런데 아빠에게 사랑받기 위해, 아빠 명예에 먹칠하지 않기 위해 그랬다니…… 더 이상 말하지 마라. 참으려고 해도 또 눈물이 난다.

굿나잇. 이 바보 딸아, 못난 딸아. 아빠의 사랑을 그렇게 믿지 못했느냐. 이제 시험지를 찢고 어서 편한 잠을 자거라.

4.

딸이
첫사랑을
할 때

너의 첫사랑

나는 네가 일찍 결혼하려는 것을 탐탁지 않게 생각했어. 남들은 나를 오해하고 내가 아무개와의 결혼을 반대했다고 하는데 너도 잘 알다시피 그게 아니잖느냐. 나는 단지 네가 너무 일찍 결혼하는 것이 마음에 걸렸을 뿐이야. 아직도 너에게는 젊은 날과 가능성이 많이 열려 있었기 때문이다. 그 값진 젊음의 특권을 일찍 포기하는 것이 아깝고 안타까웠을 뿐이니까. 그런데 너는 내 말에 이렇게 반론했지.

"아빠, 내가 처음으로 사랑한 사람이야. 두 번째도 그렇게 사랑할 수는 없을 것 같아. 세상에서 가장 귀한 것은 내가 처음 만나는 것들이에요. 두 번째는 감동이 없어져. 내가 학교에 들어가고 처음 필통을 가졌을 때, 그리고 거기에 말랑말랑한 지우개가 들어 있었을 때, 그것이 얼마나 신비로워 보였는지 아세요, 아빠? 처음 만져본 지우개는 보통 지우개가 아니었어요. 한 번도 쓰지 않은 지우개, 그 냄새, 색깔, 촉감, 그리고 깎지 않은 연필들, 은은한 나무 향기를 풍기던 육각형의 연필 냄새. 하지만 두 번째 갖는 필통과 연필들에는 그런 향기도 빛도 없었어요."

"사람도 마찬가지야. 대개 첫사랑은 이루어지지 않는다고 하잖아요. 첫사랑은 첫사랑대로 남고 결국에는 딴 사람과 결혼하게 된다고. 대부분의 여자들은 처음으로 사랑한 남자와 결혼하지 않지요. 그러나 나는 그 첫사랑이라는 게 사랑의 연습도 아니고, 잘못 낀 첫 단추도 아니라고 생각해요. 사랑하는 그 순간 함께 있는 것이 중요하지요. 그 사랑이 행복이다, 불행이다 하는 것은 과거에 붙여지는 수식어인데 과거란 기록에 불과한 것이잖아요. 첫사랑을 이루지 못하고 평생 후회하는 것이 옳은가요, 나중에 후회하더라도 첫사랑을 완성시켜 한을 남기지 않는 것이 옳은가요.

두 번째, 세 번째 사랑을 반복하다가 결국 지치고 시들해져 누군가를 만나 결혼하고, 아이를 낳고…… 그 많은 사람들처럼 나도 그렇게 살아간다면 그게 뻔한 사랑이 아닌가요. 첫사랑은 으레 실패하고 삶을 끝낼 때까지 그 기억만 끌어안고 산다는 것. 삼류 소설이든 아주 폼 잡고 쓴 명작 고전이든 내가 읽은 것들을 보면 대체로 그런 스토리죠.

첫사랑의 기억을 안고 살다가 다 늙어서 언젠가는 서로 만나요. 그러나 어디에도 처음 사랑했던 그 시절 남자의 모습, 여자의 모습은 보이지 않는 거죠. 얼굴만 그렇다는 게 아니에요. 몸이 늙었다는 것만이 아니지요. 하는 행동거지나 머릿속에 든 것, 가슴이 느끼는 그 모든 것이 다 변한 거지요. 그 옛날, 천사의 환상이 아니라도 좋고, 백마 탄 기수가 아니라도 좋아요. 그런 게 아니라도, 아무리 작은 환상이라도 깨지기 위해서 사랑이 있다고 해도 최초의 만남이 시작이고 끝이라는 것을 확인하고 싶은 거지요. 변하지 않던 그 모습 그대로를 사랑하는 것 말이에요.

모든 이가 다 안 될 거라고 하는 그 첫사랑을 현실로 만들고, 사랑하는 사람을 닮은 아이를 낳고, 그 결과가 어떤 불행을 불러올지라도 불행 이전의 최고의 기쁨과 행복을 누리는 것이 중요하다고 생각해요. 사랑의 결과가 결혼이고 결혼의 결과는 가족이죠. '너는 아직 어리다, 삶이라는 걸 너는 아직 몰라. 겨우 스무 살이니까.' 아빠도 엄마도 어른들은 다 똑같은 소릴 해요. 내가 분명하게 아는 게 하나 있어요. 사랑은 맡겨두었다가 필요할 때 찾아서 쓰는 은행의 예금통장이 아니라는 사실이지요. 사랑의 현재형, 그게 나의 첫사랑이고 결혼인 거예요. 아빠가 날 그렇게 가르치지 않았어요?"

 너의 말에 대한 나의 답변을 기억하고 있니? 거의 다 잊었지만 하나하나 되감아 재생해보면 이렇다.

 "아버지는 글 쓰는 사람이잖니. 통장에서 돈 찾아 쓰듯이 생각을 맡겨두고 쓰는 사람이 아니잖아. 그런데도 나는 글을 쓰면 몇 번이고 고쳐. 방금 전에 쓴 글인데도 생각이 달라져서 다시 지우고 쓰고를 반복하는 거야. 지우개 달린 연필이 왜 있겠니. 쓰는 것과 지우는 것은 반대말이면서 같은 말이라구. 사랑도 그런 거야. 생각이 달라져. 그때 지우고 다시 시작할 수 있어. 왜 지울 수 없는 잉크로 네 인생을 쓰려고 하니. 무슨 노래 가사도 있지만 고집 피우지 말고 연필로 써. 베아트리체하고는 원래 결혼을 못하는 거야."

 지금 같으면 이렇게 말했을 거다. 컴퓨터가 위대한 것은 덮어쓰기가 가능하고 한숨에 모든 문장을 키보드의 삭제 키 하나로 날릴 수 있다는 거야. 종이 위에 쓴 글이 아니라 액정판에 뜨는 문자처럼 사랑해라.

 이제 솔직히 말하겠다. 네가 삼 년 만에 대학을 조기 졸업하고 눈물을 글썽이며 결혼하겠다고 떼를 썼을 때 나는 참으로 당황했다. 글을 쓰는 문인이 아니라, 한 지식인이 아니라, 아버지로서 말이다. 왜냐하면 철없을 때 결혼하고 머리카락을 쥐어뜯는 것을 정말 많이 보아왔거든. 요즘처럼 삼십, 사십 먹은 신부들이 수두룩하던 시절은 아니었지만 그래도 네 경우는 너무 일렀어.

결국 너의 말에 엄마도 아빠도 손을 들 수밖에 없었다. 목마를 혼자 타겠다고 우기던 때처럼 '아, 얘가 벌써 이만큼 컸구나' 하고 불안한 마음을 애써 달래며 너의 손을 놓아주었지. 물론 네 말이 옳을 수도 있다는 것을 인정했기 때문이기도 해. 단 한 번밖에 없는 삶이 어차피 모험이라는 것은 맞는 말이다. 누구도 간섭할 수 없는 게 생이다. 그리고 앞날은 누구도 모르는 거 아니니. 그 모르는 길을 걸어가면서 굳이 뻔한 길, 남들이 많이 다녀 저절로 만들어진 길을 선택할 필요는 없지. 한 번밖에 없는 삶을 남들과는 다르게 살겠다는 네 자발적인 선택이 바로 결혼이었다.

나중에 네가 결혼에 실패하고 돌아왔을 때 나는 너에게 아무 말도 하지 않았다. 어차피 애비한테 딸이 돌아올 때는 쉬러 오는 것이니까. 그래, 쉬어라. 너는 후회하지 않을 것이다. 물러달라고 하는 젊음 같은 것, 사랑 같은 것은 애초부터 없었다는 걸 내가 왜 모르겠니. 그래, 쉬어라 굿나잇. 피곤한 너의 이마에 굿나잇 키스를 한다.

네가 결혼하던 날

모험의 첫발을 딛는 그 빛나는 날의 결혼식장에 나는 너의 손을 잡고 걸어 들어가게 되었다. 결혼식장 풍경은 하나도 새로울 것이 없고 매일 보는 일상적인 풍경에 지나지 않지만, 당사자들과 그 가족들에게는 한 번밖에 없는 새롭고 성스러운 의식이다.

하객들이 축하의 꽃다발만 바치는 건 아니야. 대부분은 안 보는 데서 신랑이 어떻고, 신부가 어떻고 하며 수군거리지. 주례사에 표현되는 가장 이상적인 남자와 여자, 천생연분, 남자는 준재이고 여성은 재원이며…… 그러나 하객들은 결코 그렇게 보지 않는단다. 베일 속에 숨겨진 상처와 흠집을 보려고 하지. 씩씩하게 걸어 들어오는 신랑의 발걸음에서 주저하는 몸짓을 찾아내려고 하는 거야. 군이 홉스가 말한 '만인은 만인에 대한 적'이라고 하지 않더라도 인간은 서로 경쟁자이기 때문에 남이 불행해야 내 불행이 소거되고, 남이 행복하지 않아야 그만큼 내가 행복하다고 믿지. 그런 사람들 틈에서 우리는 축하를 받기도 하고, 싸우기도 하면서 모순과 부조리로 점철된 삶을 살아가는데, 결혼식장이야말로 축하와 질투, 어쩌면 다른 사람의 가슴에 못을 박는 경쟁의 꼭짓점에서 펼쳐지는 서커스장이랄 수 있다.

그런데 그날 신부의 아버지는 불행하게도 심각한 실수를 했다. 사람은 참 이상하게도 뭔가 꼭 마음먹고 하려고 할 때 결과가 정반대로 되는 경우가 많잖니. 내가 그랬던 거야. 결혼식 날이 되면 신부만 화장하는 게 아니라 신부를 데리고 들어가는 아버지도 모양을 내. 이발을 하는 거야. 네가 결혼하기 몇 시간 전 나는 이발소에 갔고 그만 거기서 잠이 들어버렸어. 전날 밤에 긴장하여 잠을 제대로 자지 못했기 때문인지도 모르겠다. 이발소 사람들이야 내가 오늘 결혼할 신부의 아버지인 줄 알았겠니. 고단해서 자나 보다 하고 깨우지 않았다고 하더구나.

눈을 떠보니 이게 웬일이야. 결혼식이 십 분도 남지 않은 거야. 식장에서 멀리 떨어진 이발소인 데다 식장은 혼잡하기

짝이 없는 명동에 있지 않았겠니. 내 차도 너희들을 위해 식장에 가 있었기에 택시를 잡아타고 가는 수밖에 없었어. 시간이 절대적으로 부족했지. 얼마나 허둥댔는지, 숨찼는지 모른다.

겨우 예식장에 들어서려는데 그때 주례가 강원용 목사였잖니. 너도 잘 알잖아. 마음에 안 들면 소리치는 것. 또 그분 눈이 좀 크니. 그 눈으로 나를 노려보더라. 한참 주례를 기다리게 한 거지. 하객들은 물론이고. 뒤에 들은 얘기로 아버지가 딸의 결혼을 마땅찮게 생각해서 억지로 끌려 들어온 거라고 오해를 했다더구나. 남들은 늘 그래. 아무 근거가 없어도 굴뚝에 연기는 곧잘 나는 법이다.

십여 분 늦었나보다. 술렁거리는 하객들 틈에 땀 흘리며 새파란 면도 자국을 그대로 드러낸 채 로션 냄새를 풍기면서 너의 손을 잡았어. 가뜩이나 지각한 이 아버지는 신부를 무슨 정신으로 인도했는지도 깨닫지 못했지. 느린 행진곡에 발을 맞추다 보니 사람들이 수군대는 거야. "좀 빨리 걸어요." 하는 말소리가 들려왔지. 너무 템포가 느렸던 거야.

결혼식도 지각하고 입장도 늦은 나는 신부 아버지로서 빵점이었단다. 너를 마지막으로 인도해주는 신부 입장의 그 짧은 순간, 이제는 한 아버지의 딸이 아니라 누구의 아내, 누구의 어머니가 되는 이니시에이션(initiation, 입문 의식)의 순간, 그 결정적인 순간을 나는 경황없는 가운데 마음속에서 놓치고 말았던 거야.

하지만 기억한다. 너의 얼굴은 눈부셨고 행복했다. '신랑이 신부의 베일을 벗겨주는 순간, 두 남녀 사이에는 이제 비밀이 없어지는 것'이라는 강원용 목사의 주례사 한 대목이 떠오르는구나. 긴 주례사 중에서 그 말이 왜 유독 기억에 남아 있는지 모르겠다. 베일을 벗고 일생을 같이할 사람에게 민얼굴을 드러내 보여준다는 것, 부부라는 게 정말 그런 것일까? 아무런 비밀 없이 자기 속내를 다 보여주고, 어떤 가식 없이 화장하지 않은 얼굴을 보여주는 것 말이다. 부부 싸움 하는 걸 봐. 싸울 때만 속내를 드러내 보이는 거야. 처음부터 서로 속내를 보였다면 싸울 필요가 없겠지. 무언가를 감추고, 발각되고, 그렇게 싸움이 시작되는 거야.

그러나 너는 그러지 않았어. 분명히 나는 알았다. 너의 민얼굴을, 온 생애를 한 남성에게 바치려 한 그 순수함을 그날 너에게서 느꼈어. 모든 신부의 아버지와 마찬가지로, 나는 결혼에 대한 너의 진심을 티끌만큼도 의심하지 않았어. 그 뒷얘기는 어떻게 되어도 상관없다. 그런 순수한 순간을 갖는다는 것, 나중에 두 번이고 세 번이고 이혼하고 또 결혼해도 그 순간은 유일한 것이야. 물릴 수도 없고, 되풀이할 수도 없는 삶 속에서 절정의 순간이란 그렇게 흔하지 않아.

너는 그렇게 결혼을 하고 잠시 우리 곁에 머물다 미국으로 떠났다. 학교를 계속 다녀야 했으니까. 대학을 조기 졸업하고 나서 일찍 결혼해 외국에 나가 네가 원하는 대로 학업을 마치는 게 네 계획이었으니까. 그래, 나는 한 번도 "결혼하니 행복하니? 네가 손에 넣으려고 했던 걸 잡은 거야?"라고 묻지 않았다.

너에게 보내는 오늘의 굿나잇 키스는 결혼식장에 늦게 나타난 것에 대한 뒤늦은 사과야. 너는 얼마나 초조하게 날 기다렸을까. 영영 아빠가 안 나타나면 어쩌지. 신부 화장을 해서 울 수도 없었겠지.

다시 손을 잡아라. 다시 카펫 위를 걸으며 널 인도하마. 너는 갑옷을 입은 하늘의 신부. 장엄한 결혼행진곡을 울리거라. 쇼팽의 장송곡이 아니다. 지상의 아버지가 천상의 아버지에게로 인도하는 날. 이번에는 늦지 말아야지 하늘의 신부야.

아버지의 주례사

주례만큼 어색한 일이 또 있을까 싶다. 그래서 웬만한 주례 요청은 거절하곤 하지만, 그래도 하는 수 없이 꼭 맡아야 할 주례가 몇 차례 있었다. 주례사라는 걸 내 입으로 하게 된 거야. 틀에 박힌 주례사는 정말 식은땀이 난다. 나는 수백 번, 수천 번 강연을 한 사람이라 수많은 청중 앞에서 이야기 하는 것이 낯설지 않다. 그럼에도 주례사를 할 때만큼은 매 번 당황스럽고 부담스럽단다. 결혼식에서 축하한다는 말 이 외에 무슨 말이 필요하겠니. 그렇다고 판에 박힌 말을 할 수 는 없잖니. 아무리 낯이 두꺼워도 검은 머리가 파뿌리가 되 도록 어떻다느니, 부부는 일심동체라는 상투적인 말들을 읊 어댈 순 없지.

내 주례사의 골자는 딱 세 가지야. 첫째는 출발의 의미. 널 생각하고 하는 말이야. 너의 결혼식, 그때 네 얼굴을 떠올리며 하는 말이라고. 이를테면 이렇게 말하는 거야. 랭보의 시를 인용한 건데 새 중에 가장 아름다운 새가 뭐냐고 묻는 거야. 웅성대던 사람들에게 찬물을 끼얹은 듯 일순간 조용하게 하는 뻔한 트릭이기도 해. 새 중에 가장 아름다운 새가 뭘까? 원앙? 잉꼬? 공작? 극락조? 신랑 신부도 새의 모양을 떠올릴 거야. 나도 몇몇 새 이름을 대지. "극락조? 아닙니다. 공작새? 아닙니다." 약간 상투적이지만 그런 식으로 사람들을 긴장으로 몰고 가는 거야. '수사학(rhetoric)'이라는 단어에서 '레트로(retro)'라는 게 뒤집는다는 의미잖아. 사람들의 통상적인 기대를 깨고 생각을 뒤집어야만 참신한 주례사가 나오지 않겠니.

나중에 나는 이렇게 정답을 제시한다. 세상에서 가장 아름다운 새는 먼동이 트는 새벽 공기를 가르며 나뭇가지를 막 박차고 날아오르는 그 순간의 새라고 말이야. 마치 처음 바다를 향해 출항하는 배의 돛처럼 부풀어 오른 새들의 깃털은 가볍고 부드럽지. 더 이상 나뭇가지는 새를 잡아두지 못해. 결혼은 출생과 같은 시작이고, 모든 시작은 최고의 아름다움이야.

나는 주례사에서 언제나 빠뜨리지 않고 랭보의 시구를 먼

저 이야기해. 대부분의 사람들은 무슨 말인가 어리둥절해하고 실망하는 기색도 내비치지만 나의 주례사는 늘 가지를 떠나는 새벽녘 새의 이야기로 문을 열어. 네가 그랬으니까.

　다음에는 콜레트의 소설을 표절하는 거야. 결혼한 여성이 앞으로 다가올 자신의 생에 대해 생각하는 대목이야. 아무리 털어도 사람은 먼지를 이길 수 없다는 거지. 아무리 털고 또 털어도 먼지는 어디에고 쌓여. 사람들이 청소를 한다는 것은 먼지를 없애는 것이 아니라 여기에 있는 것을 저기로 옮겨놓는 것에 지나지 않아. 결혼한 신부는 그렇게 생각해. 먼지와의 싸움이 시작되었다고. 신부는 파란 총채를 들고 매일같이 밤에 내린 먼지를 털어내는 사람이 되는 거야. 그러지 않으면 매일 보는 길, 매일 울리는 종소리, 매일 찾아오는 저녁과 아침, 그 먼지에 싸여 질식하게 되는 것이지. 결혼 생활이란 먼지와의 싸움이고 신부의 하얀 드레스는 파란 총채로 바뀌고 말지.
　남자도 마찬가지야. 너도 알 거다. 샐러리맨들은 아침 출근하기 전에 수염을 깎아. 조그만 털 하나도 남기지 않으려고 구석구석 훑으면서 깨끗이, 파란 수염터가 나올 때까지 밀고 깎고 하는 거야.
　그런데 그 파란 수염 자국이 출근하고 일하다 다섯시쯤 퇴근할 때면 조금 자라나는 거지. 퇴근할 때면 그 수염터에 그늘이 져. 샐러리맨들은 그걸 '다섯시의 그림자(5 o'clock shadow)'라고 한다더라. 오디세우스의 귀환이 시작되는 거야. 오후 다섯시 이후의 그 짧은 시간이 십년처럼 느껴지는 거지.

집으로 돌아오는 퇴근 시간, 피곤한 얼굴에는 그늘이 지기 시작하고 집에 돌아오는 발걸음은 무거워지는 거야. 술집을 기웃거리거나, 길에서 누구라도 우연히 만나 악수를 하고 잡담을 나누고. 결국 집으로 돌아가는 길은 작은 모험담이 되고, 집에서는 도돌이표처럼 똑같은 일상이 되풀이되는 거지.

나는 그 되풀이 대신 결혼식의 감동을 조금이라도 연장하기 위해서 신부의 손에 파란 총채를 들리고, 먼지와 싸우는 방법을 가르쳐주곤 해. 일상의 먼지들을 털고, 쌓이면 또 털고, 계속 빗자루를 잡고 때 묻은 것과 싸움을 하는 거야. 저렇게도 젊고 아름다운 신랑 신부들이 예식장을 나서면 평생 신부는 '먼지'와 싸우고 신랑은 '수염'과 싸우는 평범한 아내와 남편이 되는 거지.

더러는 또 이런 이야기도 해. 부부는 일심동체가 아니라는 것을 강조하는 거야. 내가 신부 아버지였던 당시 네게 전하지 못했던 주례사를 뒤늦게나마 보내는 것이지. 아무리 서로 사랑하고 가까워지려고 해도 사람과 사람 사이에는 어쩔 수 없는 얇은 막이 존재한다는 것을 인정해야 해.

대부분의 주례들은 부부가 한 몸이라는 것을 강조하지만, 나는 그렇지 않아. 가끔 신부의 가족이나 하객들의 눈총을 받더라도 꼭 얘기하지. 인간은 다른 인간과 한 몸으로 존재할 수 없다고. 부부 사이든, 부자지간이든 그들 사이엔 늘 거리가 있다고, 그 거리를 유지하고 받아들이라고.

그 거리를 받아들이면 실망하는 법도 없고, 결혼을 잘못했다고 후회하는 일도 없어. '이건 내 삶이 아냐, 이렇게 살려고 한 게 아니야'라고 외치는 일도 없어지지. 배우자를 두고 처음부터 남이라고 생각해봐. 실망할 것도, 원망할 것도 없지 않겠니. 그래서 난 주례사에서 이렇게 말해. 부부에게 일심동체란 없다고. 다만 그들 사이에서 낳은 아이를 통해서만 일심동체가 이루어질 뿐이라고 말이다.

이건 결코 사랑하지 말라거나, 사랑이 불가능하다거나, 언제고 이혼할 수 있다거나 하는 그런 말이 아니야. 오히려 그 반대야. 부부가 서로 남남이라는 사실을 인정하게 되면, 상대방에 대한 기대치가 높지 않기에 원활한 결혼 생활을 유지할 수 있지. 그러나 부부가 한 몸, 한마음이어야 하고 절체절명이라고 생각하면 오래 견딜 수가 없는 거야. 작은 일, 사소한 일에서도 기대의 금이 가서, 실망하고 한숨 쉬게 되지.

부부란 나와 다른 타인을 인정하고 받아들이는 관계인 거야. 그 사실을 깨닫는 순간 행복한 결혼 생활을 시작할 수 있는 거지. 자기 손이 비어 있어야만 다른 이의 손을 마주 잡을 수 있지 않겠니.

너에게 들려주고 싶은 이야기가 떠오르는구나.

어느 날 황제를 만난 제사장이 자신의 집에 도둑이 들었다고 보고했어. "무엇을 훔쳤느냐"라는 황제의 질문에 제사장은 "여러 벌의 은수저입니다" 하고 대답했지. "딱하게도 값진 것을 잃었구나" 하고 황제가 위로하는데 제사장의 얼굴에 희색이 가득한 거야.

"폐하, 그런데 도둑이 실수로 다른 집에서 훔친 황금 잔을 은수저가 있던 자리에 놓고 갔습니다."

제사장이 이렇게 말했어. 그러자 황제가 고개를 끄덕이며 말했지.

"저런, 잃은 게 아니라 얻은 게로군."

남녀가 결혼하면 혼자 살던 때 누렸던 자유나 물질적 여유, 자기 시간 등을 잃게 돼. 하지만 그 대신에 황금 잔 하나가 굴러들어오는 거야. 평생을 함께할 반려자 말이야. 자기들을 쏙 닮은 아이도 생기지. 도둑맞은 시간과 자유의 자리에는 황금 잔이 계속 증식하며 번쩍이고 있는 거야. 잃었다고 생각한 빈자리에 값진 선물이 놓이게 되는 것, 결혼이란 바로 그런 것이란다.

주례사의 끝은 대체로 강은교 시인이 번역한 칼릴 지브란의 결혼 축가를 읽어줘. 하늘의 신부가 된 너에게는 어울리지 않는 시지만 결혼하던 그때로 돌아가 잘 들어봐.

함께 있되 거리를 두라
그래서 하늘, 바람이
너희 사이에서 춤추게 하라

서로 사랑하라
그러나 사랑으로 구속하지는 말라
그보다 너의 혼과 혼의 두 언덕 사이에
출렁이는 바다를 놓아두라

서로의 잔을 채워주되
한쪽의 한 잔만을 마시지 말라
서로의 빵을 주되
한쪽의 빵만을 먹지는 말라
함께 노래하고 춤추며 즐거워하되
서로는 혼자 있게 하라
마치 현악기의 줄들이 하나의 음악을 울릴지라도

줄은 서로 혼자이듯이

서로 가슴을 주라
그러나 서로의 가슴에 묶어두지는 말라
오직 큰 생명의 손길만이
너희의 가슴을 간직할 수 있다

함께 서 있으라
그러나 너무 가까이 서 있지는 말라
사원의 기둥들도 서로 떨어져 있고
참나무와 삼나무는 서로의 그늘 속에선 자랄 수 없다

아름답고 감동적인 시지만 어디 신랑 신부의 귀에 들리겠니. 비익조(比翼鳥) 연리지(連理枝)의 주례사만 들어오던 하객들도 이 시의 뜻이 무엇인지를 알아들을 수 있겠니.

그러나 너라면 이 시가 얼마나 절실하고, 조금은 슬프지만 그 속에 진정한 행복이 있으며 인간이기에 감내하고 받아들여야 할 현실이 있음을 알았을 것이다.

그랬더라면 아빠의 주례사를 들었더라면 아마 너는 이혼하지 않고 남들처럼 그렇게 살았을는지 몰라. 그러나 그게 아버지든 남편이든 자식이든 절대의 사랑을 찾다가 결국은 하늘의 신부가 될 수밖에 없었던 너에게 나는 지금 가장 순수한 꽃다발을 바치고 싶구나. 너의 결혼을 축하한다. 이것이 오늘의 내 굿나잇 키스다.

LA에서 온 타전 신호

내가 장관이 되고 얼마 안 되어서 네 편지를 받았다. 그 편지글은 장관이 된 나에 대한 너의 인사가 아니라 하나의 청탁이었다. 글쎄 청탁이라는 말이 맞을까, 항의라는 말이 맞을까. 아버지가 아니라 나랏일을 맡는 국무위원에게 그 편지를 보냈다는 것이 더 정확할지도 모르겠구나.

검사가 되어 재판에서 계속 이기고 있다고 자랑하던 네 목소리가 귀에 생생히 남아 있는데 이것은 뜻밖의 편지였어.

물론 우리나라와 재판제도가 달라서 배심원을 어떻게 선정하고, 또 그들이 무엇을 어떻게 토의하고, 그것이 검사직을 맡고 있는 너에게 어떠한 영향을 주는지 나는 그 점에 어두운 편이다.

물론 〈12인의 성난 사람들〉 같은 영화를 보면서 미국의 법 제도가 법이라기보다는 한 편의 훌륭한 드라마나 문학이라고 생각한 적은 있었지.

네가 검사가 된다고 했을 때 내가 펄쩍 뛰었더니 너는 미국과 한국은 다르다고 했지. 한국에서 검사는 권력의 이미지가 강해서 시민들에게 두려움과 나쁜 이미지를 주지만, 미국에서는 오히려 반대라면서. 대개 범죄 집단은 마피아처럼 큰 규모의 조직이 있고 자금이 있다. 그들이 고용한 변호사들은 악의 옹호자, 사탄의 옹호자일 수도 있어. 돈 없고 힘 없는 자들은 악의 세력에게 쫓기고 재판에서도 불리해. 그러니까 정의를 찾게 되는 것이고, 악의 존재와 맞서 싸우는 검사가 정의의 사도야. 그리고 검사 같은 공공의 일을 하지 않으면 미래에 정치, 사회 지도자는 되지 못하지.

네가 나에게 들려준 이야기들이 생각난다. 일급 살인을 면하기 위해서 변호사들이 온갖 기지를 짜내 범인의 죄를 덮어주는 이야기를 하면서 너는 분개하곤 했다. 변절한 애인을 쏘아 죽인 일급 살인범의 이야기가 기억난다. 의뢰받은 변호사는 승소하기 위해 피고가 명백하게 사람을 죽인 살인범임에도 불구하고 법을 악용했지. 변호사는 살인범에게 변절한 애인을 죽이기 전에 무엇을 먹었는지 물었고, 범인은 팝콘을 먹었다고 했다. 그리고 나서 변호사는 범인이 먹은 그 팝콘에 사람의 정신을 마비시켜 판단을 흐리게 하는 아주 미세한 마취 성분이 들어 있다는 것을 찾아냈지. 팝콘을 먹어야 얼마나 먹는다고 그런 성분이 범인의 행동에 영향을 주겠니. 하지만 결국 정상적인 상태에서 살인을 한 것이 아니라는 궤변을 과학적인 증거로 내세워 감형되었다는 이야기였어. 그때 나는 법이야말로 우리가 생각하는 것과 달리 한 편의 소설이고, 게임이라는 생각이 들더구나. 그런 미국의 법 지배 사회가 과연 정의로운 것인가라는 의구심도 들었지.

다시, 너의 편지 이야기로 돌아오자. 네가 어떤 사건을 맡았고, 그 사건의 배심원을 선정하는 과정에서 흑인 배심원 하나가 사퇴를 했어. 그 이유가 너를 놀라게 했고 나에게 편지를 보내게 된 원인이었지. 흑인 배심원이 사퇴한 이유는 한국인이 재판하는 꼴을 못 보겠다는 것이었다. 그는 '나는 한국인에 대한 감정이 좋지 않다. 그러니 저 한국계 검사 밑에서는 아무래도 편견을 갖지 않을 수가 없고, 배심원으로서의 공정성도 기하지 못할 것 같다'라고 했지.

흑인 사회에서 한국인이 얼마나 미움받고 있는지 모르고 있던 너는 큰 충격을 받았고, 그 뒤에 상황을 알아보고는 언젠가 흑인들이 인종적 편견을 가진 한국인들을 상대로 폭동을 일으킬지도 모른다고 걱정했어.

그래서 너는 나에게 편지를 보내왔고, 빨리 조치하지 않으면 미국 교포들이 큰 홍역을 치를 것이라고 귀띔해주었지.

그래서 국무회의에서 이 이야기를 하고 빨리 대책을 강구하자고 제의를 했던 거야.

물론 나는 네 편이고 너의 정보에 믿음이 갔을 뿐만 아니라, 첫 국무회의에서 내가 할 일이 생겼다는 책임감과 의무감도 갖게 되었지. 그때 마침 황병기 선생이 하버드 대학에서 음악 박사 학위를 얻은 도널드 서(서영세)의 〈노예문서〉라는 곡을 보내주어 들어보게 되었어. 흑인들이 미국에 노예로 끌려 와서 설움을 당한 것을 합창곡으로 작곡한 것이더구나. 어찌나 아름답고 감동적이었는지, 곡이 끝나고 흑인들이 약 삼십 분 가까이 기립 박수를 치는 것까지 몽땅 녹음한 것이었다.

나는 국무회의 때 너의 편지를 인용하며 이야기를 시작했다. 한국인은 흑인을 보고 '흑석둥이'라고 부르고 그들이 그 별명을 알아채면 '연탄 장수'라고 불렀어. 같은 소수민족 집단에 속하면서도 흑인을 업신여기는 태도를 역력히 보였고, 그것이 갈등의 요인이 되어 있었다고.

거기에는 문화적인 오해도 많이 끼어 있었다는 것. 가령 한국 사람들은 돈을 셀 때 미국 사람처럼 세지 않고 가슴 쪽으로 세. 그래서 왜 주는 돈을 자기 쪽으로 세느냐 하는 사소한 것까지 갈등의 소지가 되었지.

그리고 우리는 대화를 할 때 상대방의 눈을 똑바로 보지 않잖아. 똑바로 쳐다보면 왜 째려보냐고 시비가 붙기도 하고. 그런데 서양에서는 상대방의 눈을 피하는 것이 아주 무례한 일이잖니. 눈을 쳐다보고 이야기하지 않으면 무시하거나 기피하는 것으로 보이니까. 우리의 이런 문화는 백인에게도 마찬가지인데 흑인들은 자기들한테만 그러는 줄로 오해할 수 있는 거야. 이런 것들이 쌓였겠지. 또 한국인이 살기 위해 죽어라고 열심히 일하니까 그런 일이 벌어졌을 거야.

나는 그무렵에 『대전환』이라는 책을 읽고 있었단다. 세기말이 되면 엄청난 불황이 올 것이라는 예언서였어. 문명 비평이지. 불황에서 살아남는 법 1, 2, 3, 4가 쭉 나온다. 그런데 그중에 무엇이 있는가 하면, "이러한 방법을 제시했음에도 불구하고 생존하기 힘들다면 한국 이민자들이 어떻게 살아가는지를 가서 보고 배워라. 그렇게 하면 살 수 있다"라는 기막힌 이야기를 보았다. 영어를 제대로 못하는 핸디캡이 있으면서도 어떻게 다른 나라에서 삶의 터전을 일구어냈는지 살펴보라는 내용이지.

한국인의 생존력, 한국인이 겪어낸 고통과 처절함, 경쟁에서 이겨내고야 마는 불굴의 투지, 이런 건 자랑스럽기도 하지만 한편으로, 오죽했으면 모든 경제 이론이 다 통하지 않을 경우 한국인들에게 배우라고 했을까 싶어 기가 막히더구나. 이것을 이해 불가능하고 신비한 한국인의 힘이라고 해야할까. 외국인들은 그것을 비웃을지도 모르고, 신기한 눈으로 바라볼지도 모른다. 『대전환』의 저자들처럼 마지막 궁극의 해답을 한국 이민자들의 생존력에서 찾고, 존경하는 마음으로 배우려고 할지도 모른다. 그러나 그들이 모르는 것을 우리는 잘 안다. 한국인이 겪어온 설움이 어떤 것이었는지를 안다.

미국에 이민 가는 사람들은 수많은 도장을 받아야 해. 이민 수속이 좀 복잡하니. 사기꾼도 있고 뻣뻣한 공무원도 있어. 떠나기 전 수속할 때부터 혼신을 다해야 하고, 죽어라 애써서 간 미국 땅에서도 단속을 피해 다니는 이들 틈에 끼여 살아가야 해.

불법 이민을 단속할 때, 특히 한국계를 훑을 때 그들의 작전명이 '바퀴벌레'라고 네가 분개하던 말이 생각나는구나. 하지만 바퀴벌레는 몇십 일을 먹지 않아도, 몇 달 동안의 추위 속에서도 견디고 살아. 원수폭이 떨어져도 일순위로 살아남는 생물이 바로 바퀴벌레야.

바퀴벌레는 삼억 년 전 공룡보다도 먼저 생겨나 생존해온 데다 놀랍게도 오늘날에 이르기까지 거의 변한 바가 없단다.

지구에 완벽히 적응한 거야. 오줌도 누지 않아. 아무리 단속해도 끈질기게 꿋꿋이 버티어내는 한국인의 생존력, 그것에는 긍정과 부정의 양면성이 있을 것이다.

국무회의에서 나는 "도널드 서의 음악을 가지고 합창단을 만들겠습니다. 한국인이 노래를 좀 잘합니까. 미국 현지의 흑인들과 함께 공연을 하겠습니다. 그러니 예비비를 좀 주십시오" 하고 말했다. 한국인이 작곡한 〈노예문서〉의 노래는 흑인 사회의 얼었던 마음을 풀어줄 것이다. '우리는 너희들의 적이 아니라 같은 고난을 겪은 사람들이고, 함께 껴안고 살아가는 이웃이다'라는 메시지를 전해야 한다. 그렇지 않으면 언제 흑인들과의 충돌이 생길지 모른다고 호소했던 거야.

하지만 결과는 냉담했지. 국무위원들의 입술에는 미소가 어렸어. '대학교수 출신 장관이라 역시 예상한 대로군. 예비비가 무엇인지도 모르고 국무회의의 안건이 무엇인지도 모른 채 저런 발언을 하는구나' 하고 비웃는 얼굴이었어. 그리고 노골적으로 예비비를 그런 데 쓸 수 없다고 어느 장관이 말했어. 그래서 내가 속으로 말했지.

"그래, 나 그런 것 잘 모른다. 예비비가 무엇인지 모른다. 내가 아는 것은 한국인들이 고생하며 살다 보니까 흑인들과의 접점에서 살더라. 그래서 부딪히게 되더라. 일본, 중국만 해도 흑인들과 직접 거래를 하지 않는데, 우리는 스페인계 흑인들과 그 사이에서 경쟁을 하고 있다. 그리고 그 경쟁의 승리자다. 그러니 마찰이 일어나지 않겠는가. 이것은 문화적인 충돌이기도 하다. 흑인들이 얼마나 한국인들에 반감을 가졌으면 한국계가 검사인 재판에 자기는 관여하고 싶지 않다고 사퇴를 하겠는가." 그러나 국무위원들은 반응이 없었고 예비비 항목 어디에도 합창단을 만들어 교민을 도와주라는 것은 없더구나.

그리고 몇 달 후에 한국인촌을 공격한 LA 폭동이 일어난 거야. 아빠가 그때 네가 말한 것을 해결해줬더라면 너만이 아니라 수많은 교민들의 공포와 불안, 그리고 희생을 면할 수 있었겠지. 역시 아버지는 비겁했고, 눈치를 보았고, 멀리 떨어져 있는 교민을 생각하기 전에 가까이 있는 내 이웃들이 더 급해서 네가 겪는 아픔을, 미국에서 겪는 동포들의 아픔을 외면했다.

미안하다. 폭동이 일어났을 때 아무에게도 말하지 않았지만 나의 비겁을, 나의 무능함을 가슴에 새겼다.

내 말을 들을 수 없는 천국에 있는 너에게 애타게 이 편지를 쓴다. 침몰하는 배에서 구조를 청하는 SOS 타전 신호를 듣고도 손을 뻗지 못한 나. 현장에서 도망친 나의 용기 없음을.

딸아, 용서해라.

5.

딸이
아이를
낳을 때

레오나르도 다빈치가 하지 못한 것

레오나르도 다빈치가 인체를 해부한 것에 대해 생각해봐라. 그는 왜 인간을 해부했을까? 그 동기는 무엇이었을까? 미술가로서 예술적인 흥미 때문이었을까? 과학자이기도 했으니 과학적 흥미 때문이었을까? 아니면 의학적인 관심이었을까? 예술, 과학, 의학에 대한 관심이 모두 작용했을 거라고 생각한다. 그러면서도 여전히 의문이 남는다. 다빈치의 인체 해부는 희랍적인 추구인가, 기독교적 인간관의 부정인가, 동물로서의 인간에 대한 탐구인가 하고 말이다. 과학적인 탐구를 즐기는 사람이라면 그가 몇 구의 시체를 해부했는지 궁금할 수도 있겠구나.

개구리 해부도 상상이 되지 않는 마당에 인간의 몸이라니!

예술가는 진실한 마음의 흔들림과 울림을 느끼는 사람이게 마련이란다. 마음의 파도를 지닌 사람 말이야. 잔잔하게 움직이다가도 느닷없이 거대한 해일처럼 솟구쳐 오르는 파도를 마음에 품은 사람. 변함없고 보편적이며 단일한 세계, 통일된 세계, 개인의 기분이나 감정에 개의치 않고 일체의 모든 것이 일사불란한 세계, 이런 것들을 추구한 고전주의 작가라 해도 이 마음의 파도를 부정한 사람은 없었어. 그런 예술가로서 인간의 몸에 손을 댄다는 것은 분명 꺼림칙한 일이었을 거야.

실제로 다빈치는 밀라노 교회 안에서 자그마치 열세 번이나 인체 해부를 감행했다는구나. 다빈치 연구자들에 따르면 그중 열 차례를 스케치해서 기록으로 남겼고. 인체 해부를 하고 나서 다빈치는 "인간은 죽을 수밖에 없는 존재"라고 이야기했다는구나. 과학적으로나 종교적으로나 다 알려진 사실을 굳이 해부를 해보고서 확인했어야 했나 의아스럽다가도 그래, 실로 일리 있는 이야기라는 생각이 든다.

실제로 신진대사, 세포 증식, 유전자 등을 통해 보면 애당초 인간의 몸은 언젠가 낡아져 새로운 것으로 대체될 수밖에 없는 무엇이지. 자동차가 낡아져 새 차를 만들어내고 그렇게 자동차 산업이 유지되는 것처럼, 인간의 생명이라는 것에 대해서도 커다란 관점에서 보면 '죽어야 새로운 생명이 태어난다'라는 말이 성립된다. '죽어야만' 세대가 교체되어 그의 DNA를 계속 남길 수 있고 또 다른 모습으로 이어갈 수 있는 것이지.

화가인 고흐가 밀밭 그림을 많이 그렸다는 걸 알지? 우리에게도 황금빛으로 물드는 들판, 벼의 향기, 소설가의 이름이기도 한 '도향(稻香)'이 있지. 예술가는 예민한 후각으로 벼 익는 냄새를 맡는단다. 황금벌판을 사람으로 치면 뭘까? 죽음, 그것이란다. 벼들이 익어가는 거대한 그 황금벌판은 인간사에서 보자면, 전쟁으로 수십만 명이 죽어 썩어가는 끔찍한 광경에 다름 아니야. 일년생으로 씨를 남기기 위해, 즉 자신의 DNA, 그 생명의 원액을 새로운 생명체로 이동시키기 위해 스스로 자살하는 거라고 할 수 있단다. 다음 세대를 위한 위대한 죽음이라고 할까.

성경을 읽다 보면 여러 가지 질문들이 떠오르는데, "땅의 티끌처럼 수많은 자손을 번식하리라"라고 하나님이 아브라함을 향해서 말씀하시지. 원죄를 짊어진 인간에게 수많은 죽음을 낳으라 하신 거지. 십만의 생이 있으면 동시에 십만의 죽음을 낳게 되는 거잖아. 그 끝은 무엇일까?

다시 해부 이야기로 돌아가보자. 해부라는 것은 인체의 덮어놓은 부분을, 즉 하나님이 덮어둔 것을 인간이 드러내는 것, 째고 잘라서 속에 든 내용을 보려고 하는 행위야. 예술이든 과학이든 인체를 해부하려면 피부 이전에 먼저 옷을 찢어야 해. 선악과 이야기까지 거슬러 올라가야겠구나.

따먹지 말라는 열매를 먹고 난 후에 어떻게 됐니? 악마는 거짓말을 하지 않았어. 그것을 먹으면 신만이 가진 선악을 분별할 수 있는 이성을 갖게 된다는 그의 말이 맞았던 거야. 신의 눈을 갖게 되면 피조물, 즉 내 몸을 조물이신 하나님의 입장에서 바라볼 수 있게 되는 거야. 그게 바로 해부야. 자기 몸을 째는 거지. 최초로 해부를 한 것은 레오나르도 다빈치가 아니라 선악과를 따먹은 아담이었어.

놀랍지 않니? 선악과를 먹은 뒤에 어떻게 되었니? 자기 알몸을 의식하게 되자 얼른 무화과 잎사귀로 부끄러운 부위를 가렸지. 정말 가려졌을까? 자기는 가렸다고, 맞춤옷을 입었다고 여기지만 신의 눈으로 본다면? 신까지 갈 것도 없지. 아름다운 애인, 생생한 오필리아의 얼굴에서 해골을 보는 햄릿의 눈처럼 그렇게 자기 자신을 바라보는 거야. 엑스레이로 투시하듯이. 자기는 옷을 입었다고 치더라도 그 너머를 투시하듯 상상해볼 수 있지. 옷이 벗겨진 것처럼 느낀다는 말이다.

그런데 말이야, 덮으면 덮어질까? 하나님만이 내 알몸을 덮어줄 수 있는 거야. 선악과를 먹고 난 뒤 인식된, 죽을 수밖에 없는 그 추악한 몸, 예전엔 몰랐던 그 몸을 느끼게 되어 부끄러움과 절망에 사로잡힐 때 그 무화과 잎사귀 대신 가죽옷을 입혀주지.

아빠는 가죽옷과 무화과 잎사귀의 대조를 통해서 문화를 읽는단다. 무화과는 자연이야. 자연으로 자연을 가릴 순 없어. 말하자면 식물로는 안 돼. 식물은 스스로 광합성을 하고 유기질의 흙 속에 뿌리를 박고 자생할 수 있지만, 육식동물은 말할 것도 없고 초식동물이라 할지라도 직접 태양과 땅으로부터 신진대사를 해서 스스로 생명을 유지할 수는 없어. 동물들은 자연에서 그만큼 멀리 떨어진 존재야. 자연과 직접 관계를 맺지 못하고 식물을 통해서 간접적으로 관계를 맺지.

그런데 가죽옷은 어떠니? 그것은 제2의 피부야. 식물이 아니라 어떤 다른 동물의 것이지. 하나님이 가죽옷을 지었다는 것은 인간을 위해서 다른 동물을 죽였다는 거야. 그래, 내 생명을 위해서는 누군가의 피가 희생되어야 해. 내가 오늘을 살았다는 것은 누군가의 피와 죽음을 나의 생명으로 바꾼다는 거야. 그게 원죄이고 우리들이 살아가는 법칙이지. 아무리 발버둥 치고 외쳐도 결국 원죄를 가진 인간의 몸은 언젠가는 죽도록 만들어진 것이고, 죽은 그것은 피의 제물로 다음 생명을 위해서 바쳐지는 거야.

자식을 낳는다는 것은 사실 죽음을 예고하는 거야. 피를 바쳐서 생명체를 만든다는 것, 그래서 자신의 DNA를 남기는 것, 원죄를 짊어진 인간은 이런 삶을 이어갈 수밖에 없어. 다빈치의 시대에 이르기까지 시체를 해부할 수 있는 사람은 장의사뿐이었어. 다빈치는 예술가였기에 인체를 해부할 자격이 없었어. 그래서 장의사로 등록해서 불법적으로 인체 해부를 한 것이란다. 레오나르도 다빈치의 아름다운 그림 뒤에는 번쩍이는 해부도 시체가 있어. 그는 하나님이 가죽옷으로 덮어놓은 것을 보고 싶었지만, 해부의 결과 그가 얻은 것은 골격이나 근육의 모양이지 생명 자체는 아니었어. 그는 죽도록 만들어진 그 골격에 신이 가죽옷을 덮어주었듯이 자신의 예술적 상상력, 미적 충동으로 자신이 본 것을 다시 재구성해서 끔찍한 해부도가 아니라 생명의 아름다움을 그려냈던 거야.

분석하고 깊이 들어갈수록 우리는 동물과 다름없는 추악하고 야만스러운 털과 내장을 가진 지저분한 육체를 보게 된단다. 도저히 그것만 가지고는 살 수 없기 때문에 사실을 인식하는 진(眞), 행동하는 윤리의 선(善), 그러한 인식과 행위의 주체로서 자기를 표현해보려는 미(美), 이 세 가지를 가지고

옷을 만들지. 그것이 바로 문화란다. 따지고 보면 인간의 피부를 덮는 허구인 거야. 이 허구를 인정하느냐 안 하느냐, 이는 문화를 인정하느냐 안 하느냐를 의미해. 어린아이는 아직 문화나 약속에 익숙하지 않지. 자연에는 없는 언어, 그 텍스트를 전제로 가족이 있고, 사회가 있고, 나라가 있고, 세계라는 것이 있는 거야. 그러니 어린아이의 눈에는 우리 사는 일이 벌거벗은 임금님 같겠지.

다빈치를 폄하하는 것은 아니다. 인간의 지성으로는 도달할 수 없는 것, 그러나 너와 같은 여성들은 할 수 있었던 것, 그것을 말하고 싶어서 다빈치 이야기를 꺼낸 거야. 만능의 천재 다빈치. 회화, 조각, 건축, 토목, 인체 해부 등 모든 것에 능통했던 사람. 그는 〈최후의 만찬〉에서 기독교를 예리하게 그려냈지. 예수님의 두 손, 그 손등과 손바닥을 통해 징벌과 사랑이라는 모순, 죄와 벌이라고 하는 법과 그것을 용서하고 받아들이는 관용을 보여주었지. 땅으로 내려오면 두 손으로 나뉘지만 위로 올라가면 예수님의 얼굴이 되고 빛이 되고 하늘이 되잖아. 그뿐이니? 그는 자궁 안에 들어 있는 아이를 해부도로 정확하게 그렸어. 아마 아이를 가진 채 죽은 여자 시체의 자궁을 도려내어 글까지 쓰면서 그 해부도를 자세하게 남겼을 거야. 쪼그리고 있는 어린아이, 두 손, 태반 위에서 다리를 꼬고 있는 것, 마치 기도하는 자세로 고개를 숙이고 있는 것. 지금 스캐너를 써도 그렇게는 못 그릴 거야.

　하지만 그뿐이야. 남자인 그는 해부를 통해 자궁 안의 태
아를 그릴 수는 있지만 자기 몸에 아이를 갖는 느낌은 백번
을 실험해도 알 수가 없으니 말이다. 여성이면 누구나 자궁
속에서 생명이 뛰노는 소리를 들을 수가 있는데 남자는 그
누구도 아이를 갖는다는 것이 무엇인지, 생명이 어떻게 내
몸 안으로 들어오는지 모른다. 그리고 다빈치는 결혼을 해보
지 못한 사람이야. 한 여성과 짝을 이루어 반쪽이라도 자기
생명을 잉태해보지 못한 사람이야. 가족을 이루지 못한 사람
이지.

　레오나르도 다빈치가 나보다 못한 것은 그 점인 것 같다.
그래도 나는 결혼을 해서 너를 잉태하게 하고, 너를 사랑하
는 법을 배우고, 딸이 무엇인지 아들이 무엇인지, 가족의 의
미를 배웠다. 다빈치는 그것을 모른다. 그의 예술이 아무리
훌륭하고 찬란한 족적을 남겼다고 할지라도 그는 아버지의
마음, 아버지와 딸의 관계, 할아버지와 손자의 관계를 몰랐
어. 어쩌면 그것을 영원히 몰랐기에 그런 과업을 이루어냈
을지도 모르겠다. 그렇다면 참으로 비싼 대가를 치른 것이
로구나.

그뿐만 아니란다. 레오나르도 다빈치는 자기 작품에 레오 나르도스(Leonardos) 또는 레오나르도(Leonardo)라고 사인을 했어. 아버지 성인 다빈치가 아니라 말이다. 그는 사생아로 태어났기 때문에 평생 아버지나 어머니의 사랑을 받을 기회 가 없었어.

가족만이 아니라 또래 친구들도 별로 없어 자연히 개구리 나 방아깨비와 어울려 놀았던 것이다. 결국 그는 수학, 지리 학, 자연학 등에 정통했었지. 인간에 관한 것, 인간과 인간의 관계보다는 인간과 자연의 문제라든지 물질의 문제 등에 관 심을 가졌던 거야. 아버지나 어머니, 친구가 아니라 소용돌 이라든지, 여자들 머리카락의 물결 같은 것에 특별한 흥미를 가졌다고 해.

그랬던 그가 열네 살 무렵에서 열여섯 살까지, 피렌체로 이사를 가면서부터 화가의 공방에서 도제 역할을 하게 된 거 야. 거기서 그 유명한 〈비너스의 탄생〉을 그린 보티첼리와 공 부를 했단다. 자연을 멘토로 삼아야 한다는 스승의 말에 따 라 그는 대자연의 신비를 수학적으로 풀어보려 했고 비트루 비우스 인체도를 그리게 된 것이지. 스물일곱 살 때 이미, 재 판소 벽에 매달린 사형수를 데생해서 사람들을 경악하게 했 고 말이야.

임산부의 시체를 해부해서 임신의 원리와 태아의 성장 과정을 연구했지만 그 자신은 아기를 가질 수 없었고, 자궁 안에서 자라나는 태아의 생명을 영원히 느끼지 못한 벽 너머에 존재했던 거란다. 헬리콥터를 만들고 오늘날의 전차, 태양에너지, 컴퓨터의 전신인 계산기의 이론, 이런 놀라운 발명과 발견들도 결국 생명을 잉태하지 못하는 남자들이 대신 무언가를 창조하려고 신을 모방한 기도에 다름 아니야.

조금 골치 아픈 이야기이지만 탄생과 죽음을, 너에게서 배운 그 말을 남기려고 이런 이야기를 해본다.

축구라는 게 뭐니. 규칙에 의해서 만들어진 거야. 손으로 공을 만지면 안 된다는 등의 규칙을 만들고, 일정한 유니폼을 입고, 긴 양말을 신고, 축구화를 신고, 조그만 가죽 공을 만들어놓고, 그 공 하나를 가로 세로 몇 미터가 되는 골대 안에 다 집어넣는 거야. 어린아이나 외계인의 눈으로 보면 어떨까?

프랑스의 어느 비평가의 지적처럼 웃기는 일이지. 땀을 뻘뻘 흘리면서 작은 공을 이리 차고 저리 차고 얼굴을 붉히면서 열심히 쫓아다니고 호루라기 불면서 반칙했다고 하고. 반칙이 뭐니. 누가 정한 거야? 사실 인류 최고의 법은 스포츠야. 이념이나 종교가 무엇이든 나라가 크든 작든 축구의 규칙은 하나야. 같은 규칙을 따르지.

문화, 거대한 도시와 국가를 만드는 법칙, 이 모든 것은 인간이 만든 무화과 껍질이야. 아무리 덮어도 하나님의 눈, 어린아이의 눈, 미개인의 눈으로 보면 덮어지지 않아. 숲에 숨었다고 하나님이 못 보겠니?

결론을 이야기할게. 네가 갑상선암에 걸린 그 허약한 몸으로 양수가 마르는, 정말 죽기 직전의 상태에서 아이를 낳았잖니. 그런데 또 아기를 가졌을 때 엄마 아빠는 만류했다. "애야, 네 몸 생각해라. 아이를 가질 때가 아니야. 그리고 아이 키우는 일이 얼마나 어렵니. 태어난 어린애는 속수무책이야. 목도 제대로 가누질 못해. 똥오줌 모든 것을 시중들어야 해. 한국도 아닌 미국에서 어디 마음 편히 맡길 데라도 있어? 결국 네가 시중들어야 하잖아. 그러면 아이들 때문에 네 일생을 다 빼앗기고 말아. 둘이면 족해. 남자아이들만 있어 딸을 갖고 싶어 그러니? 그래서 그 약한 몸으로 아이를 가지려는 거야?"

결혼도 그러더니 아이를 갖는 것에 대해서도 너는 아빠 엄마의 말을 듣지 않았다. 너는 아주 간단하게 말했어. "아빠, 어제까지 존재하지 않았던 한 생명이 나에게로 온 거예요. 내 권리는 단지 날 찾아온 그 아이를 마주 보고 가슴에 끌어안는 거야. 인간이 하는 일 가운데 이 이상으로 더 중요하고 가치 있는 일이 있다면 말씀해주세요. 이 생명만큼 소중한 것을 저에게 주실 수 있다면 엄마 아빠 말대로 따를게요."

너는 그때 크리스천이 아니었음에도 이미 크리스천이나 다름없었다. 아니, 생명주의자였다고 말하고 싶구나. 우리는 생명 속에서 살지만 그 밖으로 나올 수 없어. 그런데 생명을 관장하는 신도 아닌데 우리는 생명을 가지고 이러고저러고 하지. 산아제한이든 산아 권장이든 사람이 생명을 가지고 계산하고 조절하는 것은 문명의 종말을 알리는 징후라고 한 것이 슈펭글러의 말이다.

너의 답이 옳았다. 네가 더 이상 아이를 갖지 않았더라면 루키도, 크리스티도 없었겠지. 룩스(lux), 누가(luke), 그리스 말로 빛이잖아. 루키가 얼마나 의젓하니. 세상에, 천사 같은 아이잖아. 고통을 참으면서 형과 여동생 사이에서 자기 욕심 내지 않고 묵묵히 주위를 빛으로 감싸는 아이. 너는 그 아이를 내 품에 안겨주었지. 네가 세상을 떠났을 때 루키가 네 무덤에 대고 '어머니 감사해'라는 시를 썼어. 크리스티는 어떻고. 엄마가 아플 때 그애처럼 너를 위로하고 병 수발을 든 아이도 없었잖아.

너는 루키를 낳고 사랑하는 손녀딸 크리스티까지 낳았어. 그리고 이탄이, 그 천재적인 아이가 아인슈타인과 에디슨도 걸렸다는, 그러나 사람들은 무슨 도덕적 결함이라도 되는 것처럼 편견을 가지고 바라보는 ADHD(주의력결핍 과잉행동장

애) 진단을 받았을 때 넌 직장도 그만두고 하와이로 이사했지. 일반 학교에서 받아주지 않아 특수학교로, 기독교 학교로, 소외된 자를 받아줄 학교를 찾아다녔었지. 그리고 너의 사랑으로 이탄이는 그 질병을 훌륭히 극복했다.

다빈치도 인체 해부로는 나타내지 못한 순수하고 지고한 자궁 속의 빛, 생명의 빛. 너는 그것을 네 아이의 생명을 통해서 보여주었다.

그중에 하나는 먼저 떠났지만 나머지 세 아이들을 끌어안고, 너에게 해주지 못한 굿나잇 키스를 보낸다.

할아버지가 된다는 것

네가 태어날 때 내가 아버지가 된 것처럼 네가 첫아들을 낳았을 때 나는 할아버지가 된 거야. 아이가 태어나는 순간 나는 크게 웃었어. 손자를 얻은 기쁨도 물론 컸지만 그보다 내가 할아버지가 된다는 것이 너무 어울리지 않았기 때문이지.

당시만 해도 나는 젊은이의 기수를 자처했고, 「오늘을 사는 세대」라든가 「거부하는 몸짓으로 이 젊음을」 같은 젊은 세대에 대한 글들을 많이 쓰고 있었어. 그리고 나이로 봐도 할아버지가 될 나이가 아니었지. 내가 일찍 결혼하고 너도 일찍 결혼한 탓에 나는 이미 사십대 후반에 할아버지가 되어 버렸던 거지. 사실 내 주변에는 아직도 노총각들이 있었을 때야. 두 단계를 뛰어넘은 셈이지.

과연 할아버지가 된다는 것은 무엇일까. 훈우를 가슴에 안았을 때 아들과 또 다른 손자의 냄새를 느낄 수 있었어. 이름 그대로 훈우, 향기로운 비. 그의 이름처럼 정말 어떤 향기 같은 것이 풍겼던 거야. 그래, 그건 조금도 수사가 아니야. 정말로 훈우의 몸에서는 생명의 향기가 풍기고 있었으니까.

너희들 때만 해도 한 생명을 낳는다는 것, 어제까지만 해도 없던 생명이 태어난다는 것, 그것에 대해서 별로 깊이 생각하지 않았지. 이미 말한 대로 어리둥절한 채로 아버지가 되었지만 할아버지는 달랐어. 정말 내 의식 속에서 한 생명체를 맞이할 충분한 준비가 되어 있었던 거야. 너희 삼남매를 키우면서 무수한 시행착오를 겪었던 탓이겠지.

할아버지가 어울리지 않는다고 했지만 실은 나만 모르고 있었지, 이미 나는 늙어가고 있었다. 손자가 생기면서 그것을 알게 된 거야. 더 이상 내가 젊음의 기수가 아니라는 사실을, 내가 할아버지라는 것을 그 녀석이 나에게 일러준 거라구.

손자에 대한 사랑이 각별한 것도 그 때문이야. 아들과 딸을 두었던 젊은 시절의 그 풋성귀 사랑과는 아주 다르지. 우선 손자를 가슴에 안을 때는 지금까지 거부하고 부정해온 마음들이 사라지게 돼. 그걸 꼭 할아버지라는 말로 부르지 않아도 된다. 더 이상 생명은 새로운 모험으로 다가오는 것이 아니야. 그것은 높이 솟아오르는 파도가 아니라 수평으로 하락하는, 그리고 바닷속 깊이 심연 속으로 가라앉는 물결이지. 파도가 사라질 때의 하얀 거품 같은 것. 그것이 바로 할아버지인 거야.

훈우를 만나기 전까지 나는 익지 않은 파란 열매였어. 그렇기 때문에 나의 글에는 독기가 있었지. 아마 독자들은 내 글을 읽고 설사를 하거나 역겨워서 뱉어버리는 경우도 있었을 거야. 시고 단맛이 나는 매실 있잖니, 그것이 청매일 때는 먹으면 독 때문에 죽는 수도 있어. 이를테면 내 글은 청매와도 같은 것이었지.

그런데 훈우를 가슴에 품고 난 다음부터는 용서하는 법, 그리고 내가 저지른 과실, 남에게 주었던 상처, 이런 것들이 다 보이는 거야.

내 글은 저항의 문학에서부터 시작되었지. 나는 세계를 향해 외치고자 했어. 마땅치 않은 것들, 냄새나는 것들, 거룩한 척하는 위선자들, 보고도 못 본 체하는 눈 뜬 장님들, 그리고 내 주변에 있는 어른들이나 친구들까지도 나는 거부하고 또 거부하면서 그들의 가면을 찢어버리고 싶은 충동으로 손톱을 세웠지.

그런데 훈우가 나에게로 온 거야. 너를 낳을 때만 해도 나는 너를 지키기 위해 두 손에 도끼를 들었고, 가정을 위협하

175

는 침입자를 향해서 사정없이 도끼를 내려치기 위해 도끼날
을 갈고 있었던 거야.

출근할 때마다 나는 전쟁터로 향하는 기분이었어. 또는 사
냥을 나가는 옛날 수렵인들과 같았지. 너를 낳은 후로는 참는
버릇, 한 직장에 지긋이 붙어 있는, 어떠한 굴욕도 참을 각오
가 되어 있었지만, 그 속에는 여전히 동료나 직장 상사, 특히
직장에 대해서 길들여지지 않은 야생의 피가 끓고 있었지.

훈우가 나에게로 걸어왔을 때, 내가 넉넉한 가슴으로 그
아이를 끌어안았을 때, 그 녀석의 작은 입술에 맴도는 미소
를 보았다. '괜찮다. 괜찮다. 괜찮다' 하는 서정주 시의 한 구
절처럼 녀석이 어른처럼 나에게 말하는 거야. 분노를 삭이라
고, 마땅치 않은 주위의 모든 것에 손을 내밀어 악수를 하라
고 하는 거야.

훈우는 참 영민한 아이였어. 할아버지는 다시 어린아이가
되는 거야. 그래서 손자와 친하지. 너희들 앞에서 나는 아버
지의 권위나 세대 차이에서 오는 경쟁심, 나도 모르는 거리
감 같은 것을 느낄 때가 있어. 부자 간에 곧잘 갈등을 겪고,
모녀가 다투는 것도 그런 이유에서야.

그런데 손자 손녀는 그렇지 않아. 자기와 동일시하는 거
지. 할아버지와 손자는 궁극적으로 같은 자리에 앉아 있는

존재거든. 이걸 쇠사슬 이론이라고도 해. 쇠사슬을 봐. 반대로 결합되어 있어. 세로 가로 세로 가로, 이렇게 반대로 접합되어 있잖아. 그렇기 때문에 사슬과 사슬은 서로 어긋나지만 하나를 건너뛰면 같아지지.

방향도 같고 모양도 똑같아. 이렇게 세대를 하나 건너서 가까워지는 거야. 그러니까 세대와 세대 간에는 충돌을 하지만 하나를 건너뛴 또 하나의 세대와는 아주 친숙해지지. 미묘한 시간의 원리야. 나와 친숙한 세대. 나는 윗세대와 아랫세대에 대해서는 뭔가 위화감을 느끼지만, 하나 건너 위로, (사실 나는 할아버지 정을 잘 모르지만) 만일 할아버지가 계셨다면 아버지보다 더 가까웠을 거야. 그래, 손자는 할아버지 수염을 꺼들 수 있어. 그러나 아들은 그렇게 못하지. 나는 수염이 별로 없는 할아버지였는데도 녀석이 얼마나 많이 내 수염을 꺼들었는지 모른다.

너는 훈우를 낳고 기르면서 그 어려운 법대생이 되어 학기 시험을 칠 때마다 미국에서 아이를 소포처럼 집으로 부쳤다. 소포라는 말이 귀에 거슬리니? 한국으로 돌아오는 친구 편에 보낸 다음 우리더러 공항에서 데려가라는 거야. 뭐 공항을 우체국으로 보면 되는 거잖아. 섭섭할 필요 없다. 갑자기 소포 찾아가라는 통지서가 오는 것과 뭐가 다르니. 민아 부탁

으로 훈우를 데리고 오는 중이니 어디로 나오라는 거야. 장
소가 공항일 때도 있고 네 친구 집일 때도 있었어.

그러면 나는 자동차를 타고 설레는 마음으로 손자를 찾으
러 갔다. 이것은 네가 내게 준 최대의 선물이고 그 소포는 무
수히 반짝이는 보석들이 숨겨져 있는 보석함이었던 거야. 물
론 친가가 있으니 내가 독점할 수는 없었어. 하지만 그때 나
에게는 차가 있었기 때문에 소포 인수자는 시집 식구들이 아
니라 친정이었지. 그래서 훈우는 한국에 온 첫날에는 꼭 우
리 집에 머무르게 돼.

훈우가 좀 컸을 때야. 네 살이었는지, 다섯 살이었는지는
확실치 않다. 그날도 역시 한밤중에 공항에서 훈우를 데려왔
어. 내가 직접 갔었지. 낯선 서울, 깜깜한 밤, 엄마 없는 밤이
었다. 아이는 어둠 속의 불빛만 바라보며 아무 말도 하지 않
았어. 엄마를 찾거나 울지도 않았다. 할아버지라고는 해도
낯설게만 느껴지는 내 품에 안겨 아이는 외롭고 쓸쓸한 표정
을 지었어. 그래도 결코 소리 내어 울거나 엄마를 찾는 기색
은 없었단다.

지금도 그때를 생각하면 가슴이 미어진다. 그 어린것이 비
행기를 타고 열 시간 이상을 날아서 한국에 오다니. 엄마 곁
을 떠나 낯선 사람 손을 잡고 고생 끝에 도착한 곳도 역시 낯
선, 엄마가 없는 곳이야. 이런 하루아침의 변화가 어린 영혼

에 어떤 상처를 입혔겠니.

나는 지금껏 그토록 헌신적으로 한 생명의 육체를 힘껏 끌어안아 본 적이 없다. 나는 아이가 내 살 속으로 녹아들어가고 그 작은 심장이 내 심장 속에 들어와 뛰기를 원했다. 나는 엄마 없는 아이의 빈 가슴을 내 모든 영혼과 사랑으로 메우려 했던 거다. 지금 너에게 말하지 않았던 것들을 이야기하기로 약속하지 않았니. 그것이 내가 너에게 보내는 굿나잇 키스라고.

이 이야기도 네가 가슴 아파할까봐 말하지 않았지만 미국에서 그렇게 외갓집으로 온 훈우의 첫날 밤을 나는 너무도 생생하게 기억한다. 훈우는 성격이 까다로워서 자기 물건을 다 챙겨서 왔지. 예쁜 잠옷을 사줬는데도 굳이 자기가 가져온 잠옷을 입겠다는 거야. 헐렁한 잠옷을 입고 다른 방에서 자면 무서워할까봐 할머니와 할아버지 사이에 훈우를 데리고 잤는데, 새벽에 눈을 떠보니 이 녀석이 없는 거야.

시차 적응을 못 한 건지, 엄마 생각을 하는 것인지 쉽게 잠들지 못했는데, 그나마 의지할 할머니 할아버지는 정신없이 코를 골며 자는 거야. 깜깜한 밤에 엄마 생각을 했겠지. 불이 켜져 있는 LA의 집을 생각했겠지. 훈우는 혼자 눈을 뜬 채 어둠이 사라지고 아침이 오기를 기다렸던 모양이야. 그러고는 벌떡 일어나서 잠든 할머니 할아버지 사이를 지나 조금은 환한 빛이 보이는 창가로 가서 창밖을 바라보았던 거지. 서서히 밝아오는 세상을 말이다.

그때 나는 뒷짐을 지고 서 있는 훈우의 뒷모습을 보았다. 새벽녘이었고 창밖에는 훤하게 밝아오는 빛이 비추고 있었어. 창문에 어린 그 실루엣, 부조(浮彫)처럼 붙어 있는 그림자. 잠옷 입은 아이의 뒷모습이 나의 잠을 깨게 했어. 그 모습이 얼마나 쓸쓸해 보이던지, 어둠 속에서 빛을 기다리는 아이의 뒷모습이 얼마나 측은하던지. 왜 이 어린 영혼에게까지도 산다는 것은 이토록 외롭고 쓸쓸한 것인가. 왜 어둠은 이렇게 견디기 어려운 것인가. 어린아이에게나, 어른에게나, 더구나 늙은 사람에게 밤은 너무나도 길고 어둡다. 빛을 기다린다. 새벽이 오기를 기다려.

몇 년이 지나 나는 대학에서 김부식의 「아계부」를 가르치고 있었다. 대학의 문과 강의는 모래를 씹는 것처럼 건조해. 문학은 과수원에서 바로 딴 과일처럼 즉석에서 먹어야 맛있는 법인데, 대학 강의라고 하는 것은 통조림이나 말린 과실이야. 생기가 없어. 나는 문학작품을 기호학으로 분석하잖니.

「아계부」도 마찬가지였어. 벙어리 아(啞), 닭 계(鷄), 부(賦). 부(賦)는 시의 한 형식이잖아. 잠이 안 와서 새벽이 오기를 기다리던 김부식은 닭이 울기를 기다렸던 거야. 새벽을 기다리는 잠 없는 노인의 심정이 잘 나타나 있는 글이지. 노인은 새벽이 왔는데도 닭이 울지 않는 것을 보고 의아하게 여겨. 그리고 개는 도둑을 쫓기 위해 짖고, 닭은 새벽을 알리라고 우는 것인데, 어째서 너는 새벽이 되어도 울지 않느냐고 한탄하지. 본분을 잃은 벙어리 닭은 잡아 죽여 먹는 것이 마땅하나 차마 딱해서 그러지는 못하겠다고 꾸짖으면서 시가 끝이 나.

「아계부」를 가르치다가 문득 새벽을 기다리던 훈우 생각이 난 거야. 훈우는 늙은이가 아니야. 잠이 없는 노인이 아닌 어린아이라구. 어두운 방 안에서 창문에 어리는 빛을 묵묵히 바라보고 있던 훈우 생각이 나 갑자기 눈물이 나오잖아.

너도 잘 알 거다. 내가 여대생들에게는 쿨한 선생으로 정평이 나 있었잖니. 누가 그러더구나. 이제는 할머니가 되었지만 대학에서 내 강의를 들었다는 여대생이었지. 어느 날 나한테 와서 이러는 거야. "그때 선생님 어땠는지 알아요? 석고 조각과 조금도 다름이 없었죠. 까만 세단을 타고 강의하러 오는 차창 너머의 옆얼굴. 그 얼굴을 바라볼 때 '아이구' 소리가 절로 났죠. 입을 꼭 다물고 정면을 쳐다보고 있는 하얀 마스크는 동전에 새겨진 아이콘과 다름이 없었어요."

그런 여대생들 앞에서 내가 눈물을 보일 수 있었겠니? 눈물을 감추기 위해서 흑판에다 쓸데없이 「아계부」를 설명하는 도형을 그리고 있었지. 그런데도 눈물이 흐르려고 해. 시간을 끌려고 계속 도형을 그리는데, 학생들이 눈치채지 못하게 하려고 정말 별난 그림을 그렸던 것 같다.

어둠 속에서 빛은 어떻게 오는가. 내가 쓴 글에도 있어. "닭은 울지 않는다. 다만 빛을 토할 뿐이다." 닭은 어떻게 어둠 속에서 빛을 가려내는가. 닭의 눈꺼풀이 얼마나 예민하기에 최초의 빛이 스치는 것을 알고 눈을 뜨고 새벽을 고하는가. 새의 그 예민한 눈꺼풀처럼 훈우는 그렇게 새벽의 빛을 받아들였어. 그 빛으로 어머니 생각, LA의 집 생각, 혼자 외톨이가 된 듯한 텅 빈 마음에 새벽의 빛을 들이고 있었던 거야. 그런 훈우가 세상을 떠났다. 우리 곁을 떠나고 난 뒤 차마 그때의 이야기를 나는 글로도 말로도 하지 못했다. 당시 네 엄마도 자고 있었으니 이 이야기를 모를 거다.

민아야, 네가 낳은 첫아들 김훈우. 훈우는 대단한 아이였다. 정말 대단한 아이였어. 그런 아이가 공부는 하지 않고 놀러만 다니고, 차를 몰고 다니다가 사고나 내고. 그래서 서울에 온 훈우를 붙잡고 진지하게 말했다.

"너 어렸을 때 공항에서 할아버지가 모자 사준 거 기억나?"

"응."

"넌 할아버지가 골라준 모자 대신 네 마음에 드는 모자를 골랐지. 그때 상점 누나가 뭐라고 했지? '어떻게 저런 아이가 있어요? 아니 제 옷에 저렇게 잘 맞는 모자를 고르다니.' 그러고는 놀라서 널 쳐다봤었지?"

"응."

"그래, 넌 그런 아이였어. 네가 갖고 싶은 모자처럼 말이야. 네가 살고 싶은 인생을 찾으려면 이렇게 살면 안 돼. 열심히 공부해서 좋은 대학에 가야지. 할아버지가 촌스러워서 그런지는 몰라도 아이비리그 대학에는 들어가야 하는 거 아냐. 동부에 가기 싫다면 스탠퍼드에 가든지. 그런데 너 지금 뭐야."

그랬더니 애가 씩 웃는 거야.

"할아버지, 내가 쓸 모자를 내가 사는 것처럼, 지금 내 젊음을 그렇게 사는 거잖아요."

"노는 게 그렇게 사는 거야?"

겉으로는 아무렇지 않은 척했지만 내심 충격을 받았다. 왜냐하면 말이지, 녀석은 어느새 한국말을 멋지게 구사해서 패러디를 하는 거야. 물건을 사는 것과 인생을 사는 것. 그 동의어 놀이로 할아버지 말에 응수한 거지. 하지만 더 놀라운 일은 그다음에 일어났어.

"아니죠. 나 열여섯, 열일곱이잖아요, 할아버지. 이때는 절대로 다시 돌아오지 않거든요. 인생의 피크인 셈이죠. 죽어라 공부해서 대학에 가고, 직장을 구하고, 여자를 만나 결혼해봐요. 우리 아버지 어머니처럼 나 같은 애 낳아봐. 정신없어요. 자유로운 젊음을 그냥 보내면 영원히 못 사는 거야. 나는 열일곱 살 먹은 아이처럼 살고 싶은 거야. 공부하다가 그냥 보내긴 싫어요. 공부하는 건 지금을 사는 것이 아니라 대학에 가려고 하는 거잖아요."

"그럼 그렇게 놀다가 대학 가야 할 때가 되면 어떻게 하려구."

"전문학교 가면 돼요. 국비까지 주는 전문학교 가서 이 년만 공부하면 하버드가 아니라 별 데 다 들어갈 수 있어요. 전문학교에 편입 제도가 있는데 거기서 열심히 공부해서 수석하는 게 훨씬 쉽거든요. 할아버지 나 믿잖아요?"

그래, 너한테 들은 이야기가 생각났어. 성적표를 보고 꾸짖다가 다음에 스트레이트 A를 받아오면 자동차를 사주겠다고 내기했다는 거 말야. 늘 C만 받아오던 놈이 전 학과 A를 받아온다는 건 말도 안 되는 소리니까 자동차 사주겠다고 약속했는데, 진짜 다음 시험에서 스트레이트 A를 받아와서 울며 겨자 먹기로 자동차를 사주었다는 이야기. 나도 그냥 허허 웃으며 약속했어.

"네 말대로 해봐. 하버드 들어가면 페라리 사줄게."

어떠냐. 정말 훈우는 전문학교에 들어갔다가 제 계획대로 우수한 성적을 받아 버클리에 편입해 우등생으로 졸업하지 않았니. 어머니와 떨어지기 싫어서 학부는 버클리를 선택했지만, 그다음엔 동부의 하버드 법대에 가려고 로펌에 취직도 했잖아. 그런데 고장 난 너의 컴퓨터를 고쳐주러 돌아간 것이 그 아이의 마지막이었지.

왜 가슴 아픈 이야기를 하느냐고 날 원망할지 모르지만, 아니야, 이것은 가슴 저린 이야기가 아니야. 너는 훈우가 서울에 와서 한여름 동안 얼마나 충만한 삶을 살았는지 몰라. 그걸 이야기하고 싶은 거야. 쓰러진 채 코마 상태로 몇 주일을 있다가 마지막 말도 남기지 못한 채 세상을 떠났지만, 사실 훈우는 그보다 앞서 열여섯, 열일곱의 화려한 삶의 절정에서 멈춰 있었던 거란 말야.

할아버지, 하면서 나에게 보여주었던 손에는 반지가 끼어 있었어. 값싼 구리 반지 같은 것이었지만 그애 얼굴처럼 반짝이고 있었지. 그래, 언제나 커플링을 끼고 다녔던 녀석. 너희들이 이혼한 뒤에도 훈우는 외롭지 않았지. 일생의 단 한 번밖에 없는 열여섯 열일곱의 청춘을 최고로 살고 싶어 했던 그대로 그애는 정점에서 멈춰 있었던 거지. 더는 나이를 먹지 않았던 거야. 더는 어른이 되지 않았던 거라구.

그애 말대로 취직과 결혼과 애 키우는 수속만 남아 있는 지루한 삶을 건너뛰고 곧바로 네가 간 그 천국으로 먼저 간 거야. 네가 걱정할까봐 말하지 않았지만, 훈우는 한국에 오면 매일 압구정동에 나가 새벽 한두시나 되어야 돌아왔어. 더러는 싸움도 했어. 입술이 터져서 들어왔지. 그게 삶이고 젊음이란 거야. 우리가 한 번도 제대로 살아보지 못한 젊음, 말하기도 어색한 청춘이란 거야.

어느 날은 자기 여자친구를 모욕했다고 바텐더를 때렸대. 당해내겠니. 그애들은 그 방면에 전문가들인데. 순간 내 얼굴이 창백해지는 것을 보더니, 걱정 말라는 몸짓으로 이렇게 말하는 거야.

"경찰만 오지 않았더라면 한판 멋있게 붙는 건데."

깨진 아픈 입술을 겨우 벌리고 환하게 웃던 녀석의 얼굴을 잊을 수 없네. 아, 그 행복한 얼굴. 그 얼굴을 내게 보여준 것만으로 나는 훈우에게 감사한다. 더 이상 바랄 것이 없어.

너도 알지, 참새 가슴처럼 빈약한 훈우의 앞가슴 말이다. 그런 녀석에게 싸울 기운이 어딨니. 또 그 착한 애가 남을 때릴 만큼 독한 데가 어디 있겠니. 하지만 훈우에겐 공부뿐만 아니라 노는 것, 싸움하는 것까지도 그 순간순간이 진지한 삶이었던 거야. 샤이닝 아이(shining eyes). 그래, 훈우의 눈은 늘 빛나고 있었지.

훈우는 멋있는 아이였지. 만약 열여섯 살로 돌아갈 수 있다면 나도 훈우처럼 살고 싶어.

"아, 살고 싶다. 아, 나는 살아 있다."

내 손자는 두 주먹을 쥐고 그렇게 외쳤던 거야. 내가 못한 일, 글로밖에 하지 못했던 일들을 실제로 했던 거야. 녀석은 집에서, 거리에서, 광장에서 제 젊음을 산 거라고. 제 모자를 제가 골라 사는 것처럼.

그런데 지금은 훈우도, 너도 없구나. 그런 말을 하자고 훈우 이야기를 꺼낸 건 아닌데. 실은 훈우의 첫사랑을 혹시 망쳐놓지 않았는가 사과하려던 참이었어.

훈우가 열 살이었던가. 잘 기억이 나지 않지만 어쩌다 보니 넌 LA에 있었고, 난 그애와 단둘이 하와이에 갔었어. 바다에서 너를 혼자 두었던 일이 생각나서 나는 훈우의 손을 단단히 묶다시피 하고 데리고 다녔지. 이번에는 절대로 아이를 혼자 내버려두지 않겠다고 말이야.

그런데 또 그곳에서 훈우를 잃고 만 거야. 곁에 있던 훈우가 눈 깜짝할 사이에 보이지 않더구나. 나는 거의 정신을 잃고 패닉 상태에 빠져 훈우를 찾아다녔어. 그러다 기념품 가게에서 나오는 아이를 발견한 거야.

"훈우야!"

아이를 보는 순간 나도 모르게 너무 큰 소리를 지르고 말았어. 아이가 놀라서 파랗게 질린 채 아무 말도 하지 않고 울먹이고 있잖아. 거칠게 아이의 손을 잡아끌며 호텔로 돌아왔다.

집에 돌아가려고 훈우가 제 짐을 꾸리는데 못 보던 작은 상자 두 개가 보였어.

"이게 뭐니?"

내가 손을 대려고 하자, 훈우는 얼굴이 빨개지면서 얼른 감추는 거야. 작은 상자들의 정체는 하나는 엄마의 것이었고, 또 하나는 처음 사귄 여자친구에게 줄 바다의 선물이었어. 그애의 사랑이 그 상자 안에 들어 있었던 거야. 그것을 사려고 할아버지 몰래 가게에 들렀던 거야. LA를 떠날 때부터 푼푼이 모아두었던 돈을 꺼내 왔겠지. 사랑은 비밀이잖니. 할아버지 몰래 선물을 사려다가 그 혼벼락이 난 거야.

어떻게 하면 좋니. 그것도 모르고 야단을 쳤구나. 세상에 나와 처음으로 겪는 훈우의 시크릿 러브에 상처를 주었던 거야. 하지만 훈우가 하도 완강하게 숨기기에 나는 아무것도 묻지 않았어. 사과할 기회를 놓친 거지. 훈우에게 미안하다고 꼭 전해주렴. 그때 소리친 할아버지를 용서하라구. 그리고 그때 산 바다 선물이 무엇이었는지도, 여자친구가 그걸 받고 좋아했는지도 궁금하구나. 한참 늦었지만 여자친구 생

긴 것을 축하한다고도 전해주렴.

그 아이가 일찍 세상을 떠난 것이 정말 가슴 아프지만 그 아이에게는 행복한 일생이었다는 것을 나는 알고 있어. 찬란했던 열여섯 열일곱의 때 묻지 않은 삶을 살다 간 아이에게 나는 박수를 보낸다. 내가 세례를 받고 훈우가 까닭 없이 세상을 떠났을 때 나는 「예레미야애가」를 읽었다. 내 가슴을 과녁 삼아 화살을 쏘시는 하나님이 야속해서 얼굴을 돌리려고 했다. 그런데 행복한 표정으로 비밀스러운 웃음을 지으며 할아버지라고 부르던 녀석의 얼굴을 생각하면서 나는 다시 하나님을 찾게 된 거야.

훈우는 몽고반점이 유난히도 많은 아이였어. 유치원에 가면 부모님이 때린 줄 알고 오버를 했다는 우스꽝스러운 이야기를 가진 그 엉덩이를 한번 찰싹 때려주지 못했던 일도 후회로 남아. 하나님은 훈우가 세상의 티끌이 묻기 전에 그의 빛나는 청춘을 거두어 가신 거야. 너무 순결하고 깨끗한 보자기 같아서 진솔인 채로 남겨둔 것이라고.

너에게 빨갛게 익은 열매 이야기를 했던가. 따먹어도 되는 열매, 따먹으라고 스스로 추락하는 열매, 먹히기 위해서 그 안에 재생의 씨를 간직한 빨갛게 잘 익은 열매에 나는 경례를 한다. 차렷 자세로 경례를 한다. 향기로운 비 훈우에게. 훈우를 잃었을 때의 슬픔과 마지막에는 역설적으로 기쁨이 넘쳐나는 이 시를 너와 너의 사랑하는 아들 훈우에게 바친다.

훈우(薰雨), 향기로운 비에게

얼마나 큰 슬픔이었기에
너 지금 저 많은 빗방울이 되어
저리도 구슬피 내리는가.
한강으로 흐를 만큼
황하를 채울 만큼
그리도 못 참을 슬픔이었느냐.

창문을 닫아도 다시 걸어도
방 안에 넘쳐나는 차가운 빗발
뭔가 말하고 싶어 덧문을 두드리는
둔한 목소리

그런데 이 무슨 일이냐
시든 나뭇잎들은 네 눈물로 살아나
파란 눈을 뜨고
못생긴 들꽃들은 네 한숨으로 피어나

주체하지 못하는 즐거움으로 빛살을 짓는다.

얼마나 큰 기쁨으로 태어났으면

저리도 많은 빗방울들이

춤추는 캐스터네츠의 울림처럼

그리움에 타는 목을 적시고

미어지는 가슴을 다시 뛰게 하더니

어느새 황홀한 무지개로 오느냐.

향기로운 비가 내린다.

너 지금 거기에 살아 있구나.

표주박으로 은하의 강물을 떠서

잘 있다 잘 산다 말하려고.

너 지금 그 많은 비가 되어

오늘 내 문지방을 적시는구나.

비야, 향기로운 비야.

훈우가 그렇게 세상을 떠나지만 않았어도 지금쯤 계획대로 하버드 법대생이 되었겠지. 그리고 페라리를 사준다고 한 말은 거짓이 되어 나는 거짓말쟁이 할아버지가 되었을지도 모른다.

그런데 중요한 것은 그게 아니야. 법대가 무슨 소용이고 하버드가 다 무슨 소용이니. 그 아이는 짧았지만 정말 자기가 원하는 삶을 살았던 거야. 하루하루를 충만하게 살았지. 어떤 세상도 첫눈같이 하얀 훈우를 더럽히거나 흙발로 발자국을 낼 수 없을 거야.

훈우의 묘비명에 썼다는 너의 말대로 천국에는 그애가 거할 곳이 많다는 말을 나는 믿고 있어. 너는 훈우의 비석에 평범한 구절 대신 주님의 구절을 따서 다음과 같은 묘비명을 새겼지.

'하나님 아버지 집에서 지금 편히 쉬고 있는 우리 아들 훈우, 1982년 7월 29일부터 2007년 9월 4일까지 나에게 선물처럼 와서 너무나 많은 사랑을 주고 간 아이.'

6.

교토에서
부치지 못한
편지

까마귀 울음이 멈출 때

너에게 약속만 하고 보내주지 못했던 교토 일기 몇 편을 이제야 굿나잇 키스와 함께 보낸다. 네가 곁에 있었더라면 내가 직접 읽어서 들려주었을 텐데, 너는 내 육성이 닿기에는 너무 먼 데 있구나.

컴퓨터를 뒤져보니 십년 전인가 싶다. 교토에서 처음 「어느 무신론자의 기도」를 쓰던 당시, 황폐했던 내 영혼의 한 파편들을 너에게 보내는 것이다.

아침 산책을 하다 보면 어느 순간엔가 갑자기 조용해질 때가 있지. 귀가 먹먹할 정도로 말이다. 그건 시끄럽게 소리치던 까마귀들이 일제히 울음을 멈춘 순간이야. 그러면 주위가 조용해지면서 지금까지 들리지 않았던 여러 가지 소리들

혹은 낮은음자리표의 먼 거리의 소리들이 들려오기 시작한
단다.

숲속에서 우는 갖가지 새소리들, 벌써 풀숲에서 울기 시작
하는 풀벌레 소리, 그리고 어쩌다 내 곁을 스쳐 지나가는 조
깅하는 사람들의 발소리와 옷 스치는 소리까지 들을 수 있
단다.

이것이 내가 교토에 온 고독한 선택이 아니었는가 싶다.
언젠가 네가 한 말이 생각난다.

"아빠, 콘트라베이스 악기 아시죠? 키가 이 미터 정도가
되니까 교향악단 연주할 때 보면 다들 앉아 있는데 이 콘트
라베이스 연주자만 서서 연주하잖아요. 덩치가 제일 커요.
서양 사람들 키가 크다지만 웬만한 연주자보다 콘트라베이
스가 더 크죠. 그런데 그 소리가 들려요?"

너는 나에게 아주 설득력 있게 하나님의 음성은 나지막한
것이라고 말했다. 사실 그래, 교향악단에서 연주를 할 때 우
리의 귀에 들려오는 소리는 고음뿐이야. 특히 바이올린 소리
지. 바이올린은 육십 센티미터밖에 안 되니까 콘트라베이스
에 비하면 아기 중에 아기인데도 우리가 듣는 소리는 바로
이 바이올린 소리야. 그보다 조금 더 큰 비올라, 첼로 소리도
잘 안 들려. 바이올린 중에서도 퍼스트 바이올린의 연주가

가장 눈에 띄지.

현악기만 그런 것이 아니야. 관현악 연주에서도 트럼펫 소리만 우리 귀에 들려. 그런데 트롬본이나 튜바 정도 되면 아주 낮은 저음이기 때문에 부는 사람들의 제스처만 보이지 뭐가 트롬본이고 튜바인지 잘 식별할 수가 없지. 그런데 말이야, 내가 어디선가 읽었는데 네 말이 맞다는 것을 최근에야 알게 됐어.

우리가 빌딩을 지을 때 기초공사를 하지 않니. 그런데 빌딩만 보이지, 그 밑에 깔려 있는 초석은 여간해서 보이지 않아. 숨겨져 있기 때문에. 교향악단에서 모든 소리의 밑받침을 이루어주는 것은 바로 그 콘트라베이스라고 하더라. 가장 낮은 음이지. 그게 깔려야 고음들이 살아나고 전체 음악의 집이 지어진다는 거야. 일층, 이층, 삼층, 사층. 나는 왜 그 많은 악기 중에 덩치만 크고 청중들에게는 잘 전달되지도, 관심을 끌지도 못하는 콘트라베이스란 악기가 존재하는지 이따금 생각을 할 때가 있었어.

그런데 연주자 말을 들어보니 우리가 모르는 이야기가 참 많더라. 연주장에서뿐 아니라 이 악기를 들고 이동할 때 가장 애를 먹는다는 거지. 비행기를 탈 때는 물론이고 지하철을 탈 때도 사람보다 덩치가 커서 여간해서는 개찰구를 통과

하기 어렵다는 거야.

그런데 교향악단에서 없어서는 안 될 것이 바로 콘트라베이스라는 걸 알고 있는 사람은 참 드물다는 거지. 지휘자는 없어도 콘트라베이스 없이는 불가능한 게 교향악단의 연주라는 거야. 아무것도 없는 백지이기 때문에 우리가 그림을 그릴 수 있는 것처럼, 콘트라베이스의 나직한 음이 있기 때문에 그 다양한 악기 소리를 섞을 수 있는 거라고 해. 화려한 악단의 연주 밑에 깔려 있는 최저음, 음향기기로 치면 우퍼와 같은 역할, 프로가 아니면 여간해서 그 소리를 잡아낼 수 없지.

네가 그때 우연히 하나님의 목소리는 이 많은 세상의 음성 속에서, 그 많은 악기들이 연주하는 생명의 음악 중에서 가장 낮은 소리이고, 그래서 사람들이 듣지 못한다고, 그런데 그 소리가 없으면 어떤 화려한 고음의 악기라 할지라도 하나의 음으로 살아날 수 없다고 말했다.

엉뚱한 비유지만 갑작스레 까마귀 소리가 멈췄을 때, 아주 작은 소리, 숲속의 저음 악기 같은 바람 소리가 들려오는 것을 느꼈지.

내가 「어느 무신론자의 기도」 같은 시를 쓰기는 했지만, 아직은 너의 소원대로 주님을 맞이할 준비가 되어 있지 않았을 때였어.

그런데 오늘 아침 산책에서 말이야, 까마귀 소리가 멈추고 모든 게 조용해질 때, 숲속의 파란 이파리 사이로 지나가는 가장 낮은 바람 소리와 아주 미묘한 생명의 풀벌레 소리, 심지어는 내가 내는 발소리를 들을 날이 올 거라는 예감을 처음으로 느꼈어.

그러나 확실한 게 아니고 너무나도 비유적인 이야기이기 때문에 너의 소원대로 내가 주님을 맞이하겠다, 네 소원대로 내가 그 문을 두드릴 거다, 이 말은 못 해. 그렇지만 언젠가 너에게 나는 그 이야기를 들려줄 수 있을 거라고 생각한다. 콘트라베이스 연주자가 연주하는 소리 없는 소리, 그 가장 낮은 소리를 들을 수 있는 내 청각이 트일 날이 있을 것이라고 너에게 조금은 약속할 수 있을 것 같구나.

운명의 갈림길

오늘은 엄살을 좀 떨어야 할 것 같구나. 어제 발을 접질리는 바람에 교토에 온 이후 처음으로 아침 산책을 쉬게 되었다. 어제저녁 그 재미없는 세미나에 나가지 않았더라면, 그 자리에서 M교수를 만나지 않았더라면, 그래서 저녁식사를 함께하자고 제안하지 않았더라면, 지금쯤 가을 산길을 걷고 있을 시간이다.

처음 보는 산새를 만나거나, 아키노 나나쿠사(가을에 꽃이 피는 대표적인 일곱 가지 풀)의 야생화들을 보거나, 운이 좋으면 연구소 뒷산에 가끔 날아온다는 꾀꼬리 소리를 들었을지도 모른다. 그러면 너에게 멋진 이야기를 들려줄 수 있었을 텐데……

이상한 생각이 든다. 아주 사소한 일로 하루의 삶이 바뀌고, 또 그 바뀐 일로 더 큰 다른 변화가 생기지. 바울의 말로 기억하는데 맞는지 모르겠다. 우리는 매일 죽고 매일 태어난다. 너야말로 몸조심하거라. 사고 날까봐 탱크 같은 볼보를 샀다는 말이 도무지 농담처럼 들리지 않는구나. 운전 조심해라. 0.1초 차이로 운명이 갈라선다. 온종일 방 안에 있으면서 네가 읽으라던 성경을 읽고 내 생각을 적어 보내마.

사랑한다.

깁스에 구멍을 뚫어주는 마음

연구소 가까이에 있는 정형외과에 가서 발 치료를 받았다. 미야지(宮地) 정형외과라는 개인 병원이다. 수부에서 진료 신청을 하려고 하니 카드 한 장을 주더라. 왜 병원을 찾게 되었는지 병의 증상이나 원인, 그리고 그동안의 병력 같은 것을 미리 묻는 질문지였다. 그런데 그 항목이 어찌나 많고 번잡한지 꼭 무슨 시험을 치르는 것 같더구나. 『축소지향의 일본인』에서도 지적했지만 일본에는 좁쌀들이 많아 짜증스러울 때가 많다. 하지만 환자가 우두커니 기다리는 동안 자신의 병에 대한 세세한 정보를 알려주면 면담 시간을 줄일 수 있고, 미리 알아서 준비할 수 있을 테니 환자에게도 편할 것이다.

시스템이 잘 되어 있는 일본 병원보다 일 처리가 허름하지만 시골 한약방이 그리워지는 것을 보면 영락없이 나는 한국인인 것 같다. 다리를 조금 삔 정도라면 대개 침 한 방이면 되는 거 아니냐. 그런데 여기서 깁스를 하고 과잉 치료로 난리를 치는 바람에 난 완전히 중환자가 된 기분이다. 이반 일리치가 의료 관리 시스템 속에서 살아가는 현대인들을 향해 '탈병원 사회'를 주장한 것이 이해가 간다.

일본인들의 친절 신화도 병원에 오면 무너지고 만다. 깁스를 해주던 의료원에게 내가 이렇게 물었단다. "거, 깁스에 작은 구멍 몇 개만 뚫어주면 안 되나요. 가려울 때 긁을 수 있게 말이에요." 그랬더니 그 의료원이 별난 환자 다 봤다는 듯피식 웃고 말더라고. 왜 안 된다는 건지 모르겠다. 깁스라는게 뼈를 고정시키자는 건데 구멍 몇 개 뚫어준다고 안 될 게없잖니. 깁스한 팔다리가 간지러울 때 얼마나 괴로운지 알고있는 사람이라면 이해할 거다. 그런데 왜 그들은 안 된다 하고, 왜 환자들은 그렇게 요구하지 않는지.

일본인들이 네 명에 한 명 꼴로 의사의 진료에 불만을 표시했다는 기사를 읽은 적이 있다. 일본인 20세 이상 남녀 이천 명을 대상으로 한 여론조사에서 27퍼센트가 불만을 나타냈고, 그중 50퍼센트는 병의 증상이나 진료에 대해 충분히설명해주지 않은 것에 불만이 많더구나. 아마 한국에서 같은 조사를 했더라도 더하면 더했지 덜하지는 않았을 게다.

병과 싸우는 것이 의사라면 악과 싸우는 것이 법조인이다. 그런데도 미국 속담이나 조크에는 의사와 변호사를 대상으로 한 말들이 가장 많더구나. 한밤에 아이가 열이 나서 의사 친구에게 전화를 걸어 상의했더니, 다음날 간밤의 상의에 대한 청구서가 날아왔다는 것이다. 화가 나서 이번에는 변호사 친구에게 상의했더니 전화 통화로 진찰하는 것은 불법이니 돈을 내지 않아도 된다는 거야. 그런데 어쩌니, 다음날 의사 친구에게서 날아온 청구액보다 몇 배나 많은 상담료 청구서가 변호사 친구로부터 날아왔다는구나.

심심해서 너랑 웃자고 한 소리다. 비행소년들을 구하려고 애쓰고 있는 네가 오늘따라 더욱 자랑스럽다. 깁스에 구멍을 뚫어주는 마음으로 어둠에 갇힌 아이들을 위해 법정에 서거라.

원수를 사랑하라

K와 H 두 교수와 함께 '간고'라는 일식집에서 회식을 했다. 원래는 대중적인 음식점이었다는데 아주 훌륭한 고급 요리점으로 발전한 것이라고 한다. 밤낮 먹는 이야기만 해서 미안하구나. 하지만 내가 요즘 공식을 하나 생각해냈거든. 그건 바로 "Life-Food=Lie"라는 법칙이야. 그러니까 인생을 뜻하는 'Life'에서 먹는 것의 'Food'의 'F'를 빼면 남는 것은 거짓말 'Lie'밖에 없다는 것이지. 먹는 것만이 인생에서 남는 진짜라는 거다. '간고'에는 작은 회유식 일본 정원이 있고 다마가와의 물을 직접 그 정원으로 끌어들여 흐르도록 한 것이란다. 마침 비가 내리고 있어 더욱 운치가 있었다. 음식도 정갈한 것이 좋았다.

그런데 너에게 하고 싶은 말은 음식 이야기도 음식점 정원 이야기도 아니다. 식후에 K교수와 나눈 종교 이야기란다. 그는 내게 한국의 샤머니즘에 관해 물었다. 또 기독교가 한국에서 성행하는데 어째서 먼저 들어온 일본에서는 기독교 신자가 일 퍼센트밖에 되지 않느냐. 이런저런 이유에 관해서 묻기도 했다. 나는 왠지 네가 내 옆자리에 앉아 있는 것 같은 생각이 들었다. 실은 그 교수들보다 너 들으라고 한 소리란다.

우선 나는 이렇게 말했다. 한국에서 기독교가 성행한 이유는 바로 기독교의 신을 뜻하는 한국 고유의 말인 하나님이 하늘을 뜻하는 동시에 유일자를 뜻하는 '하나'를 가리키는 뜻이기도 하다는 말을 했지.

샤머니즘이든 조상신을 믿는 유교이든, 인간이 죽으면 다 하늘로 간다고 생각했기 때문에 서양의 신을 하늘님(하느님)이라고 하면 그대로 통한다. 그리고 '님'이라는 말은 사랑하고 존경하는 것이면 아무 데나 붙는 말이니 유일신의 하나라고 해도 '님'이 붙으면서 모든 것을 아우르게 된다는 것이다.

그에 비해 일본은 기독교가 처음 들어올 때 하나님(천주님)을 데우스(Deus)라고 했는데, 이것이 일본말의 다이우소(거대한 거짓말)와 발음이 비슷하여 민중들이 거부감을 가졌다고 말했다. 물론 반은 우스개로 한 말이다.

아마 네가 옆에 있었으면 킥킥대며 웃었겠지만, 나는 어느 정도 내 자설을 믿는단다. 사실 한국인이 말하는 하느님, 하나님은 유일신의 개념도 되고 범신론의 개념도 되니 말이다. "一如多 多如一." 하나 속에 여럿이 있고 여럿 속에 하나가 있다는 개념이다.

사실 기독교를 절대의 유일신교라고 하지만, 천사도 있고 독생자 아들도 있고 성부 성자 성신의 삼위일체설도 있으니 내 말이 아주 틀린 것은 아니잖니. 내가 앞으로 너의 소원대로 기독교를 믿게 된다면 하나님과 하느님, 그리고 '님' 자가 붙는 유일성과 다성적 존재(폴리포니)에 대해서 글을 써보려고 한다. 믿기지 않는 이야기지만 두 교수와 이야기할 때에는 정말 진지한 대화를 많이 나눴단다.

특히 내가 생각해도 압권이었던 것은 왜 우리보다 먼저 기독교가 들어온 일본에서 기독교 신자가 겨우 일 퍼센트밖에 되지 않느냐 하는 문제였다. 한국과 일본의 문화적 차이를 비교하는 데 이처럼 좋은 예가 없단다. 나는 두 교수에게 이렇게 말했지. 일본의 문화는 복수의 문화다. 일본의 전통극에서 가장 유명한 것이 추신구라(忠臣藏)라는 건데, 주군의 복수를 위해 47명의 무사들이 봉기하고 끝내는 모두 배를 갈라 죽는다는 이야기이다. 사무라이의 무용담은 어떻게 복수를 했느냐로 결정된다. 그리고 만일 아버지나 주군의 복수에

성공하지 못하면 그 사회에서 살아갈 수가 없다. 그래서 일본 사무라이 이야기의 주류는 복수담에 관한 것이란다.

그런데 기독교에서 가장 으뜸이 되는 가르침은 원수를 사랑하라는 것이 아니냐. 그러니 복수 문화를 가진 사무라이의 나라에서 어떻게 원수를 사랑하고, 어떻게 오른뺨을 때리면 왼뺨을 내밀라는 이야기를 실천할 수 있겠니.

그런데 한국에는 복수담이 별로 없다. 변사또도 그냥 봉고 파직했을 뿐이다. 일본이라면 두말할 것 없이 이도령이 무슨 수를 써서라도 연적이자 탐관오리인 변학도를 죽였을 것이다. 어디 그것뿐이니. 「처용가」를 보면 처용이 아내를 역신에게 빼앗기고도 덩실덩실 춤을 추었잖니.

하지만 못 마시는 술을 마시고 횡설수설했다는 것은 사실이란다. 한국 사람들은 잘 몰라도 떠든다. 일본 사람들은 알아도 말하지 않아. 그래서 일본은 산업화에는 성공했지만 정보화에는 제 체질이 아닌 듯싶다. 이런 이야기를 진지하게 들어줄 사람이 너 말고 또 누가 있겠니. '간고'의 정원에 흐르는 냇물을 바라보며 한 소리이니, 너도 내 말을 듣고 그냥 물 위에 흘려보내려무나.

괴로워도 또 들어라. 종교 담론 속편이다. 이번에는 한국인과 결혼한 일본의 젊은 교수 H와의 대화란다. 그는 나에게 한국의 샤머니즘에 관해서 물었다. 기독교에는 교회당, 불교에는 절이 있으며 일본의 신도에는 진자(신사)나 신궁이 있는데, 한국 무교의 예배당은 어떻게 생겼느냐는 것이다.

한국에서는 한 번도 무속 신앙에 대해서 생각해본 적이 없었는데, 일본에 오니 묻는 것이 다 샤머니즘에 관한 이야기이다. 외국 사람이 볼 때 한국의 종교적 특성이라면 역시 무속 신앙인 모양이다. 그래서 김동리 선생의 소설 『무녀도』가 생각났고, 그분과 논쟁했던 기억이 되살아나더라. 나는 간단히 국사당이나 당집에 대해서 말해주었다. 그리고 남의 집 절간에 세 들어 사는 칠성각 같은 특이한 한국 종교 공간에 대해 설명했다. 또 원래 한국의 무속에서 기도하는 장소는 정해지지 않았다는 게 특성이라고 말하기도 했다. 나무든 바위든 심지어 변소와 장독대에 이르기까지, 사람들이 살아가는 곳이면 어디나 기도하는 장소가 된다고 했다. 정화수 떠놓고 빌면 거기에 신전이 생기는 거다.

한국의 신은 사람이 사는 곳이나 자연이 있는 곳이면 어디든지 가리지 않기 때문에 신을 만나기 위해 일부러 특수한 공간으로 찾아가지 않아도 된다. 정확하게 말하면 그쪽에서 찾아온다. 신들은 출출하거나 심심해서, 아니면 심술이 나거나 화가 나서 사람 사는 곳으로 접근한다. 그때 사람들은 갑자기 방문한 이들을 잘 대접해서 보내려고 한다.

그렇다, 신들이 손님처럼 오는 것이다. 비록 귀신이라는 무시무시한 말로 부르기는 하지만, 신과 사람 사이의 기본에 깔려 있는 것은 피차 온정으로 맺고 푸는 사이이다. 문득 울긋불긋한 천이 매달린 당집이 있으면 늘 피해 다니던 어린 시절이 생각난다. 오히려 신이 없어야 아무 탈 없이 살아가는 사람들, 신에게도 관료들에게 하는 것처럼 뇌물을 바치며 살아가던 내 시골 사람들의 얼굴이 김치찌개의 김 너머로 보인다. 해원상생(解寃相生). 원한을 풀고 서로 살아가자는 것이 한국 토착 종교의 정신이니, 기독교를 받아들이는 데 힘들 일이 없다. 천지인삼재 사상도 기독교의 삼위일체설을 이해하는 데 힘들 게 없다. 내 말을 듣던 H교수가(법대를 나와 종교학으로 전공을 바꾼 사람이다) 말했다. "결국 종교라 할 수는 없겠군요. 경전도 없고, 신을 모시는 일정한 신전도 없으니까요."

그래, 종교란 말 자체가 한국은 물론 중국에도 일본에도 없었던 말이다. 불가에 종교란 말이 있었지만, 우리가 지금 사용하고 있는 영어로 종교를 뜻하는 'religion'은 끈을 다시 맺는다는 뜻이라고 하지 않더냐. 원래 샤머니즘이란 게 이승과 저승의 끊어진 관계를 맺어주는 것이 아니냐. 한국의 기독교가 기복 종교적 성격이 많은 것도 그리고 한 집안에 불교, 유교, 도교, 기독교는 물론이고 이슬람교까지 동거하는 경우도 있으니 그냥 풀고 살면 되는 사람들이란다.

그래, 원수의 원(怨)은 일본 사람처럼 갚는 것, 보복하는 것이지만 한(恨)은 반대로 푸는 것이다. 맺힌 것을 풀어버리는 것. 예수님은 죄를 푸시는 분이지, 눈은 눈으로 이는 이로 갚는 복수를 말한 적은 한 번도 없으셨어.

언제 시간이 나면 헤겔의 유대인 비판에 관해 너와 이야기를 나누고 싶구나. 사랑과 용서, 이것이 유대인에게 없었기에 그들의 비극은 타자의 마음을 울리는 비극이 되지 못했다는 것이다.

정말 일본인들을 사랑과 용서로 끌어안을 수 있을까. 이것이 요즘 나에게 당면한 실제적인 종교 문제란다. 사랑하는 딸아, 네가 나에게 잘못하고 내가 너에게 잘못했을 경우 어떻게 하니? 두말할 것 없이 용서하고 사랑할 것이다. 왜 피를 나눈 사람끼리는 되는데 피가 다른 사람들과는 그게 안 되는 게지? 유교의 가족주의 혈연주의에서 살아온 문화 유전자 때문일까? 생각해봐야겠다.

7.

영혼의
눈을
뜨다

운명의 전화

나에게는 그것이 두 번째로 충격적인 전화벨 소리였다. 요즘에는 여러 가지 멜로디의 착신음이 있기 때문에 조금은 그 충격이 완화될 수 있지만, 그 어떤 부드럽고 아름다운 멜로디로 울렸다 해도 나에게는 마치 베토벤의 제5교향곡, 우리가 〈운명〉이라고 부르는 그 곡의 첫 소절처럼 들렸다.

첫 번째 충격의 벨 소리는 네가 망막박리로 실명의 위기를 맞았다는 소식을 들었을 때이고, 두 번째 충격의 벨소리는 복수가 차 병원에 입원한 너에게 암이 진단됐다는 말을 전해 들었을 때이다. 전에도 너는 암에 걸렸지만 하나님의 은총으로 완치하고 건강한 몸으로 돌아왔다. 네가 초원에서 뛰는 말의 심장을 가졌기 때문에, 그리고 늘 하나님이 곁에 함께 계시기 때문에 웬만한 병엔 두려움이 없다고 말해왔기에 나도 마음을 놓고 있었는데, 암이라니.

정말 사람에게는 하늘에 속해 있는 영감이라는 것이 있나 보다. 진단에 대해 더 자세히 들을 필요가 있었고 치유에 대한 희망이 전혀 없었던 것도 아닌데, 나는 그 전화만 듣고서 절망에 빠졌었다. 너를 잃을지도 모른다는 깜깜함으로 절벽 같은 나락으로 떨어지는 느낌이 든 거야.

실명의 위기 때와 마찬가지로 네가 하나님 아버지 곁으로 오면 틀림없이 그 절망에서 솟아날 빛을 찾을 수 있으리라 믿는데도, 주체할 수 없는 안타까움, 간신히 행복의 문턱에 들어선 너에게 갑작스레 닥쳐온 또 다른 불행에 나는 가슴이 찢어지는 듯했다. 네 엄마는 마침 아이들을 데리고 러시아를 여행하는 중이었기에 나 혼자서 이 모든 것을 감당해야 했다. 난 네가 그토록 굽히지 않던 고집을 처음으로 꺾고 너에게 일등석 항공권을 보냈지. 무리해서라도 꼭 서울로 오라고 너를 부른 거야. 그때 내가 할 수 있는 최대의 배려를 했다. 그렇게 너는 또다시 부모의 곁으로 돌아왔고, 네가 결혼하기 직전까지 살던 평창동 집으로 돌아왔다.

다시 반복하여 말하기엔 너무 가슴 아픈 일이고 너도 잘 아는 일이니 더 이상 얘기하지 않겠다. 너를 추모하는 시에도 이미 그 과정을, 그때그때의 마음을 모두 기록했는데 무슨 말이 더 필요하겠니.

병원에서는 삼 개월 동안 치료를 받으면 육 개월을 살 수 있다는 선고를 받았다. 태연하게 눈 하나 깜짝 않는 너를 보고 오히려 의사 선생이 놀랐을 것이다. 아빠인 나도 네 의연함에 충격을 받았지만 전문가라 해도 그런 네 모습이 쉽게 수긍이 가진 않았겠지.

너는 오히려 우리를 위로했고, 암 선고를 받고도 치료보다는 선교를 위해 교회에 열심히 나갔어. 부산에서부터 전국 곳곳을, 그 아픈 몸으로 두 시간, 세 시간을 젊은이들과 함께 예배를 드렸지. 그러고는 지친 얼굴이 아닌 늘 밝은 얼굴로 돌아왔어.

"아빠, 오늘 만난 사람들은 법대생들이었어. 내가 변호사였고 검사였다고 하니까 호기심에 모인 거야. 그중에 반은 그런 나를 야유하려는 마음도 있었겠지. 예수를 믿는다고 하면 일단 비웃고 조롱하며 마치 자기가 지성인인 것처럼 박해를 가하는 사람들이 있어. 성경에도 씌어 있어요. '너희들이 내 이름을 거론하면 주위로부터 박해를 받으리라'라는 말이 있잖아. 우리 주변에는 로마 군사나 바리새인이나 고집불통의 율법학자들이 가득 널려 있고 유다들도 많고. 하지만 그보다는 때를 기다리는 상처 진 젊은이들이 훨씬 더 많아요."

그리고 너는 암 선고를 받은 그다음 날부터 내 권유대로 책을 쓰기 위해 녹음을 하기 시작했어.

사실 더욱 놀라웠던 건 말이야, 너는 한국에 와서 늘 기적을 겪었잖니. 남들이 뭐라고 할까봐, 또 오해를 할까봐 말하진 않았지만 너의 눈 말이야, 미국에서도 한국에서도 너의 망막은 박리되고 있기에 수술이 불가능하다는 판정을 받았었지. 잘못하면 허물 벗어지듯 망막이 완전히 박리되어 한 치 앞도 못 보는 시각장애인이 된다고 했다. 가장 예쁠 나이에 엄청나게 두꺼운 렌즈의 안경을 쓰고 다니는 것을 보며 얼마나 가슴이 아팠는지 몰라. 하지만 콘택트렌즈를 끼고부터는 안경을 쓰지 않았으니까 네 눈의 상태를 짐작할 수 없었지. 그런데 말이다. 망막박리 현상으로 곧 실명한다는 네가 한 달, 두 달, 시간이 흐를수록 조금씩 시력을 회복해갔었잖아.

내가 하나님께 네가 실명만 하지 않는다면 기독교를 믿겠다고 한 그 약속이 이루어진 것이라고는 생각하지 않아. 하나님에게 개인적인 소원이나 비는 신앙심 약한 나의 가난한 기도가 하늘에 들렸겠니. 기적 같은 일을 베푸시는 주변의 많은 목사님들이 너를 위해 기도해주셨지. 나는 그저 너를 데리고 병원을 찾아다녔을 뿐이야. 하지만 한결같이 부정적인 소견이었다. 캐나다 같은 곳에 가면 희망이 있을지도 모른다는 얘기도 있었지. 미국이나 한국에선 어렵겠지만, 캐나다는 의료 사고에 관한 법이 달라서 의사들은 모험을 할지도 모른다면서. 그러다 내 고등학교 선배가 원장으로 있는 김안과에서 너를 수술해보겠다는 전갈에 긴가민가하면서도 너를 그곳에 보냈던 거야.

세상에, 과학이야말로 필연을 추구하는 것인데 어떤 기적이 베풀어지고 사랑이 이루어지면 과학자들과 무신론자들은 그것을 우연이라고 해. 참 우습지 않니? 모든 것을 인과관계로 필연적으로 수식으로 증명해내는 것이 과학인 거야. 그런데 과학의 범위를 넘어 설명할 수 없는 것이면 무조건 다 우연이라니. 그런데 로또에 천 번이고 만 번이고 당첨되는 일과 같은 그런 우연이 어떻게 이렇게 자꾸 일어나니. 너를 수술해주신 그 놀라운 의사 선생님도 온누리교회의 신자라고 하더구나. 물론 병원에서는 그런 사실을 전혀 알지 못한 채 담당의로 배정한 것이야.

그래, 우연이라 치자. 그 우연이 너의 시력을 완전히 회복시켰어. 수술 후 너의 첫마디가 기억난다.

"와, 세상이 이렇게 밝아요? 역시 하나님은 멋쟁이네."

너는 평생 처음으로 풀과 나무를, 작은 곤충을, 그리고 멀리 있는 파란 하늘을 산을 구름을 밝은 눈으로 아주 가까이서 볼 수 있었던 거야. 그리고 성경도 마음대로 읽었어. 예전처럼 코를 책에다 박고 한 자 한 자 더듬어가며 읽지 않고 말이다.

너는 몇 번이고 말했다. 시력을 회복한 것은 육체적인 변화에 대한 기쁨이 아니라 그 육체 너머에 영적인 힘, 하나님의 힘이 있다는 것을 믿게 하는 기쁨을 가져왔다고. 그래, 나도 너의 기쁨에 동의한다. 밝은 세상을 네 눈으로 다시 찾았을 때 너는 시력만 되찾은 게 아니었을 거다. 네가 최초로 이 세상에서 생명으로서 느낀 모태 속의 행복을 실감했을 것이다. 글자도 모르고 지식도 없고 아무것도 지니지 않은 상태에서 십 개월 동안 자란 뒤, 뛰노는 심장을 갖고 생각하는 뇌를 갖게 되었지. 너를 그렇게 자라게 한 힘이 뭐겠니. 위대한 힘(Something Great), 신이 없대도 좋다. 그 힘, 그게 바로 신이 아니겠니. 인간의 능력을 초월한 것, 과학이 현상을 밝힐 수는 있어도 왜 그런지에 대해선 침묵해버리는, 그 설명할 수 없는 세계 앞에 겸허해지는 것, 그게 바로 신앙이 아니겠니.

너는 암 선고를 받고 세 권의 책을 썼다. 너는 그 책에서 더러 아빠를 언급했지. 나는 너의 책들을 통해 네가 아빠를 어떻게 생각했고, 아빠가 모르는 어떤 고통을 겪었고, 친구들과 혹은 낯선 사람들과 어떠한 사랑을 주고받았는지 어렴풋이 짐작하게 되었지. 너를 잃고 난 뒤에 주위 사람들은 조심스럽게, 그러나 속으로는 몹시 궁금했는지 마치 조사라도 하듯이 질문하더구나. 따님이 눈 뜬 기적 때문에 예수님을 영접했다고 하시던데, 따님을 잃고서도 여전히 예수님을 믿으시냐고 말이야. 직접 대면해서 묻지 않더라도 인터넷이나 강연장 같은 데서도 곧잘 그런 화제가 오고 가. 뭐라고 답하면 좋겠니.

하나님이 고쳐주신 분들도 모두 다 죽었다. 살아 있는 사람은 없어. 예수님의 열두 제자들이 어떻게 죽었니. 보통 사람들보다 훨씬 불행하고 비참하게 죽었어. 오히려 그 죽음이 기독교의 새 복음이 된 거 아니겠니. 사도 바울도 그랬지. 바울은 죽을 때까지 병을 못 고쳤어. 그것을 '바울의 가시'라고 했어. 감옥에서 풀려나지도 못했고. 그런데 오히려 기독교가 더 융성해진 거야. 물론 지금에야 이렇게 말은 해. 나도 인간이고, 신학에 조예가 깊다거나 믿음이 아주 큰 사람도 아닌데 너를 잃었을 때 왜 하나님을 원망하지 않았겠니. 훈우를 잃고, 너를 잃었을 때 세속적인 말로 왜 삐치지 않았겠냐고.

하지만 나는 기독교인이 되기 전부터 「예레미야애가」나 「욥기」를 깊이 읽었고, 작품 분석을 한 적도 있어. 기독교인이 되기 전에도 그 정도는 알고 있었다는 거야. 아무 죄도 없는 가장 순수한 예수님이 어떻게 돌아가셨니. 네가 눈을 떴으니 예수님을 믿고, 네가 세상을 떠났으니 예수님을 버리는 것은 시장의 거래야. 남대문시장에 가서 값이 맞으면 사고 마음에 안 들면 놓고 가는 식인 거지. 아무리 부패하고 타락했다고 해도 교회는 시장이 아니다. 거래하는 곳이 아니야. 필요에 따라 취하거나 버리는 곳이 아니라고. 교회에 죄가 있는 것이 아니라 교회를 시장으로 만든 사람들이 문제이고, 그것이 사탄의 유혹이라는 것을 사람들은 생각하지 않아.

네가 초등학교에 들어가고 난 후부터 한 번도 안아주지 못한 것이 생각나는구나. 다른 아버지들이 대학에 합격한 자기 딸을 번쩍 들어올리며 "우리 딸 최고! 만세!" 소리치는 장면을 보고 너는 너무 놀랐다고 했지. 바쁘고 같이 있을 시간이 없던 젊은 시절의 나 때문에 너는 아버지의 스킨십을 모르고 자란 거야. 그래서 너는 아버지가 자기를 정말 사랑하는지 늘 회의가 들었다고 말한 적이 있지 않니.

사실 나는 변명을 하고 싶다. 하나님은 인간과 스킨십을 하지 않아. 아무리 절박한 상황에 손을 내밀어도 그 어둠 속에는 아무것도 없어. 하나님의 손도, 가슴도, 우리를 위해 흘리는 눈물도 없단다. 대신에 우리는 스킨십 그 이상의 것을 느낄 수 있지. 하나님에 대한 믿음과 그러한 마음이 바로 신앙심인 거야. 네가 그걸 알았을 때, 스킨십과 감각 이상의 사랑을 알았을 때, 비로소 관념적인 아버지의 사랑을 이해하게 된 거지.

딸아, 하나님과 인간의 관계는 아버지와 자녀의 관계와 같다고 네가 여러 집회와 강연회에서 누누이 이야기했던 것을 나도 알고 있어. 실제로 네가 젊은이들에게 아빠에 대한 괴로운 경험을 들려주었다고도 했지. 아버지가 자신을 사랑해주는데도 믿음이 가지 않아 고민하고 오해했던 시절의 이야기를 말이야. 그러나 그동안에도 아버지가 자신을 계속 사랑하고 있었다는 것을 알게 되면서 회의적이었던 아버지와의 관계가 회복되었다는 이야기를 듣고 사실 나는 매우 당혹스러웠지. 그런데 그게 너와 나뿐만이 아니었던 것 같아.

너의 강연을 들었던 한 여학생이 페이스북에 올린 글을 보고 나서야 세상의 모든 딸이 너와 같았다는 것, 그리고 아버지에 대한 시점을 바꾸면 그 관계가 회복된다는 것, 그런 평범한 사실이 왜 그렇게도 어려운 문제로 남아 있는지 모르겠다.

그래, 아버지와 싸우고 집을 뛰쳐나온 그 여학생의 이야기를 해보자. 몇 년 동안 혼자 살던 그 아이가 너의 이야기를 듣고 의절한 아버지에게 카톡으로 메시지를 보냈어.

"아빠 사랑해."

그랬더니 몇 초도 안 돼서 바로 답장이 온 거야.

"나둥."

서로 헤어지고 뿌리치고 원망하던 아버지와 딸의 관계 곁

에는 그렇게 항상 사랑이 있었던 거야. 미워하고 불신하는 그런 관계 속에서도 사랑은 지속되지. 그렇기 때문에 오랫동안 헤어져 있었는데도 불구하고 아버지는 딸의 메시지가 오자마자 몇 초 만에 "나둥"이라는 답장을 보낼 수 있었던 거란다. 서로 기다리고 있었던 거야.

네가 말하는 하나님과 인간의 관계도 마찬가지겠지. 하나님은 오해하거나 불신하고 회의하는 우리를 계속 사랑해주고 있는데 우리가 그것을 모를 뿐인 거야. 그런데도 하나님은 계속해서 기다리신다. 문자가 오기를, 우리가 오기를 기다리고 계시는 거지. 비록 네가 떠나고 잠시나마 하나님의 뜻을 오해하고 믿지 않았지만, 하나님은 여전히 두 팔을 벌리고 있어.

그렇게 너를 보내고 나서, 아버지와 자녀의 관계 그리고 하나님과 인간의 관계를 다시금 깨달았어. 여전히 네가 떠난 자리는 따끔거리지만, 내가 너를 생각하는 것처럼 하나님도 우리를 같은 마음으로 생각하고 계실 거라고 믿는다. 어느 깊은 밤에 눈을 떴을 때 자기도 모르게 주님을 찾는 마음이 있다면 바로 응답이 올 거야. "나둥" 하고 말이지.

어떤 미소에 끌리는 힘

오랜만에 네가 한국에 왔을 때 내가 말했지. 네가 멀리 떨어져 살고 그동안 네 힘으로 생활해왔기 때문에 내가 도와줄 기회가 별로 없었구나. 이번에 집에 오면 네가 원하는 것, 뭐라도 좋아, 아빠에게 원하는 것, 엄마에게 원하는 것, 모든 것을 해줄 테니 말해보라고.

말은 그렇게 했지만 사실 은근히 켕기는 점도 있었어. 너는 가끔 엉뚱한 짓을 해서 사람을 놀라게 하는 일이 많잖니. 옛날처럼 갑자기 결혼을 하겠다거나, 영문학을 포기하고 법대에 가겠다고 하거나, 잘나가는 로펌 회사에서 변호사로 일하다가 별안간 검사가 되겠다거나 말이다. 한두 번이 아니었기 때문에 네가 원하는 것을 말할 때마다 심장이 덜컹한다.

그래서 이번에도 별난 제의를 하겠지 하고 생각했는데 뜻밖에도 너는 "하용조 목사님을 만나게 해주세요" 하고 말하는 거야. 역시 네 대답은 뜻밖이었지만 종래의 것과는 성질이 달랐어. 나는 사실 크리스천이 아니었기 때문에 하용조 목사님을 잘 몰랐거든. 하지만 너도 잘 알잖니. 기독교에 입문한 적은 없지만 가까운 친구들 중 이름 있는 목사님들, 신학자들이 많아. 강원용 목사와는 이십대 후반부터 줄곧 관계를 맺어왔지. 대화의 모임이라는 것이 있고 많은 지식인들이 모여 종교뿐 아니라 사회문제, 문화 문제를 함께 다루어왔어. 88올림픽 때도 강원용 목사를 모시고 후기 산업사회의 여러 문제를 타진하는 국제 세미나를 열기도 했지.

그렇지만 하용조 목사님은 딱 한 번, 목사님들의 모임인 어느 세미나 자리에서 강연 위촉을 받았을 때 본 적이 있었거든. 하용조 목사님과 첫 대면을 했을 때 네 이야기를 하는 거야. LA에서 너를 만났고, 너를 위해 기도했다고 말이야. 그러니까 네가 갑상선암으로 절망에 빠져 있었을 때 너에게 빛을 준 분, 위안을 준 분이 바로 하용조 목사님이셨던 거지.

너에게 언뜻 들었지만 그분이 하용조 목사님인 줄은 미처 몰랐어. 감사하다고 악수를 나눈 뒤 목사님과 상담을 하는데 이런 말씀을 하시더라구. 어느 강연에선가 "왜 선생님은 기독교를 믿지 않습니까?"라는 질문을 받고 "원래 너무 사랑하는 사람과는 결혼하지 않는 법이지요"라고 농담 비슷하게 넘겼다는 이야기를 들었는데 그 뜻이 무어냐고.

나는 그 말을 듣고 좀 당황했어. 한 신학대학의 문화 강연에서 했던 말인데, 그 학생의 질문에 진지하게 답하다가는 논쟁이 벌어질 것 같아 농담으로 넘겼던 거야. 근데 그 이야기가 돌고 돌아서 하 목사님 귀에까지 들어갔던 모양이야. 목사님이 그 말을 기억하고 나에게 되물었던 거지.

아무 뜻 없이 한 소리지만, 사실 그 말 속에는 진실이 숨어 있었던 거야. 나는 어렸을 때부터 문학작품을 많이 읽었어. 처음에는 이 작가가 좋다가도 다른 작가를 만나면 또 그 작가가 좋아지더라구. 톨스토이의 『부활』을 좋아했는데 도스토옙스키의 『죄와 벌』을 읽고는 완전히 그쪽으로 마음이 기울었던 거야. 여기서 끝나지 않았어. 생텍쥐페리, 앙드레 말로 같은 행동주의 작가들 그리고 카뮈, 사르트르 같은 실존주의자들…… 사실 문학의 유행이라고 하는 것은 바람에 갈대야. 지조가 없어. 오죽하면 문학의 독자들을 농사꾼, 즉 한곳에서 수확하는 사람들이 아니라 여기저기 돌아다니면서 풀을 뜯고 다니는 양떼들이라고 하지 않니.

문학이 종교였다면 큰일 날 소리야. 아마 개종을 수백 번은 할 거야. 우리가 작가를 사랑하는 것은 종교가 아니야. 팬

들은 신도가 아니라구. 만약 팬이 작가의 신도가 된다면 야
단날 일이야. 작품을 읽고 그 주인공을 맹목적으로 따르다가
자살한 사람이나 집 나간 사람들도 더러는 있어. 문학이 종
교가 되면 안 돼. 그 말을 했던 거야. 성경을 단순히 문학작
품으로만 읽을 수가 없었지.

　나는 어렸을 때 교회에 잘 나가지 않았지만 성경은 열심히
읽었어. 「마태복음」 7장 7절과 「누가복음」, 구약의 아름다운
「시편」. 그런데 그건 문학작품과는 달리 가슴과 머리를 치는
것이 아니라 나를 삼켜버릴 듯이 온몸에 전류처럼 흘러. 나
는 그걸 두고 정말 사랑하는 사람과는 결혼하지 못한다고 말
했던 거야. 그때 나는 하늘의 신부라는 말을 듣지도 못했을
때니까 진짜 사랑하는 사람과는 종교 관계가 되어버리고 여
자라면 하늘의 신부로 자기 자신을 생각하지 지상의 남편,
한 남자를 섬기는 아내라는 생각은 들지 않을 거야.

　하용조 목사가 그 말뜻을 몰라서 나에게 물었겠니. 그는
내게 은근히 자기 의견을 내비친 거야. '이제는 정말 사랑하
는 사람과 결혼을 하시지요'라고.

　너도 잘 알잖니, 하용조 목사님의 미소, 그 어린아이 같은
웃음 말이야. 설교 백번을 하는 것보다 하용조 목사님의 웃
는 모습 한순간이 크리스천 메시지라구. 목사님은 그 아픈
투석을 하면서도 교단에 올랐지. 나도 목소리가 크지만 목사

님에 비하면 어림도 없어. 그건 사람의 힘이 아니야. 나는 그 끌리는 힘에 따라간 것이 아니라 늘 도망치려 했어. 하 목사님의 경우도 마찬가지야. 강원용 목사와 삼사십 년을 가까이 해도 내가 기독교인이 되지는 않았었는데, 불과 몇 초 동안에 아무리 끌린다고 해도 크리스천이 되겠니. 도망쳐버린 거야.

그런데 네 입에서 하 목사님 이름을 들었을 때 조금 당황했어. 이미 너에게 뭐든 해주겠다고 약속을 했잖아. 마치 무슨 동화에 나오는 신선이나 요정처럼 말이지. 그럴 능력도 없으면서 뭐든 이야기해라, 다 들어주겠다, 이런 무책임한 말을 하고 도망칠 수는 없잖아. 내 대답은 "그래, 만나게 해줄게"였지. 네가 너무 좋아서 비명을 지를 때 또 한 번 나는 가슴이 덜컥했다. "목사님이 거절하면 어쩌나. 바쁘신 분이라는데……."

하지만 너의 소원이 거짓말처럼 이루어지고, 엄마 아빠 너 이렇게 셋이서 하용조 목사님을 뵙게 되었지. 목사님을 중심으로 우리 가족은 서로 손을 잡아 둥그런 원을 만들어 목사님의 기도를 들었어. 네 엄마는 모태 신앙자이지만 무슨 일이 있었는지 교회를 다니지 않아. 가끔 찬송가는 들었지만 외할머니가 돌아가신 뒤에는 성경도 읽지 않고 찬송가도 잘 부르지 않아. 그런데 그날은 널 위해서 손을 잡고 기도를 드렸어.

사랑의 종류 중에 '스토르게'라는 게 있어. 가족적 사랑이라는 뜻이야. 가장 이상적인 것이 신에 대한 사랑인 '아가페'지. 나는 스토르게가 좋았어. 하질이어도 그게 내 세속적 삶의 원동력이었지. 가족이 없다고 생각해봐. 일탈을 일삼던 그 젊은 문학청년이었다고 생각해봐. 모처럼 우리 셋이, 마치 네가 결혼하기 이전에 한 식구로 살았을 때처럼 정말 기뻤다. 하나님의 축복이 같이하신 거지. 다만 내가 모르고 있었던 것뿐이야.

오랜만에 만난 아빠보다도 하용조 목사님을 만날 때 너는 더 환하게 웃고 반가워했지. 조금은 섭섭했어. 나에 대한 사랑과 하 목사님, 그리고 하나님에 대한 사랑이 결코 같은 것이 아니라는 것을 인정해야 했는데 쉽게 동의할 수가 없었던 거지. 나는 세상에서 제일 큰 사랑이 스토르게, 가정이라고 생각했기 때문이야. 어쨌든 내가 하나님을 찾아가는 그 길목의, 마일스톤 중의 하나가 가족이었다는 것, 아내와 딸에 대한 사랑이었다는 것을 부정할 수는 없지. 이렇게 해서 하용조 목사님과의 인연이 생기기 시작했다.

나는 사실 교회에서 이런 말 쓰는 것을 좋아하지 않아. 스타트 업(start-up). 이건 미국의 벤처기업들이 잘 쓰는 말이잖

아. 우리는 벤처기업이라고 하지만 미국에서는 스타트 업이라고 해. 구글, 애플, 다 작은 창고에서 기업을 시작한 거야. 물론 비유로 하는 소리이지만 전략, 구세군, 하나님의 병사같이 종교를 전쟁에 빗대는 것, 돈 버는 기업에 빗대는 것이 싫었어.

한번은 하용조 목사님이 나에게 부흥회 때 강연을 해달라고 하잖아. "저는 하나님 안 믿는데요" 하니까 "네, 바로 그 말씀을 해달라는 겁니다. 왜 하나님을 믿지 않는가." 굳게 닫혔던 내 마음이 하용조 목사님으로 해서 조금씩 조금씩 열리기 시작한 것을 그때는 스스로도 눈치채지 못했다. 그리고 낙타의 눈물이라는 엉뚱한 이야기를 온누리교회에서 했어. 하 목사님과 처음 나누었던 이야기 주제와 비슷한 것이었지. 낙타는 그 유명한 니체의 비유에도 나오고 성경에도 나오잖아. '낙타가 바늘귀를 통과하는 것이 부자가 하늘나라에 들어가는 것보다 쉽다'라고 말이야. 성경의 이 구절이 잘못 번역된 이야기라고 해서 조금은 논쟁도 있었던 대목이야.

그런데 내가 그때 한 낙타 이야기는 조금 달랐어. 본능적으로 짐승은 자기 새끼를 사랑해. 동물에게 영혼이 있는지는 몰라도 분명히 사랑은 있어. 새끼를 위해서 목숨을 바치니까. 그런데 이 사막에 사는 낙타는 환경이 너무 거칠어서 그런지 새끼를 낳고도 피곤하면 젖을 물리지 않는 거야. 새끼가 근

처에만 와도 밀어내. 결국 낙타 새끼는 죽고 말겠지. 그런데 신기하게도 마두금(몽골의 전통악기)을 울리면 눈물을 뚝뚝 흘리며 젖을 물린다는 거야. 예술의 한계라고 고백했지. 잃어버린 사랑을 일깨워서 눈물을 흘리게 하고 젖을 먹이게 하는 것이 마두금이라는 악기의 노래야. 예술이지. 그러나 사랑을 일깨울 수는 있어도 그게 사랑 자체는 아니야. 예술가는 사랑을 줄 수 없어. 독자의 가슴에 있는 희로애락을 꺼낼 수는 있지만 그 마음, 그 영혼을 주지는 못하는 거야.

그 애기를 했어. 예술가의 한계, 문학의 한계, 그것을 뛰어넘어야 하는데 나는 아직 문학, 예술 이상의 것을 발견하지 못했다고. 그러니까 나에게는 기독교도 종교가 아니라 예술이고 성경은 문학작품이라고. 예수님은 시인이고 위대한 소설가야. 나쁜 뜻은 아니지만, 하나님의 아들로 연극을 하신 거잖아. 때로는 비극의 주인공으로, 때로는 희극의 영웅으로. 그때만 해도 그렇게 생각했을 때야.

네가 암으로 마치 사형을 선고받은 사형수처럼 이 땅에 돌아왔을 때 너를 병의 사슬로부터 자유롭게 한 사람이 바로 하 목사님이었잖니. 우리가 찾아가자 목사님은 그날 저녁 일정을 모두 취소하고, 너를 위해 정말 지극한 기도를 하셨잖아. 본인이 너보다 더한 병을 앓고 계셨는데도 너를 구원해

달라고 말이지. 그때 나는 일본에서 하 목사님께 세례를 받았기 때문에 처음 목사님을 만났을 때와는 전혀 다른 마음이었어. 우리는 하 목사님과 함께 경건한 기도를 올렸지.

기억나니? 하 목사님과 함께 일식집에서 저녁식사를 할 때 춥다고 하셨잖아. 사실 그 방은 춥지 않았어. 겨울도 다 가고 이른 봄이었으니까. 한 번도 그런 적이 없었는데 그렇게 추위하시는 모습을 보고 나는 많이 놀랐어. 그래도 목사님은 담요를 뒤집어쓴 채 얼마나 유쾌한 대화를 나누셨니. 온몸을 담요로 감싼 모습은 양 떼를 모는 유목민의 모습이었어. 평소 같으면 웃음이 나왔겠지. 그런데 목사님은 정말 광야에 서 있는 목자 같았다.

그게 마지막으로 본 목사님의 모습이었어. 내가 하 목사님을 처음 본 그때도 너와 함께였고 마지막으로 본 것도 너와 함께였구나. 그리고 보름 후인가, 아니 그전이었던가. 하 목사님이 돌아가셨다는 이야기를 듣고 교회에 문상을 간 것도 너와 함께야. 천리 밖에 멀리 떨어진 너를 한 번 보려면 여간한 기회가 아니면 안 되었는데. 이렇게 바다를 건너와서 그 짧은 시간에 문상까지 함께 할 수 있었던 것은 우연이라고 생각지 않아.

그런데 내가 또 사고를 쳤어. 교회 앞 건널목에서 초록색 신호등이 막 꺼지려고 하는 거야. 네가 환자라는 생각을 못 하고서 본능적으로 급히 뛰어서 나 혼자 건너가버린 거야. 너는 아프고 기운이 없어서 나를 뒤쫓아오지 못했지. 아차 싶어 뒤돌아보니 너는 신호등에 막혀 우두커니 길 건너에 서 있는 거야. 아차 싶었어. 건널목을 사이에 두고 우리는 서로를 바라보았지.

그 작은 이별, 너와의 거리. 아무리 아파도 너의 아픔을 대신해줄 수 없는 그 거리. 죽음은 혼자서 겪는 외로움이라는 것을, 대신해줄 수 없는 것이 죽음이라는 것을. 나는 우두커니 서서 신호등이 바뀔 때까지 너를 기다리고, 너 역시 신호등을 기다리면서 나를 바라보고 있었다. 너는 그 길을 건너 나에게로 오지 못했고, 나 역시 다시 되돌아가지 못하고. 그 거리가 천리 만리라는 것을 어렴풋이 감지했었지.

하 목사님의 죽음을 통해서 너와 나의 죽음을 생각했던 거야. 그래, 하 목사님의 일주기 때 나는 온누리교회에서 시 한 편을 읽었어. 하 목사님의 추모시인데, 길 건너 우두커니 서 있던 너의 모습과 담요를 쓰고 있던 하 목사님의 모습이 오버랩되더구나. 사실 기독교인들의 장례식처럼 모순적인 것이 없어. 하늘나라로 간 것이 아니냐. 그곳은 천국이라고 했잖아. 그리고 모두들 천국에 갔다고 그래. 그러면서 우는 거지. 괴로운 죄악의 땅에서 이제는 순결한 몸으로 주님의 곁에 간 것인데 할렐루야 박수를 치고 만세를 부를 일 아니니. 그런데 왜 슬픈 거야. 믿음이 부족한 거야? 아니면 천국을 부정하는 거야? 아니면 사후 세계를 의심하는 거야?

엠비볼렌스(ambivalence), 이중의 마음을 심리학자들은 이렇게 부르지. 그래서 「오늘만 울게 하소서」라는 시를 쓴 거야. 항상 우리가 겪고 있는 시간은 오늘이지. 오늘만 울게 하소서라는 것은 영원히 되풀이되는 그 오늘을 울게 해달라는 이야기이기도 해. 내일은 천국이니까 살아 있는 오늘, 이 지상에서는 계속 울게 해달라는 뜻이었어. 이 시는 어디에도 인쇄되지 않았고 그날 내 시를 들었던 분들도 잘 기억하지 못할 거야. 그래서 이 편지에 다시 실어 너에게 보낸다. 오늘 굿나잇 키스에는 아주 슬픈 눈물이 담겨 있어. 굿나잇, 내 딸아. 그리고 나에게 가장 정한 물을 머리에 뿌려주신 하 목사님께도 굿나잇 키스를 보낸다.

오늘만 울게 하소서

일 년은 열두 달, 삼백육십오 일
철이 들며 배운 것인데
아무리 해도 날짜를 잘 계산할 수가 없습니다

님이 떠나신 지 오늘 한 해가 되었다는데
바로 어제 같고 혹은 먼 신화의 연대 같은
기억의 착시 속에서 갑자기 끊긴 생명의 합창
음표와 음표 사이의 긴 자리에 서서 기다립니다
미처 함께 부르지 못한 나머지 노래를 위하여

그래도 우리는 언제 어디에서고 만납니다
목마른 날이면 새벽 옹달샘처럼 찾아오시고
피곤하여 앉으면 나무 그늘이 되어 함께 쉽니다
뙤약볕 8월의 대낮 속에도
동짓달 문풍지 우는 긴 밤에도
우리의 눈물 자국과 때로는 긴 탄식
그리고 기도의 시간

창세기에서 요한계시록까지
성경을 펴면 님의 모습이 보입니다
하지만 길 건너편 분명 당신을 보고
급히 횡단로를 건너가보면
아, 단지 가로등 그림자일 뿐
당신은 아무 데도 계시지 않습니다
어디에나 있고 또 어디에도 없는 당신

님을 찾아 돌아다닌 한 해가 되었는데

우리는 얼마나 날이 갔는지조차 기억할 수 없습니다

다만 주님의 한마디 말씀

"나는 부활이요 생명이니 나를 믿는 자는 죽어도 살겠고

무릇 살아서 나를 믿는 자는 영원히 죽지 아니하리니

이것을 네가 믿느냐"

"예! 믿습니다"라고 말하면

그 끊겼던 생명의 노래가 다시 울리고

눈물이 마른 샘에서 백합꽃이 피어나는 웃음을 듣습니다

님은 우리의 아침이고 우리의 생명의 약속인 줄 아오나

용서하소서

다만 오늘 하루만 당신을 생각하며 울게 하소서

8.

노
을
종

너의 마지막 밤

밸런타인데이였다. 사실 나에게는 젊은이들의 풍속이고, 내가 사랑을 하던 젊은 시절은 밸런타인이란 말은 고사하고 초콜릿이라는 말도 제대로 듣지 못한 때였어. 나와는 인연이 없는, 이름조차도 생소한 날이지. 과자라고 해봐야 미군 전투 식량인 시레이션(C-Ration)에서 나온 캔디뿐이었어. 캔디가 동그랗다고 해서 곧 눈깔사탕이라고도 했어. 참 무식하지만 정감이 간다. 눈도 아니고 눈깔이라는 토속적인 말이 붙은 눈깔사탕을 먹는 것은 눈깔을 씹어 먹는 거잖아. 아이들이 순수하다고 하지만 이런 잔인한 말들을 즐겨 쓰는 것 같아. 영국에서 아이들이 부르는 동요인 〈마더구스Mother Goose〉 같은 것을 봐도 종달새 목을 댕강 썰고, 비틀고 하는 별의별

이야기가 다 나와. 그러니까 아이들이 천사 같다고 하는 말은 낭만주의자들 이야기이다. 사실 현실주의의 눈으로 보면 아이들은 똑같은 말을 해도 캔디를 눈깔사탕이라고 부르잖아. 아이러니야.

곱게 포장된 초콜릿을 보고 있자니, 정말 서양 냄새가 물씬 난다. 초콜릿은 알맹이보다 그것을 싼 금박지와 케이스가 환상적이잖아. 어떤 경제학자가 실제 들어간 칼로리를 계산해보았더니 먹는 초콜릿보다 그것을 싼 상자 값이 더 비싸다는 거야. 연료로 계산해볼 때 칼로리가 더 많이 들어갔다는 거지. 어쩌다가 미국에서 온 사람들이 선물로 초콜릿을 주는 경우가 있어. 그때도 클래식한 문양의 귀족태가 나는 그 상자를 황송한 마음에 버리지 못했던 기억이 난다.

그런데 요즘은 어린아이들도 초콜릿을 사서 자기가 사랑하는 사람에게 보내는 거야. 그게 밸런타인데이지. 오늘날과 같이 밸런타인데이에 대한 어떤 전설, 그리고 성인의 기념일로 변모하게 되는 그 과정을 보면 옛날에는 전혀 그 근거가 없었고, 오늘날 말하는 2월 14일의 밸런타인데이는 15세기 이후에 만들어진 이야기라는 것이 거의 정설이야. 그래서 교회나 종파에 따라서 발렌티누스라고 하는 인물의 실존을 인정하지 않거나 인정한다고 하더라도 세인트(saint)를 붙이지 않아. 정식 성인으로 추서를 받은 적이 없기에 밸런타인데이는 종교적인 날이 아니라 세속적인 사랑의 기념일로 만들어졌다는구나.

그리고 원래 2월 13, 14, 15일, 삼 일 동안은 로마의 풍요와 건강을 기원하는 루페르칼리아(祭日) 축제일이야. 그 루페르칼리아제는 이교도들의 축제일이고 더구나 늑대나 양, 심지어 사람을 바치는 이교도들의 제일이기 때문에, 연인들의 사랑과는 전혀 관련이 없는 행사였는데 기독교의 한 성인을 추도하는 날로 변하게 되었다는 거야.

꾸며낸 이야기라도 좋구나. 밸런타인이 감옥에 있었을 때 간수의 딸이 눈이 보이지 않았다. 그런데 간수의 딸이 감옥에 있는 밸런타인을 방문하여 설교를 듣고는 눈을 떴다는 거야. 이 기적에 의해 그녀의 가족이 전부 기독교인으로 전향을 했다. 이 일로 화가 난 로마 황제는 밸런타인을 처형하게 되지. 처형 전날 그가 눈을 뜬 딸에게 "너의 밸런타인으로부터"라고 서명해서 편지를 보냈다. 이 이야기가 후에 전해져 고대 로마에서 순교한 밸런타인을 애도하는 뜻에서 사랑의 카드나 꽃을 보냈다는 말이 전해지는구나. 사실 여부는 확인할 수 없지만 딸의 눈이 보이게 된 기적으로 가족들이 기독교로 전향했다는 그 대목에서 밸런타인이 결코 멀지 않게 느껴졌어.

고대 로마 밸런타인의 순교 이야기가 사실이든 아니든 나에게 감동을 주었다. 물론 내가 알고 있는 이 이야기도 밸런타인데이의 유래에 관한 수많은 이설, 속설 중 하나이겠지. 하지만 셰익스피어의 희곡 『줄리어스 시저』에도 루페르칼리아가 등장하니, 이와 관련해 밸런타인데이가 생겨난 과정 자체를 완전히 허구라고만은 볼 수 없을 거야.

나는 초콜릿에 별로 관심이 없는 사람이지만 밸런타인데이만큼은 아니었어. 네가 힐튼 호텔에 머물고 싶다고 해서 가장 향이 좋은 방을 골라 너희 부부가 머물도록 했잖니. 밸런타인데이를 즐기라고 말이야. 그리고 나는 서프라이즈로 호텔을 예약해둔 것만이 아니라 너희들이 있는 동안 기쁘게 해주려고 가장 아름다운 꽃을 주문해서 저녁에 보내도록 짜뒀던 거야.

초인종이 울리면, 너희들은 호텔 직원인 줄 알고 문을 열겠지만, 그때 바로 아름다운 꽃이 배달되는 거야. 사랑의 날 밸런타인데이에 말이야. 기대하지 않았던 아버지 어머니로부터 별안간 꽃이 배달되었을 때 네가 기뻐할 모습을 상상하면서 나는 더 큰 기쁨을 느끼고자 최고로 좋은 꽃다발을 보냈던 거란다.

가까운 시내 호텔에서 네 엄마와 저녁을 먹고 너에게 갈

때쯤이면 이미 꽃이 도착했을 텐데 너에게 전화가 오지 않더구나. 나는 서프라이즈의 의미가 무색해지는데도 더는 참지 못하고 너에게 전화를 걸고 말았지. "꽃 아직 도착 안 했니?" 하고 물으면, "응, 그러지 않아도 전화할 참이었어. 너무 멋있어"라는 대답이 돌아올 거라 기대했지. 그런데 "아니, 아무것도 안 왔는데?"라는 네 대답을 듣고 네 엄마와 다시 상의했지. "배달 사고가 났나 보다. 이미 꽃을 보냈다고 얘기까지 해뒀는데 배달이 늦게까지 안 오면 얼마나 실망하겠어. 좋아, 그럼 호텔에서 사 가자." 같은 꽃이라도 호텔에서 파는 꽃은 비싸잖아. 호텔 안에 있는 꽃집에서 네가 좋아할 만한 꽃들을 전부 사서 간 거야. 그런데 그사이 내가 보낸 꽃이 배달되었고, 또 엄마 아빠가 호텔에서 사간 꽃다발까지. 너는 결국 두 개의 꽃 선물을 받게 된 거지.

이제는 꽃 이름도 기억이 안 나. 그러나 그 향기는 아직도 머릿속에 흔적을 남기고 있지. 오죽하면 네 엄마는 그중 몇 송이를 뽑아 책갈피 속에 넣었단다. 그걸 일본말로 오시바나(おしばな)라고 한단다. 야생화를 꺾어 책 속에 집어넣으면 곧잘 말라서 책갈피로 변신해. 영원히 시들지 않는 꽃이 되는 거야. 어쩌다 옛날 책을 뒤지다가 이 오시바나, 야생화를 말린 드라이플라워가 나오면, 그 책을 읽었던 몇십 년 전의 젊은 시절이 떠올라.

그날 밤 엄마 아빠, 그리고 너희 내외가 창가에서 내려다본 서울의 밤은 너무도 아름다웠어. 저 반짝이는 불빛은 등불이 아니라 별들이 내려앉은 거라는 통속적인 표현이 더 어울렸던 그런 밤이야. 모든 등불이 너를 위해서, 네가 사랑하는 사람을 위해서 빛나고 있는 것 같았다. 꽃을 끌어안고 기뻐하는 네 곁에서 나는 겉으론 웃었지만 속으로는 울고 있었단다. 내 딸에게 이 기쁨의 밸런타인데이를 영원히 365일 동안 주소서. 내일도 모레도 밸런타인데이로 시간이 멈추게 하소서.

밸런타인데이 다음 날이었어. 회의를 하고 있는데 너에게 전화가 온 거야. 나는 얼른 밖으로 나가서 전화를 받았지. 너는 평소 같지 않게 "아빠……" 하고 머뭇거리는 거야. 네가 아파서 응급실에라도 간 줄 알고 "뭔데?" 하고 놀라서 물었더니, "나 하루 더 있어도 돼?"라는 거야. 나도 모르게 버럭 소리를 질렀지. "야, 더 있고 싶으면 얼마든지 있으면 되지, 뭣하러 나에게 전화를 걸어. 당연하지. 내일도, 모레도, 더 있고 싶으면 계속 있으란 말이야."

나는 네가 호텔비를 염려해 아빠에게 미안해하며 거는 전화가 너무나도 안쓰럽고 야속했어. 그까짓 돈이 뭔데. 왜 주눅 들어서 하루 더 있으면 안 되냐고 묻는 거야. 그때 네가 미안해하던 목소리가 아직도 귀에 쟁쟁하다. 돈이라는 게 도 대체 뭐니? 돈 때문에 사랑하는 사람들이 헤어지기도 하고, 원수가 되기도 하고. 또 그걸 버느라고 사랑하는 사람을 팽 개칠 수도 있고, 우리를 주눅 들게 만들고 사랑을 산산조각 내는 그 돈. 남들이 다 좋아하는 그 돈 말이다. 나라고 별수 있겠니? 겉으론 초연한 척하지만 돈이 얼마나 나를 주눅 들 게 하고, 비굴해지게 하는지. 또 그걸 갖기 위해 거짓 웃음을 지어야 하고…… 이 세상에 매소부 아닌 사람들이 어디 있겠 니. 돈 때문에 모두 웃음을 팔아. 진정을 파는 거야.

그러나 네가 하루 더 묵어도 되냐고 물었을 때 내 마음은 정말 돈 같은 건 무시할 수 있었어. 내가 저금해둔 돈, 네가 다 가져간다고 해도 조금도 아까울 것이 없다. 아버지 돈인 데 왜 눈치를 보니. 그것은 사랑하는 사람들을 위한 것이야. 사랑이란 돈보다 훨씬 귀한 것이라는 걸 나는 비로소 깨달 았어.

그 뒤 한 달이 지나 너는 밸런타인데이의 행복했던 밤을 다시 보내고 싶어 했어. 그때 바로 그 방에 머물고 싶다고 했 지. 나는 똑같은 방을 예약해주었어. 그러나 너는 호텔에서 머물다가 병세가 갑자기 악화되어 응급실에 가서 복수를 빼내고 여러 가지 응급조치를 했지. 엄마 아빠는 바로 돌아온 네가 좀 더 편히 쉴 수 있는 기독교의 시설로 옮기자고 했고 너도 동의를 했다.

조금 떨어진 시골에 좋은 곳이 있다고 해서 그 시설에 들어갈 수 있도록 준비하고 있었어. 그게 바로 네가 실려 가기 하루 전날이었고, 그다음 날 밤 우리는 새벽 세시에 응급실로 향하던 기사로부터 전화를 받게 된 거야.

너는 이미 의식을 잃은 상태였고, 네 남편도 한국말을 못해서, 구급차 기사가 한밤중에 우리에게 전화를 걸었던 거야. 그다음 이야기는 하지 않겠다.

생각하기도 싫은 장면들이야. 이상한 소리를 내는 기계를 너의 가슴에 대고 심폐소생을 하던 그 끔찍한 장면을 나는 두 번 다시 떠올리고 싶지 않다. 차라리 눈으로 보지 말 것을. 꽃다발을 안고 기뻐하던 모습의 다음 모습을 영영 몰랐더라면 얼마나 좋았겠니. 그래도 이 말을 하는 것은 당시 어떤 위안을 받았던 일이 생각났기 때문이란다.

사실 응급실에서는 운명을 한다고 해도 다른 데로 옮겨 갈 수가 없어. 그럴 방도 없고 그럴 시설도 없어. 왜냐하면 응급실에서 생명을 유지하기 위해 설치한 장치들을 뗄 수가 없으니까 다른 병원으로도 다른 병실로도 옮길 수가 없는 게 운명하기 직전의 응급실이야.

그러나 나는 너를 그렇게 보내고 싶지 않았다. 사랑하는 사람들이 지켜보는 가운데 마지막 숨을 거두기를, 그리고 그 순간에 하나님의 은총이 있기를 바랐지. 우리 서로가 다시 만날 것을 확신하면서 너를 떠나보낼 의식이 필요했던 거야.

나는 너를 그 응급실에서 보내지 않기 위해서 사방에 전화를 걸었지. 그리고 영안실이 아닌 특별히 환자를 위해서 만들어진 시설을 찾아낸 거야. 거기로 널 옮길 수 있다는 거였지. 사람들이 앉을 수 있을 만큼 넓은 방에 휴게실도 있었어. 다행히 장치들도 함께 옮길 수도 있다고 했어. 나는 너를 떠나보내면서 절망했지만, 최소한 조용한 장소에서 찬송가를 부르고 기도를 하며 사람들의 안타까움 속에서 너를 보내는 의식을 치를 방이 주어진 거야.

나는 잠시 하나님을 원망했다. 주님을 위해서, 그 아픈 몸으로 훈우 또래의 젊은이들을 위해서, 방황하는 땅끝 아이들을 위해서 기도를 드렸던 너의 정성이 안타까웠던 것이다. 병들었음에도 여전히 하나님을 위해 사역해야 하는 너의 그 검불 같은 야윈 몸에서 무엇을 더 가져간단 말이니. 차마 애처로워 무엇을 더 네 몸에서 거둬갈 수 있었겠니. 정말 하나님이 존재한다면 이렇게 너를 세상으로부터 데려갈 수 있겠는가. 아무리 성경을 읽고 또 읽어도 납득할 수가 없었어.

그 조용한 방, 새벽이 지나고 밝은 햇빛이 비치는 그 방에 서른 명도 더 되는 사람들이, 정말 네가 사랑하던 사람들이 모두 모였어. 그 속에서 너는 하늘의 신부로서 조용히 이 세상을 떠났다. 그때 나는 하나님을 원망하던 나 자신이 부끄러웠고 비겁하다고 느꼈어. 당사자인 너는 하나님을 원망하지 않고 하늘의 신부 옷을 입고 지상을 떠났는데, 신앙심이 부족한 나는 주님에 대해 욕된 생각을 잠시나마 했던 거야.

밸런타인데이, 이름부터 생소했던 그날, 너에게 꽃을 바쳤던 나의 마음과 하루 더 있고 싶어서 눈치를 보았던 너. 그게 사랑하는 사람들 사이에서 벌어지는 현실 속의 아이러니야. 그전에도 그 뒤에도 나에게 밸런타인데이는 없어. 화이트데이도 없고. 가끔 다인이가 초콜릿을 가지고 오기도 하고 화이트데이, 빼빼로데이라고 내가 일본에 있을 때 과자 선물을 보내오기도 하더라. 나는 한 번도 그게 사랑의 선물이라는 것을 실감하지 못했어.

초콜릿이 아니라 작은 돌멩이라도, 지극히 목숨처럼 사랑하는 사람에게 뭔가를 주고 기억하는 날이, 정말 그런 날들이 나에게도 많이 있었으면 좋겠다. 네가 그토록 기뻐하던 날을, "아빠 하루만 더 있으면 안 돼?"라고 했던 그 한마디 때문에 나는 마음에 화상을 입을까봐 영영 묻어두고 말았단다.

"아빠 여기 하루 더 있어도 돼?"

호텔비가 뭐길래

그렇게도 작은 목소리로

너 전화했느냐.

아픔을 잊는 곳이라면

불면의 밤이 범할 수 없는 곳이라면

백날이고 천 날이고 어떠냐.

너 그곳에 있거라

그까짓 호텔비가 뭐길래.

이제는 다시 전화 걸 일 없는 너.

그런데도 전화벨이 울리고

수화기를 들면

네 목소리 들려온다.

"아빠 나 여기 하루 더 있어도 돼?"

숙박비 걱정할 곳이 아닌데

들려온다. 오늘도 너의 목소리

백날이고 천 날이고 좋다.

너 그곳에 있거라.

아니지 참 네가 있는 곳은

나그네들이 묵고 가는 숙소가 아니다.

나보다 크고 넓은 아버지가

거기 계시니

돈 걱정 말고 그 품에 머물거라.

지금 약속할게. 네가 다시 올 수만 있다면 하루가 아니라 삼백예순날이면 어떠냐. 서울 밤 풍경이 별처럼 빛나는 날, 사랑하는 사람과 함께 거기 있거라. 이게 너에게 해주지 못한 말이야. 그 전화에 대고 이렇게 말할걸…… 이제야 이 시를 전한다. 굿나잇 키스와 함께.

네가 나에게 가르쳐준 그 모든 것

너를 잃고 나자 그렇게도 멀리 있던 죽음이 나의 곁에 불과 몇 센티미터만을 남겨두고 다가오더구나. 내가 어렸을 때 읽은 빅토르 위고의 작품 가운데 이런 글을 보고 고민했던 적이 있어. 아주 간단한 에피그램이었다.

오늘의 문제는 무엇인가. 싸우는 것이다.
내일의 문제는 무엇인가. 이기는 것이다.
모든 날의 문제는 무엇인가. 죽는 것이다.

어린 나에게도 싸우는 것과 이기는 것은 충분히 이해가 가는 말이었어. 그런데 마지막이 마음에 걸렸던 거야. '모든 날의 문제는 죽는 것이다.' 죽음을 생각하기에 너무 어린 나이였지만, 그 말이 목구멍에 걸린 가시처럼 잘 넘어가지 않더구나.

이 짧은 말이 두고두고 오늘까지도 기억 속의 흔적으로 남아 있는 것, 바로 죽음이라는 단어 때문이다. 반복컨대 '메멘토 모리(Mementomori)'라는 것이 나의 좌우명이었어. 처음 이 라틴어를 대했던 순간부터 오늘에 이르기까지 한 번도 기억에서 사라지지 않았던 말이 '모리', 즉 죽음이었지.

너를 잃고 본격적으로 나에게 다가온 말이기도 해. 훈우 일을 겪고 나서 이미 죽음은 나에게 일상의 것이 되었다. 매일 밥상 위에 오르는 문제가 된 거야. 더 이상 남의 문상 갔을 때 향불 피우고 절하는 그 영정 속 세계가 아니라 바로 내 문제가 되었다는 거다. 늘 갖고 다니는 휴대폰처럼 벨소리가 울리는 일상이 되어버린 거야.

그리고 네가 떠난 뒤부터 생명의 문제, 출생의 문제, 죽음의 문제가 내 글쓰기의 주요 테마가 된 거야. 원래 문학은 악마와 천사의 합작이라고 하지 않더냐. 내 옛날의 문학이 그랬으니까. 그런데 지금은 분명해졌어. 생과 죽음이라는 주제가 철학이나 종교에서 다루는 것과는 또 다른 문학적 차원에서 새로운 과제로 떠오르게 되었고, 거기에서 나는 생명 자본주의에 관련된 씨름을 시작했지. 그것은 아주 지루하고 끝이 없는 토론과 같은 거야. 재미도 없고 매력도 없어.

난 톨스토이의 『이반 일리치의 죽음』을 다시 읽고 그것을 주제 삼아 강연을 하기도 했어. 죽음 앞에서 절망했던 이반 일리치가 죽음의 터널 끝에서 아주 작은 빛을 본 것은 위대한 기억, 심오한 철학이 아니었지. 그건 종교라고도 할 수 없는 작은 사랑이었어. 지극히 이기적인 삶 속에서 의례적인 상복, 그 이상의 슬픔을 모르는 가족들 가운데 평소에 무뚝뚝했던 아들이, 야위고 망가지고 고통 속에서 신음하는 아버지가 너무도 안되고 딱한 마음에 그 가녀린 손을 잡고서 눈물 한 방울을 떨어뜨리지. 이 눈물 한 방울이 죽음의 어둠 속에서 빛이었고 위안이었고 죽음을 넘어서는 가장 큰 힘이 되어주었던 거야.

나는 이제 너의 죽음에 대해서 더 이상 말하지 않아. 그만큼 죽음이 내 앞으로 가까이 다가왔기 때문이야. 추상명사가 아니라 물건 이름처럼 손으로 잡을 수 있고, 냄새를 맡을 수 있고, 던지면 깨질 수 있는 유리그릇 같은 아주 구상적인 명사로 죽음은 그렇게 내 앞으로 온 거야.

우선 나 자신부터 용서하는 법을 배우기 시작했어. 내가 나를 스스로 속이는 것에 대한 동정과 위로, 그리고 나의 그 거짓말을 덮어주고 사랑하는 관대함을 배웠지. 나는 나를 미워한 적이 참 많아. 나와 똑같이 생긴 사람, 똑같은 방법으로 살고 있는 사람을 길에서 만난다면 보기 좋게 뺨을 후려칠 것이라고 언젠가 앙케이트에서 답한 적도 있다.

그러나 이제 나는 나의 약점까지도 사랑하게 되었어. 딱해서 그런 거지. 불완전하고 깨지기 쉬운 인간, 그 생명에 대해서 우려와 동정과 끌어안는 사랑의 방법을 조금 터득한 까닭이야.

이 단계가 지나 이제 내가 나를 사랑할 수 있게 되면 자연히 남도 사랑하게 돼. 나는 나 자신을 한 번도 사랑한 적이 없었고, 항상 위험한 짐승을 기르는 것 같은 위태로운 마음으로 떨고 있었지. 너는 복수가 가슴까지 차오르는 그 말할 수 없는 고통 속에서도 끝까지 진통제를 맞으려고 하지 않았어. 아픔을 직면하고 견디며 넘어서는 힘이 있다는 것을 너는 스스로에게 보여주려 했던 거지.

그래, 너는 이겼다. 고통이 조금 가시고 햇빛이 새어 들어오는 틈바구니에서 너는 웃었고 이렇게 말했어. "어제의 마귀는 아주 강했어요. 까딱하면 내가 쓰러질 뻔했는데 새벽이 되면서 내가 이긴 거예요." 자신만만하던 너의 웃음은 새벽의 그 태양빛과 다를 게 없었다. 어둠이 아무리 짙더라도 햇빛 앞에 무너지고 마는 그 아침을 우리는 몇천 번이고 맞이하지 않았니.

아빠는 너의 당당했던, 암세포보다 더 강한 그 힘의 정체가 무엇인지 알기 위해서 마틴 루터가, 키르케고르가 끝없이 위협받던 그 죽음으로부터 어떻게 그것을 이겨냈는지에 대한 그 공부를 하고 있는 거야.

키르케고르의 가족들은 기독교의 한계(서른세 살을 넘기지 못한 예수님의 나이잖니)인 서른세 살을 넘기지 못하고 어머니도 형제도 누이도 다 그렇게 요절했지. 스무 살부터 키르케고르는 죽음의 문제와 맞붙어 씨름을 하고 있었어. 기독교인이 되기 전부터 나는 키르케고르의 글을 아주 좋아했다. 선배가 하나 있었는데 그 선배의 졸업 논문 주제가 바로 '죽음에 이르는 병'이었지. 늘 그 문제에 대해서 같이 토론도 하고 함께 작품도 읽었다. 그 철학과 선배는 결국 결혼도 하기 전에 자살하고 말았지만 나는 끝까지 포기하지 않고 팔십까지 살았던 거야.

노을이 종소리로 번져갈 때

사랑이 있으려면 죽음이 없어야 하고, 죽음이 있으려면 사랑은 없어야 한다. 사라져버리는 것을 사랑하는 일은 얼마나 잔인하고 덧없니. 우리는 어째서 아침이슬을 보고 미소 지으며, 저녁노을에서 아름다움을 느끼는 것일까. 사랑하기 때문에 사라지는 것인지 사라지기 때문에 사랑하는 것인지, 잘 모르겠구나. 인간이 인간을 사랑할 수 없는 이유는, 인간이 아침에는 이슬 같고 저녁에는 노을 같기 때문이지. 이것이 내가 믿고 있는 현실이었어. 그러나 내가 훈우와 너를 잃고 난 후에는 이 믿음이 조금씩 바뀌더구나.

인천에 가면 정서진(正西津)이라는 곳이 있어. 강원도의 정동진과 정확히 반대되는 서쪽에 있다고 해서 그런 이름이 붙은 거지. 한국의 베이 브리지라고 할 수 있는 인천대교가 있는 곳이야. 영종도로 가는 인천여객터미널 그곳이 바로 정서진이 있는 곳인데, 아라뱃길의 정점이기도 해. 나는 그곳에 세워질 시비에 시를 써달라는 부탁을 받고 처음에는 거절했었지. 그때 나는 노을이 사라지는 것의 아름다움, 이를테면 죽음과 같은 것이라고 생각했거든. 죽음에 대한 의미가 변하자 곧 노을의 의미 또한 변했지. 결국 나는 시를 쓰기로 결정했단다.

사실 나는 네가 사형선고와도 같은 암 진단을 받고서도 태연할 수 있었던 그 힘이 무엇인지 궁금했어. 물론 너는 갑상선암을 앓고도 기적적으로 치유하고 아이까지 낳은 경험이 있었잖니. 의사도 그랬잖아. 이 세상에는 정말 기적 같은 것이 있다고, 하나님의 은총 같은 초자연적인 힘이 존재한다고 말이야. 너는 그것을 굳게 믿었고, 나는 그런 너를 보며 불신자 특유의 반응을 내비치기도 했지.

그런데 우연히 인터넷에 올라온 의학 세미나에 관한 글을 읽게 되었어. 암 말기에서 생존한 환자들이 의학적으로는 도저히 설명할 수 없는 투병과 치유의 과정을 증언하는 세미나였지. 그 글을 읽고 나서 나는, 조금은 완고했던 과학주의적 회의가 무너지는 것을 느꼈단다. 아마 네가 암에 걸리고 그것을 기적적으로 치유한 일을 벌어지지 않았더라면, 읽지도 않고 지나갔을 그런 이야기가 내게는 큰 충격으로 다가오더구나.

노을에 대한 이야기였어. 평범하다면 평범하다고 할 수 있지. 하지만 일상인이라면 누구나 공감할 수 있는, 정말 진솔한 이야기였어. 처음 암에 걸렸을 때, 이 환자는 혼신의 노력으로 병을 치유하고 결국엔 그것을 극복했다고 했어. 의사의 지시대로 행동하는 아주 모범적인 환자였지. 그런데 얼마 안 있어 암이 재발한 거야. 그녀는 완전히 절망했어. 처음엔 현대 의학에 대한 믿음과 희망을 가지고 열심히 병과 싸워 이겼지만, 암이 다시 재발했을 때는 더 이상 기력이 남아 있지 않았다고 했지. 인간의 능력으로는 절대로 암을 이길 수 없다고 생각한 거야.

그때부터 그녀는 죽음을 맞이하기 위한 준비를 했대. 예금 통장을 비롯해서 묵은 사진들이나 편지, 일기, 아껴두었던 물건들을 하나하나 정리한 거야. 장롱에 옷을 개켜 넣듯, 얼마 남지 않은 자신의 삶을 차곡차곡 개켜서 쌓고 정리하는 일을 매일같이 해온 거지.

그러던 어느 날, 그 여인은 툇마루에 앉아 석양이 지는 것을 바라보았어. 마치 노을을 처음 보는 사람처럼 우두커니 앉아서는, 태양이 산 너머로 사라지며 하늘 전체를 빨갛게 불태우는 풍경을 넋을 잃고 바라보고 있었다는 거야. 노을에 물든 구름을, 조금씩 어둠에 싸여가는 산의 윤곽을. 그것은 마치 죽음을 향해서 온 삶을 불태우는 자신의 마지막 모습과도 같은 것이었지. 어두워져가는 노을의 으스름을 지켜보며 자신의 삶을 바라보고 있었던 거야. 죽음의 검은 손가락이 아주 조용히 다가와 삶의 문을 닫으려는 그때였어. 자신이 살아온 생의 의미가 노을빛에 젖어서 조금씩 사라지는 그 순간, 아이가 '엄마' 소리를 부르며 자기를 향해 달려오더라는 거지. 그녀는 임종과도 같던 최후의 순간을 방해받고 싶지 않았다고 했어. 그녀는 손을 들어 자신에게 달려오는 아이를 막고 말했지.

"엄마는 지금 아주 중요한 일을 하고 있어. 조금만 참아주지 않겠니?"

무언가 말하려고 엄마를 부르며 달려오던 아이는 다음 한마디를 불쑥 던지고 사라지더라는 거야.

"나는 왜 엄마만 보면 뭘 말하고 싶지?"

그 순간 여인의 머릿속에 번갯불 같은 빛이 스치고 지나갔어. '뭔가를 말하고 싶을 때 내가 없으면 저 아이는 누구에게 달려가지?'

아이는 엄마를 향해서 뛰어가 말하고 싶었던 거야. 소통하고 싶었던 거지. 그런데 엄마가 없는 세상에서, 아이는 신기하고 불안하고 슬프고 기쁜 일을 누구에게 말할 것인가 하는 생각이 여인의 머리를 친 거야. 여인은 자신의 생명이 제 것이 아니라 저 아이의 것이라는 걸 깨달았어. 엄마를 부르며 달려오는 아이의 생명과 제 생명은, 마치 햇빛처럼 하나로 뭉쳐서 빛나고 있었던 것이지.

암이 재발한 뒤 가망이 없다고 생각했던 여자의 가슴에는 살고자 하는 의욕이 솟아나기 시작했어. 그날부터 그녀는 마치 아무 병에도 걸리지 않은 사람처럼 행동하기 시작했어. 아이를 돌보고 챙겼던 짐을 다시 풀어서 일상의 날로 돌아갔지. 병이 재발되기 전처럼, 아침에 일어나 저녁에 잠자리로 돌아오는 일상의 시간을 되찾게 되었다는 거야.

그녀는 통원 치료도 제대로 받지 않고, 특별한 약을 먹지도 않았어. 병과 죽음을 거부했지. 대신에 그녀의 생명과 엄마라고 부르며 자기를 향해 달려오는 아이를 사랑하며 열심히 산 거야. 하루하루를 기쁨과 행복으로. 이렇게 그녀는 의사가 내린 선고보다 몇 년이나 더 생존하고 있었어. 그녀는 의사들 앞에서 이렇게 말했어.

"그것을 내 맘대로 포기할 수 없지요. 나는 노을을 본 그 순간부터, 아이가 불쑥 내뱉은 그 말소리를 듣고부터 죽음 같은 것을 더 이상 생각하지 않았습니다. 그리고 한 가지 암을 무서워하지도 않았어요. 아닙니다. 암에 대한 생각을 잊었어요."

어느 생화학자가 말했지. 인간의 유전자를 연구하면 연구할수록, 무언가 위대한 힘(something great)이 우리 생명을 관통하고 있다는 것을 깨닫는다고. 이 여자의 이야기를 읽고 나는 태연하게 죽음을 받아들였던 너를 이해할 수 있었어. 생명을 주재하시는 거대한 힘이 네 곁에 존재했다는 것을 이제야 알게 된 거야.

그래, 당연히 서쪽에서 지는 저녁노을은 내일 아침 불타는 동쪽의 새벽노을이 되는 거지. 그러기 위해선 침몰하는 슬픔을 희망과 기쁨으로 재생하고 부활하는 힘이 있어야 하지. 나는 너의 죽음을 통해서 노을의 그러한 힘을 믿게 된 거야. 저녁노을을 아침노을로 한순간에 뒤집을 수 있고, 길고 긴 어둠을 통과할 수 있는 믿음이 암을 이길 수 있는 힘이었던 거지.

감히 어떤 의술로도 방사선의 위력으로도 막을 수 없는 암세포들 앞에서 너는 태연한 미소를 지었어. 불행한 젊은이들 앞에 서서 희망의 메시지를 전해주는 그 웃음의 성스러움을 통해, 나는 죽음이 삶의 끝이 아니라는 것을 분명히 보았던 거야. 이전까지 나는 노을을 삼키는 어둠이 아침 햇살 속에서 사라지는 어둠이라는 것을 몰랐어. 저 어둠이 아침에 떠오르는 태양빛의 극적인 출현을 위한 예언이란 걸 알지 못했어.

물론 「노을종」을 쓰고 난 뒤에도 여전히 나는 저녁노을을 삼키는 어둠의 불안과 공포에 떨고 있어. 솔직히 말하자면, 시의 언어로는 아직도 죽음에 대한 두려움과 종말에 대한 불안을 쉽게 극복하지 못하겠더구나. 그러나 지는 노을 속에서 종소리를 들을 수 있게 된 것만은 분명하단다.

노을이라는 말이 참 아름답지 않니. 영어와 한자로 여명과 황혼은 달라. 한국어에는 저녁노을이나 아침노을이나 똑같은 '노을'이지. 그래서 나는 더욱더 한국어의 '노을'을 좋아하는 거야. 하나는 지는 해고 하나는 떠오르는 해, 극과 극이지. 하나는 서쪽이고 하나는 동쪽으로 정반대 방향에 있지만, 결국 노을은 하나란다.

정말 그래. 아빠가 초등학교 다닐 때 말이야, 가끔 낮잠을 자는 일이 있었어. 잠에서 깨면 누이나 형이 말했지.

"이제 일어나면 어떡해. 너 학교 늦었다."

그러면 나는 눈을 비비면서 학교 갈 준비를 하는 거야. 저녁의 노을을 보고 아침인 줄 착각하고 속은 거지. 급히 세수를 하고 학교 갈 준비를 했어. 아침밥을 달라고 하니 사람들이 다 웃더구나. 몇 번이나 속았는지 모른다.

그러나 나는 속은 게 아니야. 분명히 저녁노을과 아침노을은 같은 것이라구. 그걸 누가 분간할 수 있겠니. 내 어릴 적 낮잠을 자다 일어나 저녁노을을 아침노을로 보았듯이 지금 그냥 눈만 뜨면 되는 거야. 나는 단지 정서진의 노을을 바라보고 있지만, 그건 바로 정동진에 뜨는 아침 해의 노을인 거야. 너는 정동진에 있고 나는 정서진에 있는 그 차이밖에는 없어. 같은 노을이다. 나는 너를 위해서 울거나 또 너는 나를 위해 가슴 아파할 이유가 없다.

이 말을 꼭 들려주고 싶어. 나는 너의 죽음에 대한 슬픔을 망각한 것이 아니라, 그 슬픔의 노을을 아침의 노을로 바꾸어버리는 재생과 부활의 힘을 믿는 것이라고. 남들이 다 놀리더라도, 나는 그 힘이 네가 말하는 믿음의 힘이고 희망이고 빛이라고 생각해.

오늘은 굿나잇 키스가 없단다. 저녁노을 뒤에는 밤의 어둠이 없기 때문이지. 정서진에서 내가 썼던 「노을종」을 굿나잇 키스 대신에 읽어줄게.

저녁노을이 종소리로 울릴 때
나는 비로소 땀이 노동이 되고
눈물이 사랑이 되는 비밀을 알았습니다

낮에는 너무 높고 눈부셔 볼 수 없던 당신을
이제야 내 눈높이로 바라볼 수가 있습니다
너무 가까워 노을빛이 내 심장의 피가 됩니다

저녁이면 길어지는 하루의 그림자를 근심하다가
사랑이 저렇게 붉게 타는 것인 줄 몰랐습니다
사람의 정이 그처럼 넓게 번지는 것을 잊어버렸습니다

종이 다시 울려면 바다의 침묵이 있어야 하고
내일 해가 다시 뜨려면 날마다 저녁노을이 져야 하듯이
내가 웃으려면 오늘 울어야 한다는 것을 이제야 압니다

내 피가 생명의 노을이 되어 땅끝에 번지면
낯선 사람이 친구가 되고 애인이 되고 가족이 됩니다
빛과 어둠이 어울려 반음계 높아진 노을종이 울립니다

밭 속에 숨은 보물

2015년 3월 15일, 오늘이 바로 네가 우리 곁을 떠난 지 삼 주기가 되는 날이다. 너를 사랑하는 모든 식구가 다 모여 예배를 드렸다. 네 둘째 동생 강무가 추모 예배를 인도했다. 너의 짧은 생애에 담은 영원의 의미를 다시 한 번 떠올리게 되었다. 이제 아빠만이 아니라 우리 가족 모두의 마음을 실어 너에게 전한다. 아직 봄이라고는 하지만 춥다. 너를 생각하는 가족의 모든 마음도 춘한과 같지만 남은 그 추위를 너의 사랑과 깊은 믿음으로 이겨낼 것이다. 더 이상 추워하지 않을 것이다.

*

천국은 마치 밭에 감추인 보화와 같으니 사람이 이를 발견한 후 숨겨두고 기뻐하며 돌아가서 자기의 소유를 다 팔아 그 밭을 사느니라

또 천국은 마치 좋은 진주를 구하는 장사와 같으니

극히 값진 진주 하나를 발견하매 가서 자기의 소유를 다 팔아 그 진주를 사느니라

– 마태복음 13장 44~46절

오늘은 우리의 딸이었고 누나였고 고모였고 시누이였던 고 (故) 이민아 목사를 추모하기 위해 한자리에 모였습니다.

함께 읽으셨던 「마태복음」에서 예수님은 천국이 어떤 것인가를 우리들에게 아주 분명하게 보여주셨습니다. 오늘날에도 어느 회사의 주식이 폭등할 것이라는 정보나 특정 지역이 재개발될 것이라는 정보를 혼자만 알게 된 사람이 있다면 자신의 전 재산을 팔아 투자를 하겠지요. 천국은 이와 같이 세상의 것과 비교하여 저울질을 할 수 없을 정도로 귀한 것이지만, 그 귀한 것을 알아보는 사람에게만 알 수 있는 가치요 비밀일 것입니다. 「마태복음」에서는 이를 밭에 감춰둔 보화로 비유하고 있습니다. 남들에게는 가치가 없는 평범한 밭에 불

과하겠지만, 그 밭에 숨겨진 보화를 발견한 사람은 자신이 소유한 그 모든 것을 내던져 그것을 얻으려 할 것입니다.

최근에 개봉하여 많은 관객들을 동원하였던 〈국제시장〉이라는 영화에서 주인공 덕수는 자신이 경영하는 '꽃분이네'라는 수입 잡화점을 이름 한 글자 바꾸지 않고 평생 지켜나갑니다. 주변에서는 시장의 재개발을 가로막고 있는 알박기라고 비난하고, 자식들조차 시대에 뒤떨어진 업종과 촌스럽기만 한 가게의 이름을 지켜나가는 아버지를 고루하고 고집 센 노인이라고 비웃습니다.

그러나 덕수가 그렇게 할 수밖에 없었던 것은 흥남철수 때 헤어진 아버지가 남겼던 "꽃분이네로 가라"라는 말씀 하나 때문이었지요. 꽃분이네를 지키고 있으면 언젠가 생이별을 한 아버지가 불쑥 가게 문을 열고 찾아올 수도 있을 것이라는 희망을 버릴 수가 없었기 때문입니다. 꽃분이네는 단순한 가게가 아니라 아버지와 자기를 이어주는 세상 속의 단 하나의 연결고리였기 때문이었습니다.

세상은 예수를 믿는 사람들을 이해하기 힘들다고 하고, 고집불통이라고도 이야기합니다. 소통이라는 것은 중요한 것입니다만, 때로는 세상과 소통되지 못하는 것도 지켜야만 할 때가 있습니다. 이민아 목사는 밭에 감추어진 보화를 발견하였습니다. 그리고 그것을 위하여 자신의 모든 것을 다 팔았습니다. 사람들은 동정 어린 눈으로 "저 사람은 가지고 있던 이것을 잃어버렸네. 아, 저것마저도 잃어버렸네"라며 안타까워하였지만, 이민아 목사, 저의 누이는 마지막 세상을 떠나는 순간까지도 담담하기만 하였습니다. 아니, 행복해하였습니다. 세상에서 가지고 있던 그 모든 것보다도 더 귀한 것을 찾았고, 그것을 곧 소유할 수 있다는 기쁨을 가지고 있었습니다.

제가 살고 있던 천안의 한 교회에서 집회 인도를 하기 위하여 누이가 두 시간 넘게 차를 타고 온 적이 있습니다. 마이크를 잡은 누이의 첫마디는 "저는 시간을 정해놓고 하지 않을 생각입니다. 바쁘신 분은 중간에라도 가시고, 아니면 함께하여주세요"라는 것이었습니다. 간증과 찬양으로 정해진 시간이 다 끝난 후에도 누이는 한 사람 한 사람의 말을 다 들어주고 함께 기도하며 더 많은 시간을 보냈습니다. 교회 관계자들은 누이의 건강과 귀가 시간을 고려하여 사람들을 중간에서 제지하려 하였지만, 누이는 웃는 얼굴로 기도받고자 하는 사람들을 막지 말아달라고 부탁하였습니다.

집회를 지켜보기만 하던 저도, 건강한 저로서도 지쳐가고 있었지만, 누이는 그렇지 않았습니다. 병중인데 조금도 피로한 기색이 없었지요. 저는 그때 세상이 빼앗아갈 수 없는 것, 세상 전체를 다 준다고 해도 바꿀 수 없는 귀중한 무엇이 있다는 것을 처음으로 절실히 느끼게 되었습니다.

출근길에 누이가 위독하다는 전갈을 받고 천안에서 서울까지 차를 몰고 오면서도 저는 걱정하지 않았습니다. 하나님은 저의 작은 기도, 때로는 지극히 어리석게 보이는 기도조차도 다 들어주신다는 것을 알고 있었기 때문입니다. 그리고 응급실에 도착하여, 마지막 조치를 취하고 있는 의료진과 비통한 얼굴을 하고 있는 사람들 사이에서도 동요하지 않고 다시 일어설 수 있게 해주실 것을 믿는다는 기도를 하였습니다.

누이의 장례가 치러지는 순간에도 저는 그 사실을 받아들이기 힘들었고, 하나님이 왜 이렇게 절실한 기도를 외면하셨는가 서운해하였습니다. 누이를 보내고는 가족을 잃은 상실감과 하나님이 기도를 들어주시지 않았다는 실망감으로 힘든 시간을 보냈습니다. 일 년 정도가 지난 어느 날 '너의 누이는 참 좋은 것을 찾았고 그것을 소유하였다. 이제 그만하면 어떻겠니'라는 음성을 들은 것 같았습니다. 그리고 크게 울었던 것 같습니다만, 그 눈물의 의미를 설명하기는 힘듭니다.

호스피스로 봉사하는 사람들과 말기 암 병동에서 일하는 의사들의 이야기를 들어보면 세상에서 어떤 일을 하였든, 어떤 삶을 살았든 간에 죽음을 앞둔 사람들의 태도는 모두 같다고 합니다. 처음에는 '하필이면 왜 내가……'라는 분노와

주변 사람들에 대한 원망에 사로잡히고, 마지막에는 체념의 상태에 빠져 무기력하게 죽음을 맞이한다는 것입니다. 그러한 절차는 큰 회사를 경영하였던 사람도, 많은 지식을 쌓았던 학자도, 생사의 기로를 넘나들며 살았던 장군들도 마찬가지라고 합니다.

아버님의 한 소설에서도 다가온 죽음 앞에서 강자인 척하던 사람들이 짓는 한결같은 비굴한 표정을 견디지 못하고 칼을 휘두르는 암살자의 이야기가 나옵니다. 누이는 겁이 많은 편이었지만, 마지막까지 두려워하지 않았습니다. 그것은 자존심을 지키려는 노력이나 불굴의 용기가 아니라 죽음조차도 빼앗을 수 없는 것이 있다는 믿음 때문이었을 것입니다. 그리고 그 믿음은 또한 우리들에게 눈에 보이는 세상만이 전부가 아니라는 것을, 죽음이 모든 것의 마지막이 아니라는 것을 무엇보다도 확실하게 알려주었습니다. 어쩌면 그것은 이민아 목사가 참으로 사랑하였던 우리들에게 꼭 전해주고 싶었던 메시지였는지도 모릅니다.

제가 마무리로 기도하겠습니다.

하나님 아버지. 이민아 목사를 우리에게 보내주셔서 감사드립니다. 딸로서 누이로서 고모로서 시누이로서 언제나 우리에게 사랑과 기쁨의 시간을 함께 보내게 하여주셨음에 감사드립니다. 우리들은 이민아 목사에게 해주지 못한 것이 많고, 가족이면서 오히려 상처를 준 적이 많았음에 회한을 느끼지만, 주님께서 인도해주셔서 이민아 목사가 참으로 귀중한 것, 세상이 함부로 손댈 수 없는 것을 찾을 수 있게 하여주셔서 감사드립니다.

밭에 감추어진 보화를 찾게 하여주시고, 그것을 소유할 수 있게 하여주셔서 감사드립니다. 우리들의 뒤늦은 회한은 더 이상 생각하지 않겠습니다. 언젠가 기쁨으로 우리가 다시 만나게 될 날을 기다립니다. 그리고 그때에 이민아 목사에게 우리도 밭에 감추어진 보화를 찾았노라고 자랑스럽게 이야기할 수 있도록 도와주시옵소서. 우리 남은 가족들이 더욱더 서로를 사랑하는 가족이 되게 하여주시옵소서. 감사드리오며 고마우신 우리 주 예수 그리스도의 이름으로 기도드렸습니다. 아멘.

*

네가 없는데도 이렇게 눈부신 날, 쌀쌀한 바람 속에서도 체온 같은 온기를 느끼며 우리는 더 이상 울지 않았다. 널 잊어서가 아니다. 너는 또 다른 모습, 또 다른 음성으로 우리와 함께 있었기 때문이다. 사람들은 네가 일찍 결혼했을 때 아깝다고 했다. 너무나 젊고 아름다웠기 때문이다. 네가 훌쩍 미국으로 건너가 어려운 생활을 시작하였을 때도 사서 고생한다고 사람들은 안타까워했다. 그 어려운 변호사 자격시험을 단 한 번에 합격하였을 때 사람들은 모두 놀라워했지만 네가 남들이 부러워하는 직장을 버리고 박봉의 지방 검사가 된 것을 보고 널 바보라고 생각했다. 그것도 남들이 다 꺼려하는 위험한 강력범 담당 지방 검사였으니 말이다.

몸이 아파 쉴 때에도 너는 가망 없는 젊은이들의 변론을 맡아 변변히 수임료도 챙기지 않았다. 덕을 본 의뢰자들은 널 천사라고 불렀다지만 주변 사람들은 널 세상물정 모르는 철부지라고 비웃었다.

아들의 치유와 교육을 위해서 헌팅턴 비치의 큰 저택을 버리고 낯선 하와이로 이주하였을 때에도 사람들은 너의 행동에 고개를 저었다. 무엇보다도 네가 검사 변호사 부와 권세의 자리를 모두 버리고 목사 안수를 받았을 때 세상 사람들은 외면하며 비웃었다.

아프리카로 남미로 땅끝의 아이들을 찾아가 선교 활동을 할 때 그들은 다시 한 번 한숨을 쉬었고 널 동정하는 사람들까지 나타났다. 아버지도 그런 사람들의 하나였다. 변변한 집도 없고 먹을 음식도 없이 냉장고가 비어 있었으면서도 셋집에 하우스 처치를 만들어 적빈의 생활을 고수하는 모습을 보고 어느 부모가 손뼉을 치겠는가.

비정한 미국 사회에서 네가 건강 보험증도 없이 살다가 병원에 입원하였을 때 그리고 거기에서 암 진단을 받았다는 소식을 듣고 나는 땅을 쳤다. 바보야 이 바보야, 어려우면 고생한다는 말이라도 하지. 돈 달라고 전화라도 걸 것이지. 네가 뭔데 거기가 어딘데 혼자서 그 무거운 십자가를 지고 광야를 건너려 하는가.

그러나 딸아 사랑하는 딸아, 이제야 네가 무엇을 하려고 했는지, 네 아우의 기도를 들으니 알겠다. 분명히 네가 바보가 아니라 가장 똑똑한 내 딸이라는 것을 알겠다. 하나밖에 없는 너의 생명, 그 생애를 몽땅 던져 구하려고 한 보물이 무엇이었는지를 이제야 나도 말할 수가 있다.

수척한 얼굴로 마지막에 나에게로 돌아온 너, 네가 살던 고향 집에 돌아온 너는 패자가 아니었다. 천사들이 널 호위하였고 하나님이 성령의 빛을 보내셨다. 장한 딸, 지혜로운 딸, 날 눈뜨게 한 효녀, 고맙다. 내 딸아, 이제 굿나잇 키스를 보내지 않겠다. 밤이 없는 빛의 천국, 너는 영원히 잠들지 않는 하늘의 신부가 되었으니까.

빨간
우편함의
기적

빨간 우편함의 기적

아빠, 저예요. 오랜만에 이메일이 아니라 펜으로 쓰는 편지
예요. 제가 아주 어렸을 때 빨간 우편함 앞에서 매일같이 기
다리던 아버지의 편지가 프랑스에서 온 날, 하얀 봉투를 찢지
못한 채 그냥 가슴만 두근댔던 그 감동이 다시 살아난 거예
요. 지금 기분이 꼭 그래요. 십년 동안 소망해오던 제 기도가
거짓말처럼 전부 이루어졌기 때문이지요. 아팠던 아이가 정상
으로 돌아왔어요. 가망이 없다던 내 눈이 이제는 밤에도 혼자
서 운전할 만큼 밝아졌어요. 더구나 애 아빠의 신앙심에도 불
이 붙었어요. 그것보다도 늘 기다려오던 소망대로 아빠가 드
디어 세례를 받게 되었다는 것이지요. 정말 기뻐요. 아무라도
붙잡고 소리치고 싶어요. 내 육신의 아버지와 하늘에 계신 내

영혼의 아버지가 저를 버리지 않고 이날까지 기다려주신 거지요. 그 깊으신 사랑을 알고서야 비로소 지금까지 내가 혼자였다는 생각을 깨끗이 씻어버릴 수 있게 된 거지요.

아빠 정말 그렇죠. '사랑'은 '설명'이 아니지요? 외쳐야만 되돌아오는 산울림 소리가 아니지요? 잘났든 못났든 아빠가 절 사랑해주시는 것은 복잡한 이유가 있어서가 아니라 그냥 제가 딸이니까 사랑하는 것이지요. 그것처럼 우리에게 생명과 영혼을 주신 하나님도 그럴 거라고 믿어요. 다만 제가 아빠에게 그랬던 것처럼 우리가 그 사랑과 은혜를 제대로 느낄 줄 몰랐던 것뿐이지요. 그것을 깨닫고 나서야 편안한 삶이 돌아오게 된 것이죠.

삼 년 전 일이에요. 저를 보러 헌팅턴 비치에 오셨을 때 "너만 행복하다면 무얼 못 해주겠니"라고 하시면서 교회에 가는 저를 묵묵히 따라오셨던 것 기억하세요? 그 고맙고 찬란한 동행의 기쁨, 그 사랑을. 그때는 교회에 다니기 싫어하는 아빠가 그냥 밉기만 했지요. 아빠, 미안! 오늘에서야 실토하는 거예요. 아빠, 정말 감사해요. 사랑해요. 주님의 이름 받들어 축하드려요.

민아 올림

사랑하는 아버지

어려서부터 저는 늘 아빠가 어려웠어요. 아빠가 늘 바쁘시고, 너무 유명하시고, 너무 모든 것을 아시는 분이라 저와는 다른 세계에 사는 외계인처럼 멀게 느껴졌어요. 아빠에 대한 저의 사랑은 동경과 그리움 같은 것이었어요.

아빠가 곁에 계셔도 만질 수 없고 먼 곳에 계신 것 같은 거리감이 저를 늘 외롭게 했어요. 아빠의 마음에 들 만큼 똑똑하고 유능한 딸이 될 수 없을 것 같다는 패배감이 늘 제 마음 한구석에 자리 잡고 있었어요. 그래서 제 있는 모습 그대로 사랑해주실 수 있는 아빠가 계셨으면 할 때가 많았어요.

사랑은 주관적이라는 걸 요새 깊이 깨달아요. 제가 깨닫지 못했다고 해서 아빠가 저를 사랑하지 않으셨던 건 아니지만, 아빠의 사랑을 제가 느끼고 체험하고 실감하지 못했던 지난 날들 동안, 저는 사랑을 누리지도, 기억하지도 못하고 늘 고아처럼 외로웠거든요.

아빠가 저를 얼마나 사랑하시고 또 사랑하셨나 깨닫고 나니, 그 모든 쓸데없던 외로움이 어리석게만 느껴져요. 아빠에게 저는 딸이기 때문에 사랑스러운 것이지 제 어떤 능력이나 모습 때문에 사랑하다 말다 하는 것이 아닌데도 저는 아빠의 깊은 마음을 몰랐기에 혼자 사랑에 늘 굶주리고 목말라했어요. 왜 하나님이 저를 사랑하실까가 전 늘 의문이었어요. 제 속에는 우주의 창조주가 사랑할 만한 아름다운 것도 정의로운 것도 없다고 결론지으면서, 그래서 하나님의 저에 대한 무조건적인 사랑을 받아들일 수가 없었어요. 그 사랑이 존재하지 않아서가 아니고, 제가 주관적으로 그 사랑을 깨닫지 못하고 체험하지 못했기에 저는 늘 하나님을 성나게 할까 봐 두렵고 걱정스러웠어요. 자신이 없었고 확신이 없어서 쓰러지기를 잘했어요.

저에게 하나님과 아빠의 사랑을 체험하게 하고, 누릴 수 있게 해준 축복의 헌사가 이선(Ethan)이에요. 저의 마음에 차지 않는 아이, 절 늘 실망시키는 아이, 저를 늘 아프게 하고 걱정시키는 아이. 그 아이와 십년을 씨름하면서 슬퍼하고 노하고 걱정하고 답답해했던 시간의 단 한순간이라도, 그 아이를 위해서라면 당장이라도 죽을 수 있을 만큼 강렬한 사랑이 끊어진 적이 없어요.

그 아이와 상관없이, 제가 그 아이를 낳았다는 그 한 가지 사실 때문에, 저는 그 아이를 이 천하보다도 제 생명보다도 더 사랑하고 있다는 사실을 깨달았어요. 그러면서 저도 그와 똑같은, 이유 없이 자격 없이 제가 자녀라는 사실 하나만으로 하나님께 사랑받는 존재라는 것을 깨달았어요. 아빠에게는 제가 딸이기 때문에 소중하다는 것을 깨달았어요. 깊이 체험하고 누리게 되었어요. 아빠 사랑해요. 아빠의 사랑에 감사드려요.

민아 올림

너는 나의 동행자

　너의 편지 겨우 다 읽었다. 여기저기 편지글이 눈물로 번져 있더구나. 이국땅에서 혼자 살아갈 때에도 너는 나에게 눈물을 보이지 않았다. 검사 생활을 그만두고 암과 투병을 할 때에도 그랬고, 변호사 생활을 접고 아이의 교육 문제로 단신으로 하와이로 떠났을 때에도 그랬다. 다 그만두고 의사로부터 실명할 우려가 있다는 절망적인 선고를 받고 나서도 너는 울지 않았다. 어머니의 품에 안겨 나를 처음 바라보았던 최초의 그 미소, 그것을 너는 늘 지켜왔다. 그런데 너는 지금 모든 소망이 이루어졌다고 하면서 웬일로 그렇게 많이 울었느냐. 네 마음을 몰라서 하는 소리가 아니다. 사랑의 불꽃은 연기가 되고 연기는 다시 재로 변한다는 슬픔, 그리고 아무리 불러도 빈 들에 나 혼자라는 것. 새삼스럽게 그런 일로 흘린 눈물은 아니었을 것이다. 너의 가슴은 지금 넘쳐나는 사랑과 떨리는 생명으로 가득 차 있을 것이다. 비가 오고 난 뒤 하늘에 아름다운 무지개가 선 것처럼…….

더구나 오늘은 너의 생일이고 우연히도 내가 세례를 받는 날이다. 네가 그렇게 기뻐하는 것을 보니 너에게 최고의 생일 선물을 준 것 같구나. 아니지, 네가 나에게 선물을 준 것이다. 암에 걸렸던 너의 아픔으로, 시력을 잃어가던 너의 어둠으로 나를 영성의 세계로 이끌어주었다. 네가 애통하고 서러워할 때 내 머릿속의 지식은 검불에 지나지 않았고, 내 손에 쥔 지폐는 가랑잎보다 못하다는 걸 알았다. 칠십 평생 살아온 내 삶이 잿불과도 같다는 것을 가르쳐준 것이다. 지성에서 영성으로. 너의 기도가 높은 문지방을 넘게 했다. 가족만이 아니다. 그동안 너는 법정에서 죄지은 불쌍한 젊은이들의 영혼을 구하기 위해서 애써왔다. 이제는 법의 힘이 아니라 하나님에게서 받은 사랑과 은총의 힘으로 가난한 이웃, 애통해하는 사람들과 함께 동행해야 할 것이다. 힘든 길이겠지만 걱정하지 마라. 이제 너 스스로 인정한 것처럼 혼자가 아니다. 너의 곁에서 주님이 늘 함께하시듯이 아빠도 이제 너를 혼자 있게 하지는 않을 것이다. 그래, 함께 가는 거다. 아빠의 이름으로, 사랑하는 모든 사람의 이름으로 약속한다.

아주 어려울 때를 위해서, 아빠의 사랑만으로는 도저히 감당하기 힘들 때를 위해서 주님께 드리는 기도는 남겨두기로 하자.

서울에서 아버지로부터

우편번호 없는 편지

그리운 엄마께

엄마 사진이랑 글이 실린 『주부생활』을 봤어요. 학기가 시작되었고, 강의는 다소 힘들지만 재미있어요. 교수의 말을 기억하고 이해하고 내 생각과 비교하기에는 영어 실력이 많이 모자라, 조그만 녹음기를 샀어요. 엄마, 엄마가 보고 싶을 때마다 엄마랑 같이 지내던 시간을 내가 얼마나 고마운 줄 모르며 헛되이 보냈는지 알겠어요. 매일 밤 엄마 방에 베개를 들고 올라가면서도, 그것이 몇 시든 내 조그만 소리에도 금방 깨어 날 들여놓던 엄마가 얼마나 고마운지 몰랐으니 말이에요. 공기나 물과 같아, 잊고 살기 쉬웠던가 봐요. 그럼 엄마, 또 끝이네요. 안녕.

사랑하는 아빠

아빠에게 별로 애기도 못 하고 와서 좀 섭섭해요. 아빠에게
한없이 폭 기대고 싶은 기분을 느꼈더랬어요. 이번에(말하고
보니까 좀 이상하네요) 아빠하고 같이 있으면서 그렇게 편하고
안정되어보긴 처음이었던 것 같아요. 아빠는 훌륭하시고 빈틈
이 없는 분 같아서 늘 제가 모자라는 딸이 될까봐 긴장하고
있었던 모양이에요. 그런데 이제야…… 제 아이를 낳게 되니
이제야, 부모의 사랑이라는 것이 제가 생각하던 그런 종류의
것이 아니라는 것을 깨달았어요.

엄마 아빠가 어떤 사랑으로 늘 나를 감싸주셨는지, 이제야
그걸 느꼈어요. 전 바보 같은 딸이죠, 아빠?

그러니까 제가 아기 때 아마도 그랬을 엄마와 아빠의 표정
을, 훈우와 함께 계시는 걸 보고야 기억해냈다고 할까요. 아
무런 잡념이 섞이지 않은 순수한 애정과 근심을, 그런 것들을
받으며 자랐다는 걸 왜 우리는 까맣게 잊어버린 걸까요? 아빠
가 아기를 안고 계시는 걸 보고야, 아빠가 절 어떻게 사랑해
주셨는지 비로소 조금 알 것 같았어요. 그리고 제가 그동안
얼마나 잘못 생각하고 있었는지를 깨달았어요. 아빠의 사랑은
제 주위에서 절 감싸고 있었는데도 저는 그것을 저 꼭대기에

달려 있는, 제가 힘껏 뛰어야 잡을 수 있는 것으로 생각해왔으니 말예요. 그래서 아빠한테 안기고 싶었어요. 그런데……
습관이 안 되어서도, 또 바빠서도 그러지 못했어요.

공항에서도 맨 마지막에 제 눈에 걸리던 것이 아빠의 모습이었어요. 전 우습게도 늘 아빠에 대한 제 사랑이 짝사랑인 줄 알았지 뭐예요. 그런데, 그게 아니라는 걸 이제 알았어요. 절 바라보시는 아빠의 눈과 마주쳤을 때 전 아빠에게 뛰어가 이런 말들을 하고 싶었어요. 그래서…… 지금 하는 거예요.

사랑하는 엄마 아빠

아빠 책을 읽었어요. 아빠를 다시 한 번 존경하기로 했어요. 그 낯선 곳에서 TV를 옆방에 켜놓고 혼자서 이런 책을 끝마치고야 만 아빠가 정말 자랑스러워요. 저는 아빠 글을 오랜만에 읽으니까, 아빠를 다시 만나는 것 같아 지나치게 감상적이 되어서 이 책을 대했어요. 정말 재미있고 놀라운 책이에요. 일본 사람들이 좋아할 만하다 싶더군요. 엄마, 엄마 목소리도 자주 들었더니 자꾸만 듣고 싶어요. 아기가 건강하다는 엄마 편지를 어제 받았어요. 승무 녀석을 생각하니 괜히 더 가슴이 아프잖아요. 그리고 나는 알지요. 강무 녀석이 말도 없고 별로 느끼는 것 없이 덤덤한 것 같아도 속이 얼마나 다감한 아이인지. 그애들이 정말 의지가 되고 사랑스러워요. 세상에는 엄마 아들들처럼 마음씨 고운 남자애들이 그리 흔하지 않더라고요.

우리 아들은 어떻게 자라날까요? 생각하면 가슴이 벅차요. 혼자 있을 때면 아기 얼굴을 생각해요. 되도록 자세히 생각해 내려고 애를 쓰지요. 그애가 내 품에 꼭 안겼을 때의 그 풍족하던 기분을 되살려내고, 그리움과 행복이 한꺼번에 범벅이 되어 몰려와 또 한 방울 눈물을 떨구어요. 아무리 힘들어도 괜찮을 것 같아요. 정말 가끔 그 녀석이 씨익 웃어주기만 한다면. 고마워요, 엄마. 나는 언제 엄마가 내게 준 모든 것을 갚아드릴 수 있을까요. 사랑해요, 엄마.

사랑하는 부모를 가진 사람은 결코 인생에서 실패하지 않을 거라는 막연한 자신감이 생겨요. 엄마 아빠, 저를 위해서라도 제발 몸 건강히, 서로 아끼면서 행복하게 사세요.

아빠 안녕하세요?

훈우 데리고 힘드시지요? 제 졸업식에 오시면 그 보람을 느끼게 해드릴게요.

제 친구가 아빠 책(『축소지향의 일본인』) 얘기를 듣고는 조지프 콘래드(Joseph Conrad)의 인용문을 복사해서 제게 주었어요. 『서구의 눈 아래서*Under Western Eyes*』에서 콘래드가 러시아 문화를 비평했던 것과 아빠가 일본 문화를 분석했던 것이 비교될 수 있다면, 그가 작가 노트에서 그 책을 쓰며 느낀 감회를 설명하는 부분으로 아빠의 저술 당시 감정을 엿볼 수 있지 않겠느냐고 제 친구가 그러더군요. 콘래드가 폴란드인으로서 러시아에 관해 쓰면서 가장 힘들었던 점이 자신을 철저히 '분리(detach)'하는 것이었다는 내용이 인상적이었어요. "모든 정열과 편견과 또 내 모든 기억으로부터 나 자신을 철저히 격리시키는" 것이야말로 아빠가 일본에 관해 쓰기 시작하셨을 때 처음 맞부딪쳤을 과제였지 않나 싶더군요.

아빠 엄마가 보고 싶어요. 저는 바쁘지만 아프지 않고 열심히 공부하고 있어요. 어떤 때 훈우가 너무너무 보고 싶지만 할 수 없지요, 뭐. 이제 곧 만날 테니까.

그럼 졸업식 때 뵙겠어요.

사랑하는, 사랑하는 우리 엄마에게
여기 어머니날(Mother's Day)은 5월 13일이에요. 그러니 그

때까지는 이 카드가 들어가겠지요. 엄마에게 요새같이 깊은 사랑을 느꼈던 적이 없어요. 그건, 아마 훈우 때문일 거예요. 그애가 나에게 요구하는 끝도 없이 깊고 뜨거운 사랑과 관심들이 나와 엄마 사이에서도 다시금 생생하게 되살아나는 것 같아요. 그애가 아플 때, 행복해할 때, 문득문득 느껴지는 가슴 저릴 만큼 뜨거운 나의 여성(女性)이, 날 엄마의 사랑 속으로 흠뻑 빠져들게 하는 묘한 전이(transfer)가 일어나고 있어요. 엄마가 아기인 내게 쏟았던 사랑을 이렇게 <u>스스로</u> 체험하는 셈이지요. 그건 얼마나 아름답고 귀중한 깨달음인지요.
You are the most wonderful mother in the whole wide world!

사랑하는 아빠

이곳은 어머니날뿐 아니라 아버지날도 있어요. 6월 20일요. 그래서 저도 아빠 생각이 나서 이 카드를 샀어요.

저에 대한 아빠의 사랑처럼 크고 반짝이는 카드가 마음에 들었어요. 날이 갈수록, 정말 아빠의 사랑과 은혜가 가슴 깊이 느껴져요. 건강하시고, 행복한 나날 되시길 바라요.

※ 서재 아빠 책상 왼쪽 귀퉁이에 이 카드를 꼭 세워두세요.

사랑하는 엄마

결혼기념일 축하해요. 25년이라니…… 상상이 안 갈 정도로 긴 시간인 것 같아요. 미국에서는 결혼 생활을 정상적으로 이끌어가는 사람이 아니면 공직을 맡을 때 핸디캡이 되는 것이 어떻게 보면 참 타당한 것 같기도 해요. 부부 생활이란 정말이지 성숙한 인격을 지닌 성실한 '어른'이 아니고는 유지해내기 힘든, 가장 어려운 사회생활인 것 같아요. 그 단계에서 성공한 사람이어야 다른 사회에도 유용한 인물이 될 확률이

크지요. '성숙해진다'는 것에 대해 많이 생각해보고 있어요. 나는 가만히 생각해보면 참으로 이기적이고 엉터리이고 어린 애처럼 나약할 때가 많아요. 나를 편하게 해줘야 좋고, 또 때로는 참으로 무책임하고 경우도 없어요. 아이도 날 귀찮게 하면 막 신경질이 나요. 예쁠 때만 예쁘고요. '성숙한 여자'가 되어야 할 나이는 충분히 되었지요. 나도 벌써 스물다섯 살인데 언제까지나 엄마 아빠의 'little girl'로 남아 있을 수는 없지 않겠어요? 그런데 그것이 참으로 힘이 드네요. 아직은 보호받고 싶기만 하고 어리광 피우고 싶으니 꼴불견 아니에요?

오히려 나이가 들수록 더 어린애 같아지는 것 같아요. 엄마도 자주 보고 싶고 더 감상적이 되고 남편에게도 더 매달리게 되고요. 정말 어른이 되고 싶어요. 나 자신을 위해서, 정말 어른이 되고 싶어요.

엄마, 사랑하는 엄마, 부디 몸조심하시고 근사한 기념일 맞으시기를! 그럼 안녕히!

ᘒ

사랑하는 엄마

여유가 있다는 것은 얼마나 좋은 일인지요. 돈과 시간에 여유가 생기니 사는 것이 어쩌나 재미있는지 몰라요. 아줌마가 훈우를 돌봐주고 밥도 해주니 너무 편하고, 돈이 남아 지금은 아주 속물이 되어서 히히거리며 산답니다. 장을 보는데 훈우가 할머니가 '너무' 좋아하는 거라면서 움켜쥐기에 비타민 E 크림을 좀 샀어요. 그리고 로열젤리가 엄마 나이의 여자에게 아주 좋대요. 또 나 어렸을 때 간유 먹이려고 쫓아다니던 엄마에게 복수하는 뜻으로 간유도 보내니 잡수세요. 훈우도 열심히 먹고 있어요(걔는 나보다 착해요).

우리는 이달 말에 이사를 가요. 저는 4월 24일 자로 부장검사(Deputy D. A. II)가 되었지요. 월급도 오르고, 이제 일 년이 넘는 고참이 되었으니 신나지 뭐예요. 훈우는 공부 잘하고 아프지도 않고 저는 감사할 일이 너무나 많아요.

새로 이사 가는 집을 엄마에게 보여주고 싶어요. 너무나 근사하다고요. 구 년밖에 안 된 새집이어서 깨끗하고 제가 아주 좋아하는 스타일이에요. 천장도 높고 층층이 베란다도 있고, 뒷마당에는 꽃도 잔뜩 심을 수 있고, 하루하루 이사 갈 날만 기다리고 있어요. 새집 사진을 찍어서 보낼게요.

٠

사랑하는 엄마

기운이 떨어져 아득할 때 훈우가 들어와 "뭐 갖다줄까" 그래요. 나는 엄마에게 저만 한 나이에 어떤 딸이었는지 모르겠지만, 저 아이는 내게 늘 기댈 구석이 되어주는 신의 축복이에요. 어렵게 엄마에게 도움 받아가면서까지 저애를 최고로 좋은 학교에 보내고, 따로 사람을 두어 세시면 학교에 데리러 가고, 바로 저녁 지어 먹이게 하고, 그런 유난을 떨어야 하는 것은 늘 미안한 마음이 있어서 그렇고, 좀 심하다 싶을 정도로 야단치고 잔소리하는 건 내가 어른이 되기가 너무 힘이 들었기에 미리미리 준비시키고 싶어 그래요.

저애를 향한 나의 맹목적이고 뜨거운 사랑 속에서, 처음으로 엄마가 날 얼마나 사랑하는지를 느껴요. 자식 사랑은 내리사랑이라잖아요. 엄마한테 받아서 저애한테 갚으면서 그렇게 사는 건가봐요. 진성이를 보면 그저 예쁘고 귀엽기만 한데 훈우에게 가는 사랑은 더 진하고 더 깊고, 더 애틋해요. 첫애라서 그런지 어려운 일을 둘이 같이 겪어서 그런지…… 그런데 그걸 저도 너무 잘 알겠나봐요. 내가 아프니까 너무 잘해줘요. 스파게티를 만들고 와인글라스에 주스 따라놓고 촛불까지 켜놓고 날 불러서, 올라가 얻어먹었어요. 목이 메어서 겨우 먹었어요.

엄마, 나는 지난 삼 주를 잘 견뎠어요. 이제 겨우 삼 주 남았으니 다 괜찮을 텐데 아프니까 섭섭한 것도 많고, 서운하고 따분하고 억울하고, 괜히 옆에 있는 사람이 웃는 것도 밉고,

일 가는 것도 부럽고, 건강한 것도 심통 나고 그래서 심술 여사가 되었어요. 얼른얼른 어려운 시간이 지나서 다시 모든 것이 정상으로 돌아가야지요. 엄마가 너무 보고 싶어요. 여러 사람이 전화 걸어서 걱정해줘도 늘 고아처럼 처량해요. 엄마가 할머니 돌아가시고 슬퍼하시던 것이 이해가 가요. 아프면 남들은 다 소용이 없고 엄마가 보고 싶은 것은 아기 진성이나 저나 엄마나 마찬가지인가봐요. 그렇죠.

종화 엄마가 다음주부터 와서 운전해주고 아이들도 봐주기로 했으니 너무 걱정 말아요. 요새 글을 쓰는데, 좀 진척이 되면 보내줄게요.

사랑하는 엄마

청량한 기쁨을 가지고 젊음을 즐기는 맑은 이슬 같은 딸이 갖고 싶어요. 그런 생각을 하다 보니 나를 가졌을 때, 또 내가 아기였을 때 엄마가 나를 위해 어떤 기도를 했을까 하는 생각을 했어요. 나는 엄마를, 자라면서 실망시킨 딸이었을지 모르지만, 엄마가 나를 위해 했던 기도는 모두 이루어진 것 같아요. 이 세상에 태어난 것이, 여자로 태어나서 잉태할 수 있는 것이, 남편의 사랑이, 나의 생명이, 저는 복받치도록 행복하고 감사해요. 아이들은 포도송이처럼 영글어가고, 저들을 맡아 기르다가 세상에 내어보내는 엄청난 중책을 맡겨주신 하나님이 감사하고, 저에게 생명을 주어 이 세상에 태어나게 해주신 엄마, 아빠가 감사해요. 어려웠던 젊은 날들이나 어두웠던 나날들이 이 눈멀 듯 찬란한 창밖의 아침을 저에게 주시기 위함이었다는 것을 저는 새삼 깨닫고 있어요.

훈우는 방학 동안 키가 한 뼘이 컸어요. 저보다 눈이 한 자나 높이 있는 아이를 올려다보면 가슴이 꽉 차도록 행복해져요. 갑자기 의젓해지고 어른스러워지고 선선해진 그 아이가 신기하면서, 작년 사십 일 새벽기도 내내 했던 나의 간절한 기도가 땅에 떨어지지 않고 고스란히 열납(悅納)되었다는 확신을 했어요. 자식을 위해 기도할 수 있는 엄마처럼 축복받은 존재가 또 있을까요. 저는 하나님의 말씀을 한 치도 의심 없이 믿어요. 보지 않고 믿는 자는 복이 있다고 했던 성경 말씀대로 믿음을 주신 것보다 더 큰 축복은 없는 것 같아요. 엄마 손을 잡고 길을 건너는 아이처럼, 엄마에 대한 절대적 신뢰로 안심하고 웃고 행복할 수 있는 아이처럼, 저는 풍파가 몰려와도 두렵지가 않고, 쪼들려도 마음은 늘 부자예요. 엄마가 돌아가시기 전에, 이런 평안함을 꼭 알고 가셨으면 하는 것이 제 욕심이에요. 세상의 모든 물질과 금은보화를 준대도 바꿀수 없는 생명의 평안함을, 그 자유를, 마음의 풍요함을 엄마가 아셨으면 좋겠어요. 세상 것이 아닌 신비로운 행복을 저는 주님 안에서 느끼면서 살아요. 결박이 풀린 죄인처럼 모든 근심, 염려, 걱정에서 벗어나 옛 허물을 보면, 어제까지 제가 있던 구덩이가 까마득하게 저 멀리에 보이지요. 암이 낫는 것 정도는 비교할 수도 없는 영혼의 치료이지요. 기적 이상도 이하도 아닌 엄청난 구원의 기적이에요. 저는 이러한 구원을 주기 위해서 예수님이 십자가에 못 박혀 피 흘리셔야 했던 필연성을 믿어요. 죽음과 고통의 골짜기를 헤매며 하루에도 몇 번씩 죽고 싶었을 때, 불만과 외로움과 회의에 가득 찼던 저의 세포 구석구석을 깨끗이 씻어 기쁨과 빛으로 채우려면, 희생양의 온전한 희생의 피가 없이는 이루어질 수 없는 대개혁이 일어나야 하는 것 아니겠어요.

저는 요새 새벽에 일어나 교회에 가서 제게 새 생명을 주신 하나님께 감사하는 기도를 드려요. 저희 남편과 아이들을 위해 기도하고, 태어날 새 아기를 위해 기도하고, 그리고 엄마, 아빠, 승무, 강무에게도 제게 주신 이 기쁨의 은혜를 부어주실 것을 기도드려요.

엄마, 새롭게 태어난다는 것이 바로 이런 상태를 말하는 것 같아요. 해가 솟아오르는 것을 보면서, 아이들을 안으면서, 직장에 출근하면서 저는 감사의 노래가 입에서 끊어지지 않아요. 제가 있는 이곳이 천국인 것 같아요. 엄마의 건강과 영혼의 평안함을 기원하면서 이만 마칠게요. 편지해요.

　사랑하는 아버지께

　아빠에게 지식이나 학문으로 저는 아무것도 전할 능력이 없어요. 하지만 제가 체험해서 아는 것들만 이야기하려 해요. 저는요 아빠, 하나님이 어떤 분이신가를 크게 오해하고 살았더랬어요. 세상을 창조하시고 나를 만드신 창조주 하나님을 저와는 전혀 상관없는 존재로 무시한 채 젊은 시절을 다 보냈어요.

　하나님과의 관계가 회복되기 전, 그분을 모르고 내 뜻대로 살았던 그 기간 동안 저에게는 불만과 불안과 허전함과 외로움과 두려움들이 가득했어요. 그 시절들을 회고해보면 내 영혼의 색깔은 짙은 회색빛이었던 것 같아요. 소망이 없었던 날들이었어요. 가진 것이 많고 앞으로 가질 것도 많은데 늘 빈손뿐인 것처럼 허무하기만 했어요.

　처음으로 한 남자가 제게 사랑한다고 속삭였을 때 그래서 그렇게 미친 것처럼 그 사랑에 매달렸던 것 같아요. 불확실한 것뿐인 이 세상에 단 한 가지 제게 확실하게 느껴졌던 것은 사랑이었어요. 그러나 불완전한 두 남녀 사이의 사랑은 또 불완전할 수밖에 없었어요. 결국은 아빠 말씀대로 사랑은 환멸로, 정확히 이 년 만에 변해버리고 말았어요.

> 너는 청년의 때에 너의 창조주를 기억하라 곧 곤고한 날이 이르기 전에, 나는 아무 낙이 없다고 할 해들이 가깝기 전에
>
> — 전도서 12장 1절

'나의 창조주'를 기억하고 경외하기 시작하던 그날부터 저의 인생은 완전히 바뀌었어요. 저의 병이나 훈우의 사춘기나 이혼 등 저에게 임하였던 모든 고난을 진실로 제가 감사하고 기뻐하는 것은, 이 어려움들을 통해서 제가 외롭고 낮아졌을 때 하나님을 만나게 되고 상하였던 저의 영혼이 소생하여 저의 창조주를 보게 되었기 때문이에요. 하나님은 자기에게 의뢰하는 자에게 크고 작은 비밀을 보이시며, 그리스도를 믿는 이들에게 속박에서 벗어나 자유롭게 되는 신비한 열쇠를 허락하세요.

> 주는 영이시니 주의 영이 계신 곳에는 자유가 있느니라
>
> — 고린도후서 3장 17절

이 세상이 알 수도 없고 보지도 못한 만족함과 평안을 아빠

가 선물로 받으시기를 기도하고 있어요. 이 세상이 줄 수 있는 모든 성공과 재물과 명성을 아빠는 획득하셨지만, 그 싸움의 끝에는 허무함뿐이라는 걸 저는 알아요. 그것은 아빠가 아빠의 영혼을 디자인한 창조주를 알고 그를 기억하기 전에는 영혼을 채우는 방법을 알아낼 수 없는 디자인 에러와도 같은 것이에요. 컴퓨터 하드웨어를 디자인한 사람이 그 고장을 고칠 수 있듯이 우리의 영혼을 디자인한 하나님만이 영혼의 목마름을 채우는 방법을 아시는 것은 당연하잖아요.

『뉴스위크』 설문 조사에 따르면 미국 사람들의 52프로가 하나님과 분리된 영혼의 상태를 곧 지옥이라고 생각한다고 해요. 연줄과 연결되어 있지 않은 연은 아무리 열심히 날아다니려 애써도 곧 추락하는 것처럼, 우리에게 영을 불어넣어주신 창조주와 분리되어 있는 영혼은 바람을 타지 못하고 방향 없이 맴돌다가 추락할 수밖에 없어요.

사랑하는 아빠. 나를 사랑하시는 나의 좋은 아빠. 내가 만난 하나님을 하루속히 아빠도 만나시기를 바라요. 하나님을 아는 것보다 더 큰 지혜가 없고 하나님의 사랑을 깨닫는 것보다 더 큰 축복이 없다는 것을 저는 매일매일 더 확실히 깨달으면서 살아요. 너무 좋은 것이라 제가 사랑하는 아빠에게 전할 수 없는 것이 가슴 아파요.

내 영혼아 여호와를 송축하며 그의 모든 은택을 잊지 말지어다 그가 네 모든 죄악을 사하시며 네 모든 병을 고치시며 네 생명을 파멸에서 속량하시고 인자와 긍휼로 관을 씌우시며 좋은 것으로 네 소원을 만족하게 하사 네 청춘을 독수리같이 새롭게 하시는도다 (…) 아버지가 자식을 긍휼히 여김같이 여호와께서는 자기를 경외하는 자를 긍휼히 여기시나니 이는 그가 우리의 체질을 아시며 우리가 단지 먼지뿐임을 기억하심이로다 인생은 그 날이 풀과 같으며 그 영화가 들의 꽃과 같도다 그것은 바람이 지나가면 없어지나니 그 있던 자리도 다시 알지 못하거니와 여호와의 인자하심은 자기를 경외하는 자에게 영원부터 영원까지 이르며 그의 의는 자손의 자손에게 이르리니 곧 그의 언약을 지키고 그의 법도를 기억하여 행하는 자에게로다

– 시편 103편 2~5절, 13~18절

저는 암이 다시 자랐다고 해서 굉장히 실망하고 슬펐던 1998년 가을에 예레미야 29장 11절 말씀을 깊이 묵상하던 중, 하나님이 전능하고 의로울 뿐 아니라 아버지가 자식을 사랑하듯이 우리에게 가장 좋은 것을 주고 싶어 하시는 선하신 분이라는 것을 처음으로 의심 없이 믿게 되었어요.

여호와의 말씀이니라 너희를 향한 나의 생각을 내가 아나니 평

안이요 재앙이 아니니라 너희에게 미래와 희망을 주는 것이니라

－예레미야 29장 11절

저는 그 후에 하나님이 약속하신 대로 물 붓듯 부어주시는 평안과 소망을 누리면서 살고 있어요. 로마서 8장 28절 말씀대로 "하나님을 사랑하는 자 곧 그의 뜻대로 부르심을 입은 자들에게는 모든 것이 합력하여 선을 이루느니라"는 진리가 저에게는 선한 아버지를 신뢰하는 어린아이처럼 그대로 믿어지기 시작했어요. 저는 이 세상을 이제 영적 고아처럼 강한 척하면서 힘들게 살지 않아요. 저의 좋으신 아버지 창조주 하나님께 저의 남은 생애를 맡기고 그분이 이루어주시는 선함을 소망하면서 걱정과 근심에서 벗어날 수가 있었어요. 이 기쁜 자유의 소식을 아버지에게 전해드리고 싶어서 편지를 썼어요. 아버지를 위해 기도하면서 "만물을 자기에게 복종하게 하실 수 있는 자의 역사로" 아버지의 영혼이 자유함을 얻으시기를 간구하고 있어요.

아버지 어머니께

승무가 저더러 아버지를 못살게 군다고 그래요. 아버지, 저

는 성격상 무안도 잘 타고, 남에게 저의 믿음을 강요하는 것이 정말 싫어요. 아빠도 아시잖아요. 제가 누구 딸이에요. 아빠 엄마를 누구보다도 잘 아는 데다 저도 두 분과 비슷한 성격이기 때문에, 저는 엄마 아빠에게만은 저의 믿음을 제대로 전하지 못했어요. 그걸 이번에 엄마가 재수술 받으러 들어가실 때 얼마나 후회했는지 몰라요. 저와 같은 암으로, 서른 살짜리 젊은 여자가 어제 죽었어요. 훈우 옛날 과학 선생님이래요. 사는 데는 연습이 없잖아요. 엄마 아빠를 사랑한다면서, 저는 무안당하기 싫어서 몸을 사린 채 저만 알고 있는 체험과 비밀들을 전하지 않았어요. 저는 저를 만드시고, 저를 사랑하시고, 저를 죽음에서 건져주신 구세주 예수님을 정말 사랑하고 믿어요. 엄마나 아빠에게 전하지 않고는 견딜 수 없는데도, 거부하시고 조롱하실 것 같아서 못 했어요. 저는 매일매일 저의 영이 살아나고 저의 삶이 변화되는 축복 속에 있으면서, 자존심 상할까봐 저를 낳아주신 부모님에게는 이 기쁜 소식을 전하지 못했어요. 엄마가 수술에서 목소리를 잃으시면, 만일 수술이 잘못된다면 나는 어떻게 살 수 있을까 생각하면서 한 번 더 기회를 주시면 창피를 무릅쓰고 예수님을 전하겠다고 하나님께 기도했어요.

　이 길만이 생명의 길임을 제가 믿지 않는다면, 저의 길을 남에게도 가라고 고집 부리는 성격이 아니잖아요. 아빠, 하나님은 정말 살아 계시고, 죽은 나의 영을 다시 살리시어 기쁨이 넘치고 소망이 넘치게 하실 수 있는 창조주세요. 구원은 생명처럼 우리에게 거저 주는 선물인데, 그것을 주기 위해 가장 사랑하는 아들을 희생시켰는데, 그 선물을 거부하고 죽음을 선택하는 것을 저는 더 이상 보고만 있을 수가 없어요.

엄마와 아빠를 나 자신보다 더 사랑하지 않고는 저는 이런 반강요적인 행위를 절대로 할 수가 없어요. 이 사랑은 제 속에 없던 것인데, 예수님을 제 안에 초대한 후에 자라난 하나님의 사랑이에요. 저는 저 자신을 사랑하는 법, 제 아이들을 사랑하는 법, 저의 부모님들을 사랑하는 법을 걸음마부터 다시 배웠어요. 하나님이 구원과 함께 선물로 주신 그 사랑은 오래 참고, 온유하며, 무례히 행치 아니하며, 자기의 유익을 구치 않으며, 모든 것을 참으며 모든 것을 믿으며 모든 것을 바라며 모든 것을 견디는 사랑이에요. 세상 사람들이 바보짓이라고 손가락질하는 이 사랑을 배우고서야 저는 비로소 저를 옭아매고 있던 이기심과 공허함의 사슬에서 벗어나 자유로워질 수 있었어요.

제가 찾을 행복과 자유와 소망을 아빠 엄마와 함께 나누고 싶어요. 영원함에 대한 영적인 목마름은 우리 모두에게 있잖아요. 아빠와 엄마에게 모든 것을 주시고 영원토록 함께 사랑을 나누고 싶어 하시는 하나님의 무조건적인 은혜를 전하지 않고는 중심에 불붙은 것같이 더 이상 견딜 수가 없어요.

아빠, 하나님은 아빠와 엄마와 나에게 남들이 찾지 못한 지성과 명철함을 허락하셨어요. 특히 아빠는 제가 본 어떤 사람보다도 날카롭고 현명하시고 통찰력이 있으세요. 저는 그 귀중한 지성으로 아빠가 아빠의 창조주를 만나시기 바라요. 하나님이 생명수 샘물로 목마른 자에게 값없이 주겠다고 약속하신 약속을 받아 누리시기를 원해요.

모든 눈물을 그 눈에서 닦아주시니 다시는 사망이 없고 애통하는 것이나 곡하는 것이나 아픈 것이 다시 있지 아니하리니 처음 것들이 다 지나갔음이러라

– 요한계시록 21장 4절

처음 것들이 다 지나간 후 하나님이 내 눈에서 모든 눈물을 씻겨주실 때, 저는 아빠와 엄마의 눈물도 씻기는 것을 보고 싶어요. 저는 저 자신의 복잡하기만 한 존재를 뜯어 연구해볼수록, 저의 지성으로는 상상조차 할 수 없는 창조주를 만나지 않을 수가 없었어요. 어떻게 저처럼 이율배반적인 존재를 만드셨을까요? 제 속에는 공존할 수 없는 많은 것이 하나가 되어 한 사람을 이루고, 영과 육과 감정과 지성과 혼이 다 각각 서로와 부딪치며 저의 생각과 행동을 지배하지요. 제가 저 혼

자 우연히 갑자기 세상에 태어났을 리는 없는 것 같아요. 저를 정밀하게 디자인하고 고안하고 계획하셔서 하나님이 저를 만드셨다는 걸 저는 믿어요. 그리고 제가 이 세상에 태어난 이유도 이제는 확실히 알아요. 저는 절대로 이유 없이 태어난 우연한 사고가 아니에요. 그걸 깨닫고는 저의 인생이 완전히 바뀌었어요.

> 그러나 너희는 택하신 족속이요 왕 같은 제사장들이요 거룩한 나라요 그의 소유가 된 백성이니 이는 너희를 어두운 데서 불러내어 그의 기이한 빛에 들어가게 하신 이의 아름다운 덕을 선포하게 하려 하심이라
>
> — 베드로전서 2장 9절

27세에 아프리카에서 순교한 짐 엘리엇(Jim Elliott)이 쓴 유명한 글이 있어요. "He is no fool who gives what he cannot keep to gain that which he cannot lose. 영원한 것을 얻기 위하여 내가 끝까지 소유할 수 없는 것들을 포기하는 것은 바보스러운 짓이 아니다."

아빠, 엄마. 사랑해요. 이 근사한 세상에 태어나서 이렇게 엄청난 축복과 은혜 속에 살게 해주셔서 감사해요.

엄마가 민아에게

사랑하는 민아야

오늘 강무의 생일이다. 내가 낳은 아이가 거목(巨木)처럼 커서 옆에 서 있는 게 기적처럼 대견하구나. 강무를 길목까지 데려다주면서 사실은 온통 네 생각만 했다. 이숙훈 씨가 딸은 간에서 나온다고 하더니 너도 아마 내 간에서 나왔는갑다…….

나는 너희를 나 할 일로 번거롭게 하는 것을 극력 피해왔다. 가족 관계는 더 그랬지. 손님이 와서 너희를 방해하는 게 싫어서 치마폭을 있는 대로 벌리고 그걸 막으려고 기를 썼는데, 지금은 너를 위해 그걸 할 수 없어 속상하다. 더구나 네 신랑은 잔소리를 안 듣고 자란 사람인데 네가 그곳의 대가족 속에서 신경 쓸 생각을 하니 가슴이 아프다. 되도록 신경을 쓰지 말고 적당히 살아라.

나는 지금 참 속상한 상태다. 외할아버지 때문이야. 내가 곤두박질해서 죽는다고 해도 자기 하고 싶은 일은 꼭 하고야 마는 성격이 내 세계를 종종 뒤집어놓는데 흉 볼 사람이 하나도 없으니, 할 수 없이 너한테 편지를 쓴다. 부모 흉을 자식에게 본다는 것도 웃기는 이야기고 마음이 너무 착잡하다.

나는 네가 부럽다. 착하고 어진 아버지를 가지고 있는 행운 때문이지. 아마 너처럼 좋은 아버지를 가진 사람도 드물 거다. 이십 년간 아빠가 잠을 제대로 주무신 일이 없이 애쓰신 덕에 나와 너와 네 동생들은 얼마나 편안한 생활을 했느냐. 나는 우리 엄마보다 절반도 자식에게 잘해주지 못한 엄마고, 그래서 그건 내가 짊어질 영원한 빚이다. 그렇게 애쓰신 엄마는 우리에게서 아무것도 못 받고 가셨는데 불공평하다는 생각이 든다.

하지만 그 사랑은 내가 절망하지 않고 세상을 살아갈 지주(支柱)가 되어주었어. 부족한 대로 내 사랑도 네가 객지에서 고달플 때에 힘이 되어주었으면 좋겠다.

연륜이 거듭되니 마당의 아이비가 자라 미운 것들을 다 가려주는구나. 시멘트 담을 가려주고, 차고의 물받이도 가려주고, 백일홍 고목(枯木)의 미운 가지도 가려주고…… 인간도 그렇게 늙을 수 있었으면 좋겠다는 생각이 든다. 나는 요즘

괘씸할 정도로 건강하다. 잠도 잘 자고 아이들이 고루 신경을
써줘서 외롭지도 않다. 너희처럼 착한 아이를 셋이나 둔 걸
하나님께 감사한다.

  사이좋게 잘 살아라.

  사랑하는 민아야

  너한테 전화하려다 그만두고 편지를 쓴다. 아빠 전화 요금
이 너무 많이 나와서 미안했고, 또 소리가 나면 아빠 글 쓰는
데 방해가 되니까 말이야. 아빠는 매일 삼십 매 정도 글을 쓰
는데 다행히도 건강은 괜찮으시다. 나 때문에 신경을 써서 아
무래도 방해가 돼요. 20일엔 아빠 친구가 하코네 별장에 초대
해서 하루 자고 어제 왔어. 골프 초대였기에 아빠는 무거운
골프채를 메고 전차를 탔지. 절대로 택시를 타지 않아서 걸어
다니느라고 내가 힘이 든다. 택시 값이 비싼 데다가 지상은
교통이 혼잡해서 성급한 분이라 못 견디니 늘 지하철을 이용
하셔. 혼자 사니까 상당히 이코노믹해져서 우습다.

  아빠가 골프 간 사이에 나는 혼자 관광을 했어. 배 타고 호
수를 건너가서 옛날 에도시대의 관문도 구경하고 케이블카 타
고 고산지대도 구경하고 했지. 어쩌나 네 생각이 나던지 울

뻔했는데 돌아와보니 편지가 와 있더라. 너무 반가웠어. 이렇게 떨어져서 언제 너를 다시 볼 기약도 없으니 아찔하구나. 학교가 좋았다니 다행이다. 개학하면 열심히 학업에 전념해라.

승무는 참 애써서 공부한다. 이 여름에 외출 한번 안 했어. 결과가 좋아야 할 텐데 벌써부터 가슴이 두근거린다. 한 번도 엄마를 공부 때문에 걱정시키지 않은 걸 너에게 감사한다. 매니저가 되었다니 기특하구나. 너는 참 예쁜 딸이라는 생각을 늘 한다.

나는 8월 29일에 귀국한다. 31일부터 강의를 해야 해. 와서 보니 아빠 일은 안심이 된다. 너한테도 한번 가보면 마음이 놓이겠는데 갈 돈 있으면 너를 주고 싶고, 금년에는 너무 돈을 과용했기 때문에 겨울에도 못 갈 것 같고…… 그래서 늘 나는 눈만 뜨면 네가 앞에 와 앉아 있는 지금의 상태가 계속될 것 같다. 사랑하는 민아야, 네가 보고 싶다. 요즘은 그 증상이 더 심해. 역시 소인은 한가하면 안 되겠다.

행복하기를 빈다. 너를 사랑한다.

사랑하는 민아야

드디어 봄이 왔어, 서울에. 가혹한 추위 때문에 한국의 봄은 기적 같기도 하고 신의 특혜 같기도 하여 눈물겹구나.

목련이 피었어. 어제는 청명하고 바람도 안 부는 조용한 날이었는데, 아줌마가 외출해서 혼자 안방에 앉아 시간마다 목련 꽃봉오리가 벌어지는 그 맑고 깨끗한 개화(開花)를 즐겼단다. 처음이었어. 늘 학교에 갔다가 밤에 오면 마당에서 꽃이 귀신처럼 혼자 피고 지고 했는데, 그 정밀한 개화 과정을 지켜보고 있으니 산다는 일이 가슴에 벅차게 안겨오더라.

세 해골과 만난 이해에 나는 삶을 또 다른 눈으로 보게 되었어. 살아 있다는 것은 어쨌든 축복이라는 생각이 든다. 아빠가 편찮으셨어. 과로하신 거야. 그래서 외할머니 이장하던 날은 새 산소에만 잠깐 다녀가셨는데 며칠 지나니까 산소를 이장해서 병이 난 게 아닌가 그러시잖아. 민아야, 그건 얼마나 다른 이야기냐. 죽으면, 죽어 십오 년이나 지나면 산 사람의 생명에 영향을 끼칠 그 무엇도 남을 수 없는 거란다. 고사(枯死)한 나뭇가지 뭉텅이 같은 메마른 골질(骨質)만 남을 뿐인데 사람들은 어찌하여 그런 축복스러운 힘을 사자(死者)에게 기대할 수 있었는지 이해가 안 간다.

우리를 잉태했던 골반이 조개껍질처럼 얇아져 있는 그 주검의 잔해와의 만남은 나를 오래 앓게 했는데, 태이 언니 신랑이 아주 능숙하게 형체를 이지러뜨리지 않고 곱게 싸 옮겨서 생각했던 것보다는 깨끗하게 일이 끝났어.

너를 사랑하던 외할머니, 훈우를 사랑하는 나. 그렇게 사람들은 피를 통하여 바뀌며 번성하고, 여자는 영원히 죽지 않는다는 생각이 든다. 하지만 무덤 속을 파헤친다는 것은 끔찍한 일이다. 나는 형체가 남지 않도록 화장하여 가루가 되고 싶다.

　몸조심해라. 아기가 수술하면 넌 또 힘들겠구나.

이민아와 땅끝의 아이들

김윤덕(조선일보 기자)

이혼 · 아들의 죽음 · 암 · 실명 위기……
시련을 딛고 땅끝 아이들의 엄마로

죽도록 사랑해서 결혼한 남자와 헤어졌다. 암(癌) 선고를 받는
다. 다섯 살 아이는 특수 자폐 판정을 받는다. 실명(失明) 위기
가 닥친다. 가장 사랑했던 맏아들은 스물다섯 꽃 같은 나이에
돌연사한다…… 이민아(52)에게 시련은 일상이었다. 첫 결혼 후
삼십 년 세월이 흐르는 동안 웃는 날보다 가슴 치며 운 날이 더
많았다. 그러나 이민아는 말한다. "모든 시련과 고난이 내게는
축복이었다."

미국 LA에서 변호사로 활동하는 이민아는 '한국 최고의 지성'

으로 불리는 이어령(李御寧) 초대 문화부 장관의 딸이다. 『저항의 문학』 이후 『흙 속에 저 바람 속에』 『축소지향의 일본인』 등 160권이 넘는 책을 펴내며 평생을 합리적 이성에 입각한 사유, 지적 작업에 매달려온 이어령 '교수'를 신(神) 앞에 무릎 꿇게 한 주인공이기도 하다.

무신론자, 이성주의자임을 자처하던 70대 노장이 2007년 개신교 목사에게 세례를 받게 된 결정적인 계기가 딸의 실명이었다. "민아가 어제 본 것을 내일 볼 수 있고 오늘 본 내 얼굴을 내일 또 볼 수만 있게 해주신다면 저의 남은 생을 주님께 바치겠나이다."(이어령의 책 『지성에서 영성으로』 중에서) 자식의 고난 앞에서는 지성도, 과학도 힘을 잃는 걸까. 기적은 과연 있는 걸까.

사 년 전 버클리 대학에 다니던 맏아들 유진을 잃은 이민아는 2009년 목사 안수를 받은 뒤 미국, 아프리카, 남미, 중국 등지를 돌며 마약과 술에 빠진 청소년 구제 활동에 전념하고 있다. 건강이 나빠져 잠시 한국에 들어와 있는 그를 지난 4일 서울 평창동 영인문학관에서 만났다. 검은색 투피스 차림의 그녀는 고(故) 하용조 목사의 영결식에 다녀오는 길이었다. 이민아가 한 권의 책을 건넸다. 『땅끝의 아이들』(시냇가에심은나무). 그는 "고난의 시절에 내가 직접 보고 듣고 겪은 사랑의 기적, 그 여정"이라고 말했다.

사랑의 기적

왜 '땅끝의 아이들'인가.

술, 마약, 폭력의 구렁텅이에서 희망을 잃은 아이들, 그 아이들을 살려낼 방법을 몰라 절망에 빠진 부모들의 이야기다. 내 자전적 이야기이기도 하다. 이혼, 갑상선암, 아이의 자폐, 맏이의 죽음을 겪으면서 절망의 나날을 보내야 했던 나 역시 땅끝의 아이였다. 그들이 참사랑, 새 생명을 얻어 다시 일어서는 이야기다.

책 표지에 '간증집'이라고 적었다. 기독교적 색채가 강하면 거부감이 생긴다.

내가 변호사였다. 재판에선 증언을 한다. 증인은 자기가 보고 들은 것만 말할 수 있다. '간증'이란 말은 나도 잘 모르겠고, 영어로 테스티모니(testimony), 그러니까 증언집이라고 하는 게 맞다. 누구나 받아들일 수 있는 수학 공식, 혹은 약 처방, 실용적인 지침 같은 것은 아니다. 종교적 색채가 짙은 건 사실이지만, 이 책을 읽고 절망에 빠져 있는 단 한 사람, 한 가정만이라도 희망을 되찾는다면 더 바랄 것이 없겠다.

얼마 전 세상을 떠난 온누리 교회 하용조 목사와의 인연이 깊다. 부친 이어령 교수도 하 목사에게 세례를 받았다.

갑상선암이 재발됐던 1996년, 목사님이 LA의 한 교회에 오셨다. 하나님을 믿으면 복 받는다고 해서 믿었는데 암이 재발되니 내가 좀 화가 나 있는 상태였다. (웃음) 그런데 설교 중에 하 목사님이 자기도 아프다고 하시더라. 얼마나 아프면 강대상에 몸을 비스듬히 기댄 채 설교를 하셨다. 그렇게 아픈 지 삼십 년이라더라. '목사도 아픈가?' 하면서 쳐다봤다. 그런데 그 얼굴에 평안과 평화가 깃들어 있었다. 저 사람이 믿는 하나님은 대체 어떤 존재일까, 호기심이 생겼다. 자신이 갖고 있던 사랑의 에너지, 그 마지막 한 방울까지 세상에 쏟아붓고 가신 분이다.

장례식 때 많이 울었겠다.

사 년 전 내 아들 유진이를 하늘나라에 보내던 날 마지막으로 울었고, 그 이후로는 어떤 장례식에서도 울지 않는다. 육신의 껍데기를 벗었을 뿐 (하나님) 아버지의 집으로 돌아가신 건데 울 일이 아니지 않은가. 내 아들 유진이의 묘비명도 'Resting in his Father's house(아버지의 집에서 쉬다)'이다.

사랑하는 사람을 잃었는데 어떻게 울지 않나.

『나니아 연대기』를 쓴 영국 작가 C. S. 루이스는 "바다의 파도 끝에 물이 잠깐 멈추는 순간이 우리의 인생"이라고 말했다. 우리의 삶이 이 세상에서 끝나는 게 아니라는 얘기다.

맏아들을 잃은 슬픔을 달래기 위한 자기 위안으로 들린다.

지금도 내 아들이 죽은 원인을 모른다. 감기 걸린 것 같다더니 그대로 쓰러졌고 혼수상태에 빠졌다가 19일 만에 세상을 떠났다. 일 년 동안 매일 울면서 신을 원망했다. 그렇게 원망 가득한 마음으로 유진이 또래의 비행 청소년들이 우글거리는 곳으로 가게 됐다. 떠밀리듯 그 아이들을 만났다. 신기한 것은 그 아이들을 유진이를 사랑했던 마음으로 돌보게 되더라는 것이다. 이전에도 검사, 변호사로 일하면서 청소년 문제 상담 활동을 열심히 해왔지만 '내 아이'와 '다른 아이'를 가르는 벽이 내 마음에 있었다. 유진이가 죽은 뒤 그 벽이 사라진 거다. 아이들을 엄마의 사랑으로 품어주었더니 변하기 시작하더라. 술과 마약을 끊고 부모에게 돌아가더라. 서른 명의 아이들이 나를 '마마미나'로 불렀다. 유진이가 그리워 내가 울면 아이들이 나를 안고 기도해줬다. 유진이의 죽음이 한 알의 밀알로 내 가슴에 떨어져 이기적이었던 나를 세상의 어머니로 거듭나게 했다.

그렇다고 죽은 아들이 살아 돌아오지 않는다.

유진이는 죽지 않았다. 아이들을 통해 나는 매일 유진이를 만난다. 기독교에서 말하는 부활의 비밀이 그 속에 있다.

이어령의 딸

부러울 것 없는 삶이었다. 이어령 교수, 강인숙 건국대 명예교수의 1녀 2남 중 맏이로 태어난 이민아는 이화여대 영문과를 삼년 만에 조기졸업한 수재였다. 그런 그가 1981년 졸업하자마자 무명의 청년 작가 김한길(전 문화부 장관)과 미국으로 떠났다. 걱정하는 부모의 눈길도 뿌리친 채 정말 자신을 사랑해줄 남자와 새로운 삶을 꿈꿨다. 이민아는 자신의 청소년기가 행복하지 않았다고 고백한다. "……오늘 눈을 감고 아침에 안 깼으면 좋겠다는 생각을 많이 했다. 내가 정말 살고 싶은 삶은 어딘가 딴곳에 있고, 완전히 다른 사람들의 기대와 희망에 맞춰가면서 가상의 인간으로 살고 있는 듯한 회의에 빠졌다……."

– 『땅끝의 아이들』 중에서

'이어령의 딸'로 사느라 진짜 이민아의 삶을 살지 못했다고 썼더라. 집안 망신 안 시키려고 공부했다고 썼다. 부모에게 사랑받지 못한다는 생각에 아버지 서재에 숨어들어가 술을 마셨던 얘기도 나온다. 이어령, 강인숙 교수로서는 꽤 당황스러울 것 같다.

아버지가 이 책의 원고를 가장 먼저 봐주셨다. '괜찮다'고 하시더라. (웃음) 잘 읽어보면 부모님을 원망하는 내용이 아니다. 십대의 굴절된 렌즈를 통해 부모를 바라봤던 나의 이야기이고, 동시에 그 시기 아이들의 눈에 어른들이 어떻게 보이는지 알려주고 싶었다. 나의 부모님은 한국 부모로서 거의 완벽한 분들이었다. 문제는 사랑에 대한 어른과 아이의 관점이 다르다는 것이다. 이를테면 나는 작가, 교수, 논설위원 등 세 개 이상의 직함을 가지고 살며 늘 바쁜 아버지가 집에 들어오시면 그 팔에 매달려 사랑받고 싶은 딸이었는데, 배고프고 피곤한 아버지는 '밥 좀 먹자' 하면서 나를 밀쳐내셨다. 아버지가 나를 사랑하지 않는다고 생각했다.

유복한 집안에서 밥 굶지 않고 자란 아이의 배부른 푸념으로 들릴 수 있다.

사소한 어긋남에서 부모와 자녀의 단절이 시작될 수 있다는 얘기를 하고 싶은 거다. 사춘기의 아이들은 부모의 입장에서 생각하지 못한다. 부모의 사랑 방식을 알지 못한다. 남부러울 것 없는 가정에서 자란 아이들 또한 부모와 엄청난 단절과 갈등을 겪는다.

'아버지' 이어령은 어떤 사람인가.

내가 아는 사람 중 자기 일을 가장 사랑하는 사람이다. 어릴 때부터 나는 아버지가 참 좋았다. 존경스러운 게 아니라 그냥 좋았다. 일에 대한 무한한 열정이 있었고, 돈을 많이 벌려고 일을 하신 적이 없다. 창조, 새로운 지식을 알고 배우는 것, 가르치는 것을 즐거워하셨다.

아버지의 외모를 많이 닮았다.

둘 다 완벽주의자다. 아버지처럼 문학을 했고, 글쓰기를 좋아했다. 책도 엄청나게 읽는다. 토씨 하나 잘못된 문장을 견뎌내지 못했다. (웃음)

어머니 강인숙 교수는 팔순을 바라보는 연세에도 영인문학관 관장으로 활동한다.

엄마의 집은 언제나 질서가 있고 안전했다. 뭐든지 잘하셨고 빈틈이 없었다. 속옷은 한국 면(棉)이 최고라며 지금까지도 직접 딸의 속옷을 사서 부치는 분이다.

첫 결혼의 실패

김한길과의 첫 결혼에 실패했다. 책에는 "부모의 반대를 무릅쓰고 목숨을 걸고 한 사랑이었다"라고 썼다.

아버지에게서 얻지 못한 사랑을 첫사랑에서 찾았다고 착각했다. 이것만 있으면 딴 건 아무것도 없어도 된다고 믿고 미국으로 왔는데 그 남자의 세계 또한 나와는 단절돼 있더라. 스물두 살, 너무 어리고 철이 없을 때이기도 했다.

오 년간 지속된 결혼 생활이 많이 힘들었나보다.

말도 안 통하는 미국에서 아이를 낳고 공부도 하고 돈도 벌어야 하니 죽을 맛이었다. 흑인들도 마다하는 일자리, 밤을 새우는 주유소 일을 최소 일당을 받으며 했고 낮에는 햄버거 가게에서 일했다. 반대하는 결혼을 했으니 남편은 자존심에 더욱 이를 악물었을 테고 그러면서 서로에게 지쳐갔다.

책에 '다섯 가지 사랑의 언어'에 대해 썼다.

부부가 있다. 남편은 주말에 차고를 깨끗이 청소하며 부인의 가사를 돕는 것이 사랑이라고 생각한다. 부인은 주말만이라도 남편과 손잡고 바닷가를 거니는 게 사랑이라고 생각한다. 이런 사소한 어긋남이 쌓여 파경으로 치닫기도 하는 게 인간의 삶이다. 그걸 몰라서 남편과 힘들었다. "여보 내가 맛있는 거 해놨어" 하면 "나 지금 밥 먹을 기운 없어" 하고, "나랑 얘기 좀 해, 나 안 좋아?" 하면 "왜 이렇게 귀찮게 해!" 하면서 언성이 높아졌다. 그러면 어릴 때 아버지가 "원고 마감 시간이야, 애 좀 데려가!" 하고 소리 질렀을 때처럼 가슴이 찢어졌다.

원망은 없으신가.

전혀. 내가 가장 사랑했던 아들 유진이를 함께 낳았고, 아들에겐 정말 좋은 아버지였다. 유진이가 세상을 떠날 때까지 아버지로서 최선의 역할을 다한 사람이다. 나는 결혼이 언약이라는 것을 몰랐다. 지금 많은 젊은 사람이 연애지상주의에 젖어 있는데, 나 또한 그랬다. 사랑을 위해서라면 뭐든지 할 수 있지만, 사랑이 식었는데 억지로 맞춰서 사는 것은 위선이라고 생각했다. 그런 문화적인 거짓말에 속았고 자기애도 강했다.

지금의 당신에게 사랑이란 무엇인가.

내가 아닌 다른 사람을 더 소중하게 여기는 것. 타인의 아픔이 내 아픔보다 더 크게 느껴지고, 그를 살리기 위해 내가 죽을 수도 있다는 것.

그래서 하나님을 믿는 건가.

나 자신을 죽이고 남을 섬기는 것이 기독교가 말하는 예수의 십자가 사랑이다. 그 사랑의 에너지를 돌처럼 딱딱한 내 심장에 끊임없이 충전받아야만 말썽꾸러기 자식에게, 원망스럽기만 한 배우자에게, 생판 모르는 이웃에게 폭풍 같은 사랑을 쏟아부을 수 있다고 생각한다. 하늘의 태양, 그 햇살이 없이 내 힘만으로 화초를 키울 수 없다는 뜻이다.

종교와 사고

재혼해서 얻은 둘째 아들은 특수자폐 판정을 받았다.

아이를 받아주지 않아 초등학교를 다섯 번 옮겼고, 중학교도 일 년 다니다 쫓겨났다. 하루도 내게 아무 일이 일어나지 않은 날이 없었다. 아이가 밉고, 가족도 싫더라. 그때 깨달았다. 내가 내 아들을 내 몸처럼 사랑하지 않았다는 걸.

그래서 회개하고 하와이에 있다는 크리스천 스쿨을 찾아갔다. 그 학교 보조 교사로 일하면서 아이를 돌봤다. 아이를 내 몸처럼 사랑하려고 기도했다. 그렇게 일 년이 흐르자 아이의 자폐 증상들이 봄눈 녹듯 사라지기 시작했다. '칵테일'이라고 부를 만큼 한꺼번에 7~9개의 약을 먹어도 낫지 않던 자폐가 그렇게 사라지기 시작했다.

최고의 지성인 이어령 교수가 세례를 받은 계기가 당신의 실명이었다. 감당할 수 없는 딸의 불행 앞에서 신에게 무릎 꿇고, '딸의 눈을 뜨게 해주면 남은 생을 주님께 바치겠다'라고 서언한다. 그리고 칠 개월 만에 딸의 망막박리 증세가 감쪽같이 사라진다. 기적이라고 말하지만 우연의 일치는 아니었을까.

그래서 아버지가 나더러 간곡히 부탁하셨다. 절대로 밖에 나가 기적에 관해 이야기하면 안 된다고. 모든 사람이 널 비웃고 우리를 박해할 거라고. 기적은 구제의 사인이지 신앙의 궁극적인 목표가 아니지 않느냐고 하셨다. 맞다. 기적은 상징이 아니라 실제이지만 그것이 전부는 아니다. 신이 자신의 존재를 알리기 위해 인간에게 보내는 신호일 뿐 종교의 본질은 아니라는 뜻이다. 사랑의 실천, 복음이 없는 기적은 사교(邪敎)에 불과하다.

이 년 전 목사 안수를 받았다. 목회자인 당신에게 한국 교회는 어떤 모습으로 비치는가.

나는 우리 한국 교회가 예수가 세웠던 초대교회의 모습으로 돌아가야 한다고 생각한다. 대형화, 세속화되어 일어나는 온갖 잡음과 분란은 지금 이 순간이 한국 교회가 새롭게 변해야 할 시점임을 암시하고 있다. 대형 교회가 나쁘다는 것은 아니다. 하지만 사랑의 공동체가 되기에는 너무나 커버린 조직에서 가족 단위의 교제, 사랑과 돌봄이 일어나기 어렵다.

성장일로, 자본주의식 복음주의의 폐단이 곳곳에서 터져나온다. '예수 믿어야 천국 간다'라는 피켓 구호에 사람들은 혐오감을 느낀다. 슬픔에 빠진 사람들이 교회에서 위로받지 못한다.

교회는 불완전한 사람들이 모여 있는 집단이다. 많은 경우 하나님을 보지 않고, 목회자와 교인들에게서 하나님에 대한 이미지를 형성한다. 교회에 사랑이 없는 것, 사랑이 강물처럼 흐르지 않는 것이 가장 큰 문제다. 적어도 교회의 문을 두드리는 병자들, 갈

곳 없어 방황하는 십대들, 사랑하는 이의 갑작스러운 죽음으로 슬픔에서 헤어나지 못하는 사람들을 교회가 끌어안고 치유할 수 있어야 한다.

땅끝의 아이들

최근에는 미국, 아프리카, 남미 등지를 돌면서 청소년 선교에 열심이라고 들었다. 원래 전공은 영문학 아니었나?

문학이 적성에 안 맞았다. 추상적인 사고가 내겐 너무나 어려웠다.

해스팅스 로스쿨에서 법학을 공부한 뒤 처음엔 LA 지방법원 검사로 일했다.

아이 넷을 수월하게 키워보려고 공무원인 검사를 십 년 했는데, 남을 정죄하는 직업이 점점 힘들어지더라. 그무렵 한인 교회 목사님으로부터 급히 연락이 왔다. 갱단 범죄에 연루된 교포 아이가 종신형을 선고받을 것 같은데 나더러 그 아이 변호 좀 해달라는 거다. 나는 검사라서 맡을 수 없다고 했더니 사직을 해서라도 맡아달란다. 아이를 한 번만 보고 오자고 했다가 코가 꿰인 셈이다.

교포 2세대의 문화 단절, 세대 단절에서 비롯되는 문제들일까.

술과 마약의 문제는 사랑의 문제다. 처음엔 아이들을 이해할 수 없었다. 부모가 대부분 건실한 크리스천이었고 자식에게 헌신하는 사람들이었다. 나를 변호사로 이직하게 한 K라는 아이만 해도 부모에게서 상처받을 이유가 전혀 없는데 엄마 아빠가 자신을 사랑하지 않는다며 뛰쳐나갔다. 아까도 말했지만, '사랑의 언어'가 다르기 때문이다. 어떤 사람은 선물을 받아야 사랑받는다고 생각하고, 어떤 사람은 '사랑한다'고 말해줘야 사랑받는다고 느낀다. 사랑은 이렇듯 구체적인 거다. '있는 그대로의 너를 사랑한다'고 느끼게 해주면 폭력과 어둠의 세계에 빠져 있던 아이들이 울면서 아버지의 품에 안긴다.

아프리카 케냐에도 갔다.

나이로비에서도 비행기로 두 시간을 더 가야 하는 웨브예라는 마을은 그야말로 땅끝이었다. 샘물이 없고, 오물이 흘러들어온 강물로 밥을 해서 먹는다. 아프지 않은 아이들이 없다. 아이들 배가 다 맹꽁이배처럼 튀어나왔고, 목욕을 태어나 한 번도 안 해서 썩는 냄새가 진동한다. 거기서 내 사랑의 위선을 보았다.

무슨 얘긴가.

아이들이 나를 끌어안는데 역한 냄새가 진동하니 참을 수가 없더라. 그날 밤 꿈을 꿨다. 온몸에서 피고름이 흐르는 남자가 자기 좀 도와달라고 외치는데 나를 포함한 모든 사람이 멀찍이서 바라보기만 하고 곁에 가질 못한다. 그때 누가 저 멀리서 뛰어오더니 단숨에 병자를 끌어안는다. 그의 눈물이 닿는 곳마다 병자의 상처가 나았고 피와 고름이 멈추었다. 예수의 사랑을 실천하기에 우리의 갈 길은 이렇게 멀다.

이혼, 암, 실명, 아들의 죽음 등 당신에게 닥쳤던 시련을 축복으로 받아들였다고 했다.

내 생애 가장 기뻤던 순간이 죽을 것 같은 진통 끝에 첫아이를 낳아 눈을 마주친 순간이었다. 고통 없이 얻을 수 있는 행복은 없다. 불 사이를 지나지 않으면 금(金)이 정련되지 않고, 겨울이 지나야 봄이 온다.

건강이 다시 나빠져 잠시 한국에 들어와 있다고 들었다. 숱한 고비를 넘겨왔는데 두렵지 않은가.

오늘 죽는다면 오늘이 세상을 떠날 완벽한 순간이기 때문이다. 하나님이 부를 그날까지 땅끝에 선 아이들 가슴에 사랑을 심어주고 싶다.

요즘 당신의 기도는 무엇인가.

내 마음에 사랑이 강물처럼 흐르게 하소서. 사랑이 모든 것을 이
긴다. 모든 죽은 것들을 살린다.

"내 안에 사랑이 강물처럼 흐르면 어떠한 고난도 이겨낼 수 있
습니다." 여섯 시간이 넘는 인터뷰 내내 이민아 변호사는 웃음
을 잃지 않았다. 딸의 건강 상태를 걱정한 어머니 강인숙 교수
가 "제발 그만 끝내라"고 말리자 "난 괜찮아요. 하고 있던 말을
중간에 멈출 순 없잖아요" 했다. 맏아들의 죽음에 대해 이야기
할 때에도 그녀의 모습은 평안했다. "있는 그대로의 모습으로
아이들을 사랑해주세요. 그 사랑을 아이가 강렬히 느끼게 해주
세요. 사랑해주는 사람이 단 한 명만 있어도 아이들은 자살하지
않습니다."

- 〈조선일보 why〉 인터뷰, 2011년 8월

너는 한 아들을 잃고
세상의 땅끝 아이들을 품었다.

나는 딸 하나를 잃고
더 넓은 세상의 딸들을 품는다.

딸에게 보내는 굿나잇 키스

초 판 1쇄 발행 2015년 6월 24일
개정판 1쇄 발행 2021년 3월 15일
개정판 3쇄 발행 2022년 3월 15일

지은이 이어령
펴낸이 정중모
펴낸곳 도서출판 열림원

출판등록 1980년 5월 19일(제406-2000-000204호)
주소 경기도 파주시 회동길 152
홈페이지 www.yolimwon.com
이메일 editor@yolimwon.com
트위터 @yolimwon

전화 031-955-0700
팩스 031-955-0661
페이스북 /yolimwon
인스타그램 @yolimwon

주간 김현정
편집 조혜영 황우정 최연서
디자인 강희철

마케팅 홍보 김선규 임윤정
온라인사업 서명희
제작 관리 윤준수 이원희 고은정 원보람

ISBN 979-11-7040-041-7 03810